6
남자 금지 게임 세계에서
내가 해야 할 유일한 일
백합 사이에 낀 남자로 전생해 버렸습니다
하자쿠라 료
Ryo Hazakura
[illust.] hai

"오~홋홋홋!"
NAME
오필리아 폰
마지라인

NAME
라피스 클루에
라 루메트

"히이로!"
NAME
크리스 에세
아이즈벨트

"크리스!"

"그 주먹은 나에게 닿지 않아."
NAME
플레어 비이
루루플레임

"이걸로 끝."
NAME
뮤르 에세
아이즈벨트
NAME
프리 플로마
프리기엔스

EVERYTHING FOR
THE SCORE
[VOLUME]
SIX
DANSHI KINSEI GAME
SEKAI DE
ORE GA YARUBEKI
YUIITSU NO
KOTO
6

6
남자 금지 게임 세계에서
내가 해야 할 유일한 일
백합 사이에 낀 남자로 전생해 버렸습니다
하자쿠라 료
Ryo Hazakura
[illust.] hai

DANSHI KINSEI GAME
SEKAI DE ORE GA YARUBEKI
YUIITSU NO KOTO

3대 기숙사 대항전 무대

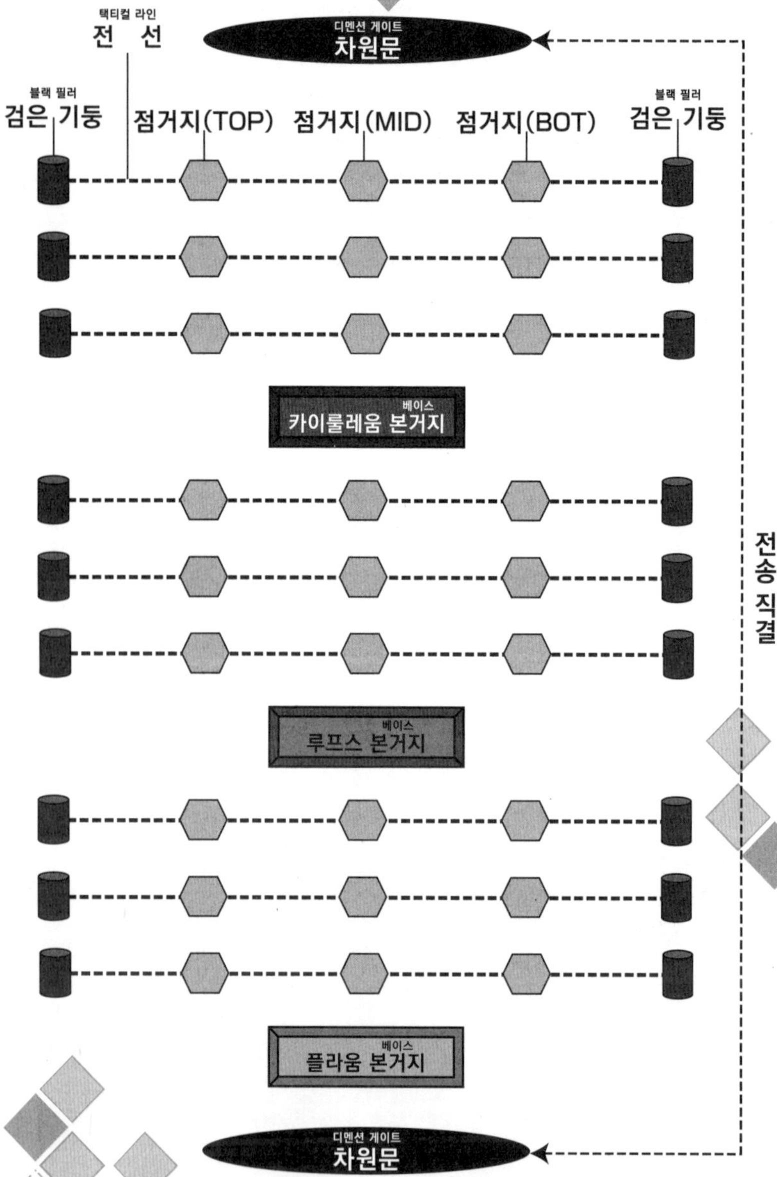

EVERYTHING FOR THE SCORE

커버 그림, 본문 일러스트 | hai

각 기숙사의 '사신' 발표가 끝나고 시곗바늘이 움직이기 시작했다.

기숙사장실 중앙, 꿈과 현실의 틈, 여동생과 언니의 관계.

몽상에서 깨어나 과거를 뛰어넘어 틀림없는 현실에서 자매는 얼굴을 맞댔다.

"언니…… 어째서…… 어째서, 온 건가요……."

뮤르는 이성으로 온몸에 브레이크를 걸고 입술을 깨물며 고개를 숙였다.

"이젠…… 이젠, 괜찮아요…… 저는, 당신에게 '영웅'이길 강요했어요…… 언니는 천재고, 무적이고, 누구보다도 자랑스럽다면서…… 얼마나, 당신이 괴로워했는지도 모르고…… 순진하게 애정을 달라고 보채기만 했어요……."

뮤르는 한 걸음 내딛은 크리스를 피해 떨리는 다리로 물러났다.

"더 이상 싸우지 않아도 돼요……! 저 때문에 자신을 희생하지 않아도 돼요……! 더는 홀로 괴로워하지 않아도……! 다, 당신의 인생을 살아도……!"

뮤르는 눈물을 흩뿌리면서 마음을 토로했다.

"괜찮아요, 언니…… 이제 아이즈벨트가로부터…… 뮤르 에세 아이즈벨트로부터 해방되어도…… 괜찮아요…… 괜찮다구요……!"

"…………손가락을."

크리스는 미소 지으며 말했다.

"손가락을 잡아주지 않을래?"

살며시 내미는 검지.

그 손가락을 바라본 뮤르는 여러 번의 망설임을 끝내고——세게 쥐었다.

그 순간, 크게 뜨인 크리스의 두 눈에 추억이 스쳐 지나갔다.

강하게. 강하게, 강하게…… 쥐인 검지를 바라보고 크리스 에세 아이즈벨트는 천천히 무릎을 꿇고 동생의 어깨에 양손을 올렸다.

"지키겠다고 맹세했어."

눈물을 글썽이고 목소리를 떨며 크리스는 필사적으로 동생에게 호소했다.

"네 작은 손이 이 손가락을 쥐었을 때, 그 온기가 심장을 맴돈 그때…… 난 널 지키겠다고 맹세했어."

회한과 속죄로 물든 양손이 입에서 새어나오는 오열과 함께 흔들렸다.

"계속, 넌 기다려줬어. 계속 거기서…… 이런 날…… 비춰줬어. 꿈을 꿨어, 뮤르…… 아주 멋진 꿈을…… 어떤 남자가 가르쳐줬어…… 난 말이야……."

품에서 나온 기숙사 신문, 거기에 그려진 영웅의 모습을 쓰다듬고 보라색 망토를 두른 그녀는 눈물을 흘렸다.

"보라색 망토가 어울리는, 세계 제일의 영웅이고……."

언니는 천천히 동생을 안았다.

"반드시 너에게 돌아와……."

뮤르는 뭔가 농담을 하고 언니를 뿌리치려고 했다.

하지만 할 수 없었다.

크게 벌어져 부르르 떨린 입에서 공기가 새어나왔고, 허공에 뻗은 양손은 언니의 등 위에서 헤맸고, 주르르 눈물을 흘린 뮤르는 무너져 내렸다.

"으아아…… 아아…… 아아아……!"

뮤르는 필사적으로 언니에게 안겨 우는 소리를 냈다.

지금까지의 공백을 메우듯이 서로를 안은 자매를 보고 소리 내서 운 나는 대량의 손수건 산을 만들었다.

"야, 찍지 마."

울면서 카메라를 돌리기 시작하다가 츠키오리에게 머리를 맞았다. 나는 자매의 감동적인 장면에 찬물을 끼얹기 전에 철수했다.

눈물을 닦은 크리스의 시선을 느끼고 그녀에게 미소 지었다.

"크리스. 고마워. 솔직히 맡아줄 줄은 몰랐어."

"네 부탁이기도 하고, 뮤르도 있잖아. 거절한다는 선택지는 애초부터 없었어."

"그건 기쁘기 그지없네. 근데 진짜 괜찮아? 이제 넌 소피아 에세 아이즈벨트…… 아이즈벨트가와 결별하게 됐어."

아이즈벨트가 저택에서 소피아를 두려워하던 크리스의 모습이 뇌리를 스쳐 지나갔다.

미소를 띤 크리스는 날 똑바로 바라보며 고개를 저었다.

"무섭지 않아, 이제는. 네가 있어준다면, 난 몇 번이든 변할 수 있으니까. 그야 넌."

그 눈동자 속에서 산죠 히이로의 시선은 그녀를 똑바로 바라보고 있었다.

"날 믿어주잖아?"

입꼬리를 올린 난 고개를 끄덕여 대답했고——.

"네~, 어기여차. 어영차, 인터셉트~."

문을 걷어차서 연 백발 메이드가 나와 크리스 사이에 서슴없이 끼어들었다.

주먹밥이 늘어선 큰 접시와 된장국이 든 보온용기를 실은 키친왜건이 나와 크리스를 가로막듯이 주차했다.

"실례. 주인과 상간녀의 러브코미디 파장으로 뇌가 튜닝 되어서 저 스노우, 주인을 소중히 생각하는 충의 있는 자로서 책무를 다하러 왔습니다. 이 메이드의 눈에 흙이 들어가기 전에는 꽁냥거리게 할 생각은 없습니다. 이 썩을놈이, 여자를 몇 명을 늘려야 직성이 풀리는 거냐, 멍청한 놈. 참고로 이건 같이 먹을 음식입니다."

"자, 여러분. 오늘은 힘들었을 테니 쌓인 이야기는 야식을 먹으면서라도 합시다."

릴리 씨와 메이드들은 익숙한 모습으로 자리를 정리했고, 플라움의 면면들은 원형 테이블에 빙 둘러앉았다.

"…………스노우 씨."

내 무릎 위에 앉아 주먹밥을 쥐고 먹기 시작한 메이드가 뒤돌아봤다.

"뭘까."

"'뭘까'가 아니라, 앞이고 뭐고 안 보여. 장래가 불안해. 네 아름다운 머리카락으로 코가 근질근질해. 절경이로구나, 이 등과 목덜미. 라면서 한 구절 읊고 싶어지거든. 빨리 그 제멋대로인 엉덩이를 치워줬으면 좋겠어."

"그게 사람에게 부탁하는 태도인가요."

"너 그런 오펜스는 어느 유소년 팀에서 배워온 거냐? 타고난 망나니 스트라이커냐?"

다리를 꼰 크리스는 볼을 실룩거리면서 쏘아봤다.

"이봐. 종자 따위가 주인의 무릎 위에 앉다니 무슨 짓이냐. 다른 집안의 일이라고는 해도 내 앞에서 버릇없는 짓을 하면 용서치 않을 것이다 쥐새끼. 떨어져라. 두 번은 말하지 않는다. 떨어져라."

"언니…… 이미 두 번 말했어요……."

"떨어져라."

"세 번째예요."

"하아, 바꿔주길 바란다면 바꾸겠습니다만."

스노우는 일어섰고, 해방된 난 쓴웃음을 지었다.

"스노우, 너, 이 사람이 어떤 분인지 알고 있어? 그 대단한 크리스 에세 아이즈벨트라고. 남자 따위의 무릎 위에 앉을 리가 없— 아니, 앉는 거냐~!"

안절부절못하며 내 무릎 위에 앉은 크리스는 체중을 싣지 않도록 살짝 까치발을 들고 있었다.

그녀는 내 반응을 살피면서 계속 머리카락을 쓸어올렸다.

"…………크리스 씨."

얼굴을 새빨갛게 물들인 크리스는 힘차게 확 일어섰다.

"무, 무거워?!"

"아니, 절제와 노력을 게을리 하지 않은 소녀의 엉덩이 하나 정도려나."

"그, 그런가."

"아니, 다시 앉으라고는 안 했어. 이제 장난은 그만하고 3대 기숙사 대항전 이야기를 시작── 츠키오리이! 줄 서지 마! 관심 없는 것 같은 표정으로 줄 서지 마! 줄 정리를 시작해서 다른 사람의 무릎을 어트랙션으로 만들지 마라, 메이드으!"

츠키오리, 뮤르, 릴리 씨, 스노우(두 번째) 순서로 차례대로 무릎의 순결을 빼앗았다.

저항하지 못한 나는 횟김에 울면서 주먹밥을 한입 가득 먹으며 릴리 씨가 나눠준 된장국을 홀짝였다.

"있잖아, 히이로. 결국 오늘 회견은 뭐였어? 제일 먼저 플라움의 사신은 리우라고 발표됐잖아?"

에이프런 드레스를 입고 나이프와 포크로 단무지를 자르고 있던 뮤르는 두 다리를 흔들흔들 흔들면서 입을 열었다.

"적과 아군을 구별해두고 싶었어요."

난 스노우가 새로 떠준 된장국을 받았다.

"리우는 그 구별이 어려웠어요. 그래서 플라움의 사신으로 참가하지 않겠냐고 권유하러 갔죠. 어느 쪽으로든 넘어갈 거라 생각했으니까, 제가 한 말에 거짓은 없었어요. 그래서 경계하던 호랑이는 함정에 걸렸죠."

손을 멈춘 뮤르는 '함정?'이라며 고개를 갸웃했다.

"'쓰셴(사신)' 이에요."

난 쓴웃음을 지었다.

"전 리우와 대화하면서 '네가 사신으로서 힘을 빌려주면 뮤르에게 그렇게 보고할게'라고 전했어요. 사신은 기숙사장이 리우를 부를 때 쓰는 호칭 중 하나에 불과하죠. 그럼에도 불구하고 리우는 '3대 기숙사 대항전에서 함께 싸울 수 있어 기쁘다'라고 대답했죠. 그 시점에 3대 기숙사 대항전에 관한 자세한 정보는 일반 공개되지 않아 호죠 학생밖에 몰랐을 텐데도요. 그리고."

난 릴리 씨를 바라봤다.

"릴리 씨가 소매를 잡아서 가르쳐줬어요."

"리우 씨의 웃음이…… 시리아 님께 보인 것과는 달리 무서워서……."

"그래서 히이로는 리우가 루푸스와 접촉한 것을 알아차렸다는 거군. 카이룰레움이 아스테밀을 기용하는 건 확정되어 있었고."

"그런 거야. 츠키오리의 말대로야. 리우가 이미 루푸스의 사신으로 계약을 맺었다는 건 명백했으니까, 난 크리스에게 도움을 구하기로 했지."

나는 주먹밥이 담긴 호랑이가 그려진 큰 청화백자 접시에서 눈을 돌렸다.

"어설플지도 모르지만, 리우에겐 다른 길이 있다는 생각을 떨쳐낼 수 없었어. 막판에 그녀가 생각을 고쳐서 플라움의…… 뮤르의 편이 되어주길 바랐어. 그래서 난 사신 칸에 리우요우란이라 기재한 채로 제출했지."

리우와 뮤르는 '사이비'라 불리며 마력부전이라는 숙성(宿星) 아래에서 만났다.

두 사람 모두 잃고, 동경하고, 실패한 후에 별을 찾았다.

빛이 사라진 별의 반짝임을 애타게 그리고, 빛이 밝혀진 별의 반짝임을 좇았다.

닮았다, 닮은 것이다. 두 사람은 같은 별을, 그 반짝임을 가슴에 간직하고 숙명을 따라 걸었다.

――나와 너의 길은 교차하지 않아.

정말로 그런가, 리우요우란. 나와 네 운명은 교차하지 않았나. 내가 걷는 길은 너에게 '가짜'였나. 네 수중에는 애타게 그리던 별은 없었나.

아무리 한탄해도 결정된 3대 기숙사 대항전에서 나와 그녀의 길이 교차하는 일은 없었다.

각오는 돼있다.

뮤르의 길을 '진짜'로 만들기 위해 난 질 수 없다. 그녀의 노력을 증명하기 위해 무슨 일이 있어도 내가 쓰러져서는 안 된다.

난 천천히 고개를 들었다.

――시리아 님께 보답하겠다, 라.

승부다, 리우요우란. 나와 네 의지, 어느 쪽이 이기는가. 보답

하는 건 누구인가.

결판을 내자.

야식을 다 먹은 우리는 편히 쉬고 웃으며 헤어졌다.

플라움의 3대 기숙사 대항전 사퇴율은 17%…… 사퇴율을 2% 이내로 막은 카이룰레움이나 루푸스와 비교하면 압도적으로 불리한 상황이다.

게다가 대치하는 두 기숙사의 사신은 최고위 마법사인 '조'의 증표를 지닌 아스테밀 클루에 라 킬리시아, 예전에 조의 마법사였으며 '마법사 살해자'라는 이명을 가진 리우요우란.

카이룰레움의 기숙사장은 프리 플로마 프리기엔스.

루푸스의 기숙사장은 플레어 비이 루루플레임.

계속해서 '실패작'이라 불려온 뮤르 에세 아이즈벨트는 하늘로부터 재능을 아낌없이 받은 두 기숙사장에게 증명해야 한다.

자신의 실력을, 자신의 존재를, 자신의 이명을── 사이비가 아닌 진짜로서.

"그 아이를 믿지 않은 건 다름 아닌 저였어요."

기숙사장실의 발코니에 나간 뮤르는 별을 올려다보며 환호성을 질렀다.

그 모습을 바라보며 릴리 씨는 에이프런 드레스의 앞치마를 꾸욱 쥐었다.

"쭉 도와주고 있다고 생각하고 있었어요…… 저 아이는 약하니까, 저 아이는 모자라니까, 저 아이는 다르니까…… 사랑하고,

귀여워하고, 응석을 받아주고…… 저 아이의 방패로서 살고 있는 자신이…… 자랑스럽게 느껴졌어요…….”

목소리를 떨면서 결코 빛 아래로 나가려고 하지 않는 그녀는 말했다.

“왜…… 왜 저 아이를 믿으려고 하지 않았던 걸까요…… 쭉 곁에 있었는데…… 그런데 전…… 저 아이를 괴롭히는 사람들과 마찬가지로…… 저 아이한테서 ‘할 수 있을지도 모르는 일’을 하나씩 빼앗기만 하고…… 전…….”

“있잖아, 릴리 씨. 저것 좀 봐.”

그녀는 내 권유를 받아 눈물에 젖은 얼굴을 들어 바라봤다.

“당신이랑 같이 있는 저 아이는…… 어떤 얼굴을 하고 있어?”

장난치듯이 별에 손을 뻗고 웃음소리를 내는 뮤르가 웃는 얼굴을.

“야, 거기 둘! 그런 데 있지 말고 여기 와서 봐봐!”

뮤르는 어둠에 잠긴 그녀의 손을 잡아 빛의 이정표를 따라 끌고 나갔다.

“이거 봐, 별이야!”

새까만 하늘의 커튼에 파란색과 보라색 안개가 희미하게 끼었다.

하늘을 흐르는 빛의 띠는 한 줄기 가는 하얀 구름 같았고, 드넓은 하늘에 깃든 빛의 점은 밤의 방문을 연주했다. 수없이 흩어진 별들은 선명한 하얀 눈을 뿌린 듯이 마치 성군(星群)의 영혼이 녹아 흩어진 듯했다.

뮤르는 그중에서 가장 반짝이는 별에 손을 뻗었다.

“어렸을 때는 정말로 별에 손이 닿을 줄 알았어.”

뮤르는 살짝 속삭였다.

“다들 ‘닿을 리가 없잖아’ 라면서 웃었어…… 달리기에서 꼴등을 하고, 시험에서 낙제점을 받고, 간단한 마법 하나 못 쓰고…… 그럴 때마다 별이 멀어진 느낌이 들었어…… 그래서, 더는, 별에 손을 뻗는 것을 그만뒀어…… 하지만…… 난…… 계속…….”

그녀의 떨리는 손끝에 이끌려 옆에 선 난 밤하늘을 올려다봤다.

그녀의 눈동자 속에서 별 하나가 반짝였다.

“분명 닿을 거야.”

우리는 나란히 별을 올려다봤다.

“손을 뻗으면, 별은 그곳에 있어.”

같은 별을 바라보며, 내일을 생각하면서 빛의 이정표를 따라 몸을 맡겼다.

*

산속에 설치된 각 기숙사의 거점.

1km 간격으로 부설된 블랙 필러와 점거지. 호죠의 권세를 나타낸 컨스트럭터 매직 디바이스에 많은 미디어 관계자가 모여 있었다.

소리 없는 소형 드론이 울창하게 우거진 수목 사이를 날아다

냈다.

드론(카메라 부착 마도 촬영기)은 3대 기숙사 대항전에 방해되지 않도록 투명해져서 프로펠러 소리를 죽이고 있었고, 가끔 모습을 드러내 관계자의 조정을 받았다.

"자, 올해도 3대 기숙사 대항전의 계절이 찾아왔습니다. 올해는 현계와 드라고뉴트의 관계를 중재해 현이조약 성립에도 크게 공헌한 것으로 알려진 루루플레임가의 가장 유력한 후계자 후보 '플레어 비이 루루플레임'씨뿐만 아니라, 18세라는 젊은 나이에 '지고'의 지위까지 올라가 이미 프리기엔스 그룹의 실권을 쥐고 있는 것으로 여겨지고 있는 '프리 플로마 프리기엔스'씨의 참전이 확정되어 있습니다. 둘 중 누가 이길지 인터넷을 중심으로 의견이 비등하고 있습니다."

츠키오리는 웃는 얼굴로 이야기하는 리포터 옆을 지나며 노골적으로 혀를 찼다.

"야, 츠키오리."

"뭘. 그냥 키스를 날린 거야."

"그렇게 증오가 담긴 키스를 날리면 받는 쪽이 기겁하잖아."

츠키오리는 웃으면서 손바닥에 키스하고 나에게 보냈다.

"기겁했나?"

"…………."

"아, 얼굴 빨개졌네. 귀여워."

"기숙사장, 기숙사장! 츠키오리가 날 괴롭혀! 얼굴이 예쁘다는 특권으로 날 괴롭혀!"

"야, 츠키오리! 지금은 히이로를 괴롭히지 마! 3대 기숙사 대항전 뒤라면 망가뜨려도 되니까!"

"네 네."

작은 뮤르 뒤에 숨어서 반복옆뛰기를 하며 '야~이 야~이'라며 도발했다. 어른스러운 츠키오리 씨는 쓴웃음을 짓고 '산책'한다고 말하고 자취를 감췄다.

잘난 듯이 주의를 줬지만 이렇게 노골적이면 츠키오리가 짜증을 내는 것도 이해된다. 취재진의 귀에 들어간 사전 정보의 내용은 모르지만, 보도 규제가 있는 것처럼 뮤르만 무시당하고 있었다.

플레어와 프리는 기자와 카메라에 둘러싸여 있다. 그럼에도 불구하고 뮤르에게는 어떤 언론도 다가오지 않았다.

명백하게 작위적이라 3대 기숙사 대항전이라는 무대 뒤에 숨어있는 누군가의 의도가 느껴졌다.

"산죠 히이로, 뮤르 에세 아이즈벨트."

취재진을 밀어젖히고 플레어가 우리에게 다가왔다.

전투복 차림으로 싸울 준비를 하고, 알랑거리는 카메라를 거느리며 불타는 듯한 빨간 머리카락을 쓸어 올리는 모습에는 제왕의 관록이 갖추어져 있었다.

그녀는 미소를 띠고 속삭였다.

"변명 같은 건 잘 못해서 말이야. 나는 나의 판단 기준과 척도로 리우요우란을 우리 진영에 불렀다. 뮤르, 너와 리우의 불화에 대해서는 알고 있었지만, 그걸 알고도 난 이런 판단을 내렸고 그 판단이 맞다고 느끼고 있다. 나와 넌 적이고 친하게 굴 생각은 없지만, 적인 너에게 결례를 범할 수도 없지. 그러니 용서하라는 말은 하지 않겠다."

뮤르는 웃으면서 그녀에게 손을 내밀었다.

"예의라든가 친구라든가, 비겁자(산쵸 히이로)의 손에 키워진 나하고는 인연이 없는 말이군. 만약 괜히 편의를 봐줬으면 이 손바닥 대신 주먹을 날렸을 거다."

플레어는 작고 상처투성이인 손을 바라봤고——.

"잘 연마된, 아름답고 훌륭한 손이다…… 내 눈은 틀리지 않았어."

웃으면서 그 손을 잡았다.

"전력으로 와라, 인간."

"져도 울지 말라고, 드라고뉴트."

둘의 손은 떨어졌고, 플레어는 취재진을 남겨두고 떠나갔다. 카메라들이 황급히 쫓아가는 가운데, 난 그 등을 향해 외쳤다.

"플레어 기숙사장. 날 감시하고 있었다면 알고 있었겠지. 회장에 크리스가 온다는 건."

드라고뉴트 소녀는 걸음을 딱 멈췄다.

"무대를 조정하는 것까지 학생회장이 할 일이라서 말이지. 사신이 없는 플라움이 참가해도 재미없어. 우연히 네 생각과 합치됐을 뿐이야."

그녀는 웃음을 지어 이를 드러내며 뒤로 목을 젖혔다.

"잊지 마라, 산쵸 히이로. 지면 넌 내 것이다."

"야 히이로! 이 용 자식이 카메라 앞에서 당당하게 인권침해 어필을 하고 있어!"

"어머나 싫어라~! 요즘 이족 도마뱀은 음흉한 눈길로 인간의 권리를 침해하네~!"

플레어는 나와 뮤르의 도발은 듣지 않고 '하하하!'하고 웃어넘기고 떠나갔다.

이쪽을 바라보고 있던 프리는 우리와 시선이 마주치자 얼굴을 찌푸렸다.

"어머~, 뭐야 그 탐욕스러운 눈은. 나한테까지 그런 스포츠맨십 같은 분위기를 요구하지 마. 난 드라이하고 아이스한 레이디니까. 뭐, 일단은."

프리는 장난기 넘치는 미소로 응했다.

"그 아이를 위로할 준비라도 해둬. 분해서 흘리는 눈물을 냉동 보존하는 것 정도는 도와줄게."

뮤르는 그녀를 딱 가리켰다.

"프리! 너는! 제일 먼저 울린다! 네가 우는 얼굴 온리 전람회에서 호평을 받아줄 거라고! 손수건 대량으로 발주해둬! 예쁜 자수가 들어간 걸로 말이야!"

"귀여운 장식(아이즈벨트 가문)으로 마음을 케어하는 건 네 특기잖아, 리틀 프린세스."

"너 진짜 짜증 나네~! 입 속에 무조건 성질 나쁜 균이 번식하고 있을 거다~!"

뮤르의 욕지거리를 듣고 태연하게 웃음으로 대답한 프리는 멀리 사라져 갔다.

세 기숙사장의 대화를 바라보고 있던 나는 어깻죽지에 안 좋은 기척을 느끼고 돌아봤다.

"이거 이거, 말을 걸기 전에 돌아보다니. 내 사랑은 마침내 육감에까지 닿은 건가."

"뭐야, 라이벌들의 정신 흔들기로 엄청 바쁜데."

어깻죽지에 떠있는 알스하리야는 천천히 다리를 꼬고 손가락을 세웠다.

"히이로 군, 넌 마인이 아니야."

"어? 그런 당연한 말을 하려고 굳이 내 기분을 상하게 한 거야?"

"당연한 것은 맹점이 될 수 있지. 그리고 맹점은 파멸을 부르는 갈라르호른이 될 수 있어. 넌 마인과는 달리 상처가 낫지도 않고 혼자서 불효서사를 강제로 개안할 수도 없어. 말하자면 보조바퀴가 달린 상태지."

알스하리야는 활짝 웃으며 양팔을 벌렸다.

"그러니 여차할 때는 내 이름을 불러라! 언제나처럼 애정을 듬뿍 담아서!"

"'죽어라' 라는 수식어를 붙여도 된다면 얼마든지 불러줄게."

"수의근의 최대 출력은 외침으로 증강되지. 일차운동피질에 의한 제어가 피로 전의 상태로까지 저감되어 근력이 증가한다는 실험 데이터도 있어. 넌 무의식적으로 내 이름을 외치고 있는데 정답이야. 난 그 외침을 트리거로 삼아 네 뇌를 억지로 열지."

마인은 입으로 삐익삐익 소리를 내며 자신의 머리 옆에서 태엽을 감는 동작을 했다.

“내 이름을 불러라. 네가 마지막 비장의 카드를 뽑기를 바란다면 내 손을 잡아라.”

귀에 악마의 속삭임이 들렸다.

“환영하지.”

“……카메라 앞에서 네 이름을 외치면 마인 애호가라 여겨질 거라고.”

“매번 발성 타이밍에 목을 건드리고 있어. 여자 이름을 외치는 것으로밖에 안 들릴 거야.”

알스하리야는 히죽거리면서 내 어깨를 두드렸다.

“즐거운 설교는 이상이다. 자, 파트너, 호랑이 굴까지 목숨을 건지러 가볼까.”

“야, 히이로, 혼자 중얼거리면서 뭐 하고 있어?! 노상방뇨야?!”

난 무심코 기숙사장을 응시했다.

“어디서 그런 무서운 말을 배워온 거예요.”

“스노우가 국립 국회 도서관에서 남자에 대해 조사해왔다고 했어!”

주인을 이해하려고 하는 경의는 높이 평가하겠지만, 그 메이드는 울게 만들 거다.

기척.

뮤르 뒤에서 검은 옷을 입은 사람이 신호를 보내서 난 ‘노상방뇨’를 하고 온다며 양해를 구하고 단독으로 숲에 들어갔다.

호위와 함께 있는 소피아는 기다리던 사람을 향해 술잔을 들었다.

"딸이 우는 모습을 보러 왔어."

"흐음~, 그래? 주정뱅이의 헛소리를 들어줄 정도로 한가하지 않은데."

검은 옷을 입은 사람 중 한 명이 말없이 발을 내딛었고, 소피아는 한손을 흔들어 제지했다.

"이렇게 한다 이거지, 산죠 히이로. 꺾인 뮤르의 마음을 용접해서 보강하고, 크리스를 플라움에 끌어들이고, 리우도 3대 기숙사 대항전에 끌어들였어…… 그리고 나마저도 회장에 꾀어내서 네가 바라는 '뮤르의 재기를 노리는 무대'를 갖췄어."

소피아는 나른한 듯이 크림색 케이프 코트를 털었다.

"이 책략은 뭐야. 대체 언제부터 이 착지점을 그리고 있었던 거지? 네가 스코어 0? 웃기지 마. 어디 사는 누가 한 위장 공작이지? 아이즈벨트가도 그 뒤를 조사할 수 없다니…… 산죠가는 정부 기관 중추에까지 파고든 건가?

어깨를 으쓱인 내 앞에서 소피아는 눈을 내리떴다.

"태어났을 때부터 스코어가 0인 인간은 없어. 남자의 스코어는 서서히 내려가서 0이 되거나 타고난 수치 그대로 정체되는 게 세상의 이치. 현이조약 체결 이후, 스코어 0에서 빠져나올 정도의 공적을 세운 사람은 없어."

그녀의 눈동자가 날 비췄다.

"산죠가의 자제라면 높은 스코어로 태어났겠지. 그 스코어에서 스코어 0까지 떨어지다니…… 난 도저히 믿을 수가 없어. 넌 뭐야?"

"산죠 히이로. 그 이상도 그 이하도 아니지."

와인 잔이 탁 쓰러졌다.

소피아의 검지를 타고 피를 연상케 하는 와인이 뚝뚝 떨어졌다. 손끝에서 넘치는 눈물 모양을 한 빨간 방울은 차닥차닥 땅에 스며들어 못 먹게 되었다.

"누가 바위를 옮기는 시시포스를 응원하려고 하겠어."

그녀는 마르기 시작한 땅을 바라봤다.

"뮤르는…… 그 아이는 나랑 똑같아. 아무리 열심히 바위를 옮겨도 밑바닥까지 굴러 떨어지지. 크리스조차 정상에 다다르지 못했어. 내가 그 아이들을 가르치는 데 얼마나 대가를 치렀는지——."

"너만 대가를 치렀나."

느릿느릿 고개를 든 소피아의 눈이 날 바라봤다.

"자신의 꿈도 소망도 버리고 네 취향인 우등생이 되기 위해 한결같이 대가를 치러야 했던 건 누구냐. 괴로워한 건 누구냐. 배신당한 건 누구냐. 울고 있던 건 누구냐. 포기한 네 대가의 양식으로 지불된 행복은 누구의 것이었나."

"…………."

"대답해, 소피아 에세 아이즈벨트. 필사적으로 빛나려고 한 자기 자식을 포기하고 떠나간 메로페는 어디 사는 누구냐."

"몰라, 그런 아이들은."

말을 내뱉은 소피아는 와인 잔을 내팽개쳤다.

깨져서 떨어진 파편을 부츠로 짓밟고 조소를 띤 그녀가 발끝을 땅에 밀어 넣었다.

"그 아이들은 내 피와 우수한 씨로 만들어진 모조품인걸. 아이즈벨트가의 인공 자궁으로 만들어진 디자인 돌(모조 인형). 그래서 아이즈벨트가는 여계를 유지하고 있고 이놈이나 저놈이나 다 우수한 거야. 내가 아이를 셋이나 낳은 것처럼 보이진 않잖아?"

그녀는 눈앞에서 빙글 한 바퀴 돌아 아름답고 균형 잡힌 온몸을 과시했다.

"그도 그럴게 안 낳았는걸. 나는 세 명, 상대는 두 명. 공적으로는 어느 병원에서 몇 시간 동안 진통에 시달렸는지도 기록돼 있지만, 실제로는 전부 인공 자궁으로 만들었어."

킥킥거리며 웃으면서 그녀는 아프지 않았던 배를 쓰다듬었다.

"얄궂지. 아이즈벨트가의 인간은 전부 가짜(사이비)인데…… 유일한 실패작인 뮤르만 사이비라 불리다니. 어차피 이 세상은 그런 거야. 성공한 사람에 대한 찬사는 끊이지 않고, 낙오자의 귀에 박수 소리가 들릴 일은 없어. 레일에서 벗어난 인간은 아무리 발버둥 쳐도 이전의 길을 따라 나아갈 수 없어. 너처럼 말이야, 스코어 0."

배 앞에서 꽉 쥔 주먹이 하얗게 물들었다.

"소용없어, 전부, 전부, 전부…… 무엇이든…… 아무리, 노력해도…… 아무리 애써도…… 가짜는 가짜고, 진짜가 될 순 없어…… 모든 것은 태어날 때 정해져 있고…… 그래서, 난…… 시리아를……."

소피아는 검은 옷을 입은 사람한테서 와인 잔을 받더니 떨리는 손으로 안에 든 것을 들이켰다. 일그러진 표정에서 고통이 사악 사라지고 미소로 바뀌었다.

"뮤르는 못 이겨. 그 아이에게 재능이 없는걸. 실패작끼리 친해져서 잘 어울린다고 생각하지만, 어떤 길을 따라가더라도 비극의 결말은 파멸이야."

소피아는 내 어깨를 두드리고 옆을 지나갔다.

"참가 사퇴율을 17%까지 억누른 건 높이 평가해. 이 무대를 갖춘 수완에도 경탄했어. 하지만 여기까지야. 너희에겐 만분의 일의 승산도 없어. 난 그 아이가 우는 모습을 보러 왔어."

소피아는 냉소하면서 떠나려고 했고——.

"……줄게."

걸음을 멈췄다.

"뭐라고?"

"바라는 대로 보여줄게. 그 아이가 우는 모습을."

난 천천히 그녀를 돌아봤다.

"그 아이는 포기한 너 대신 자기 자신의 손으로 소망을 붙잡을 거다. 그 아이가 걸어온 길을, 그 노력을, 그 대가를, 난 절대로 헛되이 하지 않을 거다. 그 아이가 바라는 미래를, 행복을, 미소를, 진짜에 이르는 순간을…… 모든 것을 걸고 너에게 보여주지."

입꼬리를 올린 나는 그녀를 향해 손가락을 내밀었다.

"환희에 찬 기쁨의 눈물일 거다. 각오해둬라, 소피아 에세 아이즈벨트."

그녀의 손바닥에서 와인 잔이 떨리면서 으스러졌다.

"보여줄 수 있으면…… 보여줘 봐라, 건방진 꼬맹이가."

난 웃는 얼굴로 그녀에게 브이 사인을 날렸다.

*

3대 기숙사 대항전의 무대가 되는 전장── 플라움 본진.

무가 저택풍 진지에는 망루와 창고와 헛간이 있었고, 저택 옆에는 밭이 있어 작물까지 자라고 있었다.

미디어의 취재를 상정해 세공한 것들이었지만 플라움 본진에는 취재진이 대기하지 않았다. 촬영용 불가시 드론도 원래 모습이 보이지 않는다고는 해도 날아다니는 기척은 없었다.

다만 중요한 곳에는 대형 카메라가 설치되어 있다. 시청자가 바라는 예정대로의 결말, 안방의 분위기를 띄우는 마무리, 약자가 패배하고 강자가 승리하는 그 순간을 포착하려는 것이다.

바람이 불어 깃발이 춤췄다.

본진 주위에 나부끼는 노란 독수리 심볼은 플라움의 진지를 나타냈다.

그 당당하고 용맹한 모습은 자유를 얻은 독수리가 넓은 하늘을 나는 듯했다.

뮤르는 토방을 통해 객실에서 그 모습을 지켜봤다. 몇 초 동안 망설인 후에 난 그녀 옆에 앉았다.

“히이로, 독수리 심볼의 의미를 알고 있어?”

뮤르는 고개를 저은 나에게 웃는 얼굴을 보였다.

“용기야.”

뮤르가 전투복을 입었다. 나도 플레어가 특별히 주문해준 바지 타입 전투복을 입고 있다.

“저 상징에 어울리는 건 겉모습뿐이다…… 그런 말을 듣지 않도록 해야지.”

나는 뮤르와 나에게만 보이는 윈도우를 열었다. 전장 전체를 부감하는 조감도를 불러내 블랙 필러와 점거지를 확대했다.

“그럼 바로 옷이 날개인지 시험해봅시다. 구두로 규칙을 설명해 주시죠.”

“너, 지금 속담 말하는 척하면서 날 바보 취급하지 않았어?”

뮤르는 윈도우에 손을 댔다.

“올해의 3대 기숙사 대항전은 구이드부일. 왕, 군사, 사수, 마술사, 병사, 사신 등의 유닛을 지휘하고 점거지를 점거해 적의 본거지까지 전선을 늘려 적 기숙사장을 물리치면 승리. 왕, 군사, 사신은 한 명밖에 지명하지 못하지만 사수, 마술사, 병사에는 인원 제한이 없다. 각 말에는 목숨과 특수능력이 있으며 특색을 살린 운용이 필요하다.”

팔짱을 끼고 까치발로 선 뮤르는 나에게 몸을 팍팍 부딪쳐왔다.

“어떠냐, 히이로, 어때~? 으응~? 리이표 게이머식 각인의 성과는 어떠냐~? 규칙은 제대로 기억하고 있는데 규칙을 배울 때의 일은 하나도 기억 안 나는 거 너무 무섭잖아~? 대체 난 무슨 짓을 당한 거지~?"

옆에서 같이 지도를 받은 내 기억이 없는 것도 너무 무섭잖아.

인간의 망각이라는 기능에 감사하고 우리는 안방으로 나아갔다.

도중에 취사장을 들여다봤다.

스노우와 릴리 씨를 중심으로 한 메이드 부대가 부지런히 148명분의 점심을 준비하고 있었다. 3대 기숙사 대항전은 장기전이 되는 경우도 있어서 관계자의 식사 준비와 같은 보조는 인정된다.

"히이로 님, 뮤르 님!"

취사장에서 일하고 있던 여자들이 달려왔다.

잘 보니 본 적이 있다.

아이즈벨트가에서 쫓겨난 종자를 보호하기 위해 뮤르가 설립한 '메이드 카페(진짜)'에서 일하던 메이드들이었다.

"히이로 님, 릴리 씨에게 당신의 노력에 대해 들었습니다. 신입생 환영회에서 한 일은 저희 종자의 일자리를 알선하기 위함이었다고. 당신 덕분에 플라움 아가씨들의 눈에 들어 누구 하나 빠지지 않고 메이드 일을 계속하고 있습니다."

얼굴밖에 모르는 아름다운 메이드들이 흐느껴 울면서 매달렸다.

미인과 미인 사이에 끼어 알 수 없는 여체 지옥에 빠진 난 신음 소리를 냈다.

"으엑……?! 저, 저는 모르겠는데요…… 무슨 이야기죠……?"

"저희를 구해주신 건 히이로 님이에요. 이 정도로 받은 은혜

를 갚을 수 있을 것 같진 않지만, 도움이 됐으면 해서 3대 기숙사 대항전에 참가했습니다."

"아하하핫! 으, 은혜 갚은 학이 아니라 은혜 갚은 메이드인가! 게다가 그 은혜가 너에게 해악이 되다니! 아하하핫! 너, 넌 대체 날 얼마나 즐겁게 해주는 거냐! 히이, 히이, 히익!"

알스하리야는 더러운 웃음소리를 내면서 크게 웃었다.

뜨거운 시선을 보내는 메이드들은 볼을 붉히고 몸을 가까이 붙였다. 썩을놈 대표에게 향하는 교태. 얼굴이 새파랗게 질린 난 여체에 파묻히면서 떨었다.

"모, 몰라! 난 몰라! 전부! 아무것도 몰라! 뮤르가 했어! 난 모르는 일이야! 뮤르가 했어! 뮤르가! 뮤르가아!"

미소를 지은 릴리 씨는 나에게 경애하는 눈빛을 보냈다.

"히이로 님, 괜찮아요. 저도 뮤르도 당신처럼은 못했으니까요."

"아니야 아니야 아니야! 그런 미담 같은 이야기가 아니야! 난 몰라! 뮤르가! 뮤르가 한 거야! 난! 난 백합을 지키고 싶어어!"

사방팔방에서 메이드가 안겨왔고, 나는 메이드들과 함께 코러스를 내며 울부짖었다. 무참하고 슬픈 울음소리의 합창을 듣고 너무 웃은 알스하리야는 과호흡을 일으켰다.

"뮤르 님, 당신 덕분에 저희는 미래를 손에 넣었습니다. 감사합니다."

몇 분 뒤, 스노우에게 발길질을 당하는 날 해방한 메이드들은 눈물을 글썽이며 뮤르를 향해 돌아섰다.

"그래! 딱히 아무것도 안 했지만 받을 수 있는 감사는 받아두는 주의다! 감사해라!"

"그렇지 않아요. 당신은 항상 팬케이크를 맛있게 먹어줬어요. 자신감을 잃은 저희를 구해준 건 볼에 크림을 묻힌 당신의 미소예요."

줄지어 선 메이드들은 아름다운 동작으로 옛 주인에게 머리를 숙였다.

"무운을 빕니다, 뮤르 님."

그늘에서 볕으로, 얼굴을 든 그녀들은 웃고 있었다.

"아이즈벨트가 따위는 물리쳐주세요."

한순간 멍하니 있다가 웃음을 지은 뮤르는 거만하게 팔짱을 끼고 단언했다.

"그래, 맡겨둬! 팬케이크 외상값만큼은 일해줄게!"

주인과 종자는 서로를 바라보면서 원한 같은 건 없었다는 듯이 웃고 있었다.

취사장에서 나와 안방으로 향했다.

"……옛날에 팬케이크에 벌레가 들어가 있었어."

뮤르는 도중에 멈춰 서서 나지막이 중얼거렸다.

"종자들은 나에게 사근사근하게 대해줘서 실수라 생각했어. 말하지 못했어. 잘리면 큰일이니까. 하지만 매번 벌레가 꼭 들어가 있었고, 내가 말하지 못하고 굳었을 때 종자들이 히죽거리면서 이야기하는 걸 보고…… 그제야 일부러 했다는 걸 알아차렸어."

뮤르는 미소 지으며 자신의 손바닥을 응시했다.

"다들 곤욕을 치르고 있었어. 그 분풀이로 더 약한 존재를 이용하는 건 당연하지. 더구나 아이즈벨트가에 원한을 품고 있으면 그런 짓도 하고 싶어지겠지."

떨리는 손, 그 손을 꼭 쥐며 뮤르는 속마음을 토로했다.

"하지만 취사장에 있는 그 아이들은…… 아이즈벨트가에서 쫓겨나 쭉 괴로운 일을 겪어온 그 녀석들은…… 한 번도 팬케이크에 벌레 같은 건 넣지 않았어. 항상 맛있는 팬케이크를 만들어주고…… 웃는 얼굴로 고맙다고 인사까지 해주고…… 격려해주고……."

부들부들 떨리는 양손. 그 손에 손톱을 박은 뮤르는 천장을 올려다봤다.

"분명 어머님에게 협박당하고 있을 거야. 만약 3대 기숙사 대항전에 참가하면 모처럼 재취업한 곳에서도 일하지 못하게 될 거야. 그래도 내 편을 들면서 웃으면서 '아이즈벨트가를 물리쳐라'라고 했어. 그저 그늘에 숨어 몸을 웅크리고 우는 것을 선택하지 않았어."

떨림이 멈췄다. 돌아본 뮤르는 더 이상 울고 있지 않았다.

맹장지문 틈으로 비치는 서광을 받은 그녀는 결연한 눈빛으로 앞날을 내다보고, 인간 뮤르 에세 아이즈벨트로서 일어섰다.

그 눈동자에는 별―― 알타이르(비상하는 독수리)가 반짝였다.

나는 그녀를 바라보며 웃음을 지었다.

"가자, 뮤르."

그녀는 고개를 끄덕이고 안방으로 이어지는 맹장지문을 활짝 열었다.

총원 148명.

널찍한 안방부터 플라움의 본거지 부지 안에까지 모여든 148명의 기숙사생들은 일제히 뮤르를 응시했다. 불안과 기대가 뒤섞인 시선이 한몸에 꽂혔다.

벽에 등을 기대고 있던 크리스는 한순간 등을 떼고 동생 곁으로 가려다가, 미소를 짓고 그만뒀다.

천천히 숨을 쉬고 빙긋 웃은 뮤르는 팔짱을 꼈다.

"제군, 좋은 아침이다! 너희가 경애하는 리더 뮤르 에세 아이즈벨트다! 오늘 너희가 목숨을 걸고 지킬 VIP 공주님이라고! 알다시피 난 이 기숙사에서 가장 약하니까 너희 중 누구 하나라도 대충하면 질 테니 각오해라!"

웃음소리가 터져 나오고 '기숙사장, 아침부터 시끄러워~!'라며 야유가 날아들었다. 뮤르는 여유로운 얼굴로 '워워'라며 양손으로 제스처를 취했다.

"너희들, 알고 있겠지만 프리에 비하면 내 연설 능력은 바닥 중에서도 밑바닥이다! 뭔가 그럴듯한 말을 해서 너희의 사기를 올리는 건 무리니까 돈과 권력으로 어떻게든 하기로 했습니다! 좋아~, 주모옥~!"

종자들이 카트에 실린 무언가를 차례차례 가져왔다. 뮤르가 가림막을 확 걷자 환호성이 터져 나왔다.

"자, 이건 호화 경품들이다! 오늘 활약한 상위 멤버에게 선물해줄 테니까 열심히 해! 참고로 1위는 나랑 같이 이탈리아 여행을 간다!"

"싫은데~ 거의 보호자 노릇이잖아!"

"누구냐, 보호자 노릇이라고 한 멍청이는?! 사이토지?! 사이토 너, 앞으로 나와!"

새된 웃음소리가 터졌고, 불쌍한 사이토 씨는 '나, 나 아무 말도 안 했는데?!'라고 외쳐 또 다시 웃음이 터져 나왔다.

"간단히 먹을 것과 마실 것과 간식도 준비해줬으니 하늘과 땅의 은혜에 감사하면서 배를 채우도록. 뭐, 오늘은 3대 기숙사 대항전이다. 다들 지위고하 막론하고 즐겨라. 이상."

뮤르는 웃으면서 한번 뒤돌았다가, 다시 천천히 모두가 있는 쪽을 향했다.

"……모두에게 사과하고 싶은 게 있어."

그 목소리는 안방 구석구석, 기숙사생들이 가득 찬 다른 방에까지 스며들었다.

"이번 대항전, 다른 기숙사에 비해 사퇴율이 높은 건 내 탓이다. 플라움을 운영하는 아이즈벨트가, 즉 내 어머님은 내가 지휘하는 이 기숙사가 지길 바라고 있어. 그 외에도 나는 많은 괴롭힘을 당하고 있어. 모두가 기대하는 3대 기숙사 대항전을 본래의 형태로 거행하지 못하고 불리한 상황 속에서 시작하게 됐어. 정말 미안해."

뮤르는 기숙사생에게 머리를 깊이 숙였다.

"아이즈벨트가의 이름을 빙자해서 심한 짓을 많이 했어. 내 이기적인 감정으로 많은 기숙사생을 쫓아냈어. 모두의 3대 기숙사 대항전을 사유화해서 나와 아이즈벨트가의 결판의 무대로 쓰려 하고 있어. 그래서 난 이번 대항전이 끝나면 기숙사장 자리에서 물러날 거야."

기숙사생들이 웅성거렸고, 뮤르는 머리를 숙인 채로 말을 쥐어짜냈다.

"난 약한 인간이야. 공부도 운동도 마법도 무엇 하나 잘 못하고, 너희 위에 설만한 기량도 없어…… 실패작이야……. 지금도 여기서 도망치고 변명하면서 인생을 얼버무리고 싶어…… 하지만…… 그래도……!"

무릎을 꿇은 뮤르는 다다미를 긁으면서 온 마음을 털어놓았다.

"질 수 없어……! 나에게 팬케이크를 만들어준 사람들은 힘내라고 격려해줬어. 상을 강요받은 언니는 아무 말 없이 옆에 서줬어. 옆에 있는 이 남자는 홀로 바보짓을 하며 목숨을 걸어줬어. 그리고 너희는 아무 불평도 하지 않고 지금 이곳에 서있어!"

무릎을 꿇은 그녀는 떨리는 목소리로 말했다.

"난 강해지고 싶어…… 단 한 번이라도 너희에게 '기숙사장'이라 불리는 존재이고 싶어. 그러니…… 그러니……!"

뮤르는 다다미에 이마를 비볐다.

그 행동은 프리나 플레어라면 결코 선택할 일이 없는 선택지. 정상에 서는 사람이 해서는 안 되는 어리석은 행동이었을지도 모른다.

그래도 그 행동은——.

"저에게…… 힘을…… 빌려주세요……!"

우리의 마음을 확실하게 흔들었다.

뮤르 에세 아이즈벨트가 자신의 속마음을 드러낸 순간── 새파란 하늘에 빨간색과 파란색과 노란색 불꽃이 발사되었다.

활짝 열린 맹장지문 사이에서 꽃핀 삼색 불꽃.

빨강, 파랑, 노랑으로 채색된 3대 기숙사 대항전 시작 신호. 개전을 알리는 뿔피리 소리가 오장육부에 울렸다.

나는 발을 내딛고 외쳤다.

"……이기자. 이기자, 얘들아아아아아아아아아아아아아아아아아아아아아아아아아아아아아아아아아아아!"

땅을 뒤흔드는 포효가 한 기숙사장에게 승리를 약속했다.

멍하니 함성 소리를 들은 소녀는 눈물을 꾹 참고 주먹을 치켜들었다.

3대 기숙사 대항전이 시작된다.

그와 동시에 각 기숙사장에게 '사신 해방 조건'이 공개되었다.

'사신은 제2전선, 제3전선의 점거지를 두 번 점거하거나 점거당하는 것으로 해방된다. 사신 해방 횟수에 제한은 없다. 또한 사신이 해방된 도중에 점거가 이루어진 경우, 사신의 해방 시간은 가산된다.'

바로 전장의 맵을 확인했다.

각 기숙사는 두 개의 적 기숙사를 앞뒤로 두고 끼어있다.

적 기숙사의 본거지에 쳐들어가려면 최소한 세 개의 점거지를 점거할 필요가 있다. 적 기숙사 본거지로 향하는 경로는 TOP(오른쪽), MID(중앙), BOT(왼쪽) 세 종류가 있으며 각 경로 도중에는

1km 간격으로 점거지가 늘어서 있다.

이 점거지를 그냥 지나쳐서 적 본거지로 가는 것은 불가능하다.

최단 거리로도 3km를 이동할 필요가 있는데, 직선거리로 갈 수 있는 게 아니다. TOP과 BOT 경로는 커브가 있어서 실제 거리는 1.2km다.

어떤 경로든 산속의 험한 길을 가게 되는데, MID는 직선거리로 1km를 가면 도달할 수 있다. 때문에 최단 거리로 상대를 공격하려면 MID로 전진할 필요가 있다.

각 기숙사의 첫 수는 정해져 있다. 제1전선 확보다.

앞뒤로 있는 제1전선까지 가도 개전 직후에는 적을 만날 가능성은 없다. 그러니 제1전선의 TOP, MID, BOT을 점거하고 방비를 굳힌 후에 제2전선으로 가는 게 정석이다.

훈련된 마법사라면 시속 70km의 속력으로 1km를 주파한다.

시간으로 따지면 약 50초지만 산속의 험한 길을 최고 속도로 달리는 건 불가능하다. 게다가 각 기숙사가 설치하는 부비트랩이나 오토봇과 같은 장애물을 생각하면 시간이 4~5배는 걸릴 것이다. 각자의 마력, 체력 등의 불균형을 고려하면 5~7분쯤 걸릴까.

거기에 더해서 점거 시간은 1분. 6개로 나눈 부대로 앞뒤의 TOP, MID, BOT 제1전선을 점거하려면 시간이 6~8분이 걸릴 것으로 추정된다.

각 기숙사가 시작과 동시에 제1전선을 점거하는 건 정해져 있기 때문에 이 6~8분은 다음 수를 생각하기 위한 유예 시간이 된다.

플라움 본거지에는 최소한의 유닛만 남겼다.

왕, 군사, 사신이 각각 1명, 사수가 5명, 마술사가 10명.

다른 기숙사에 비해 유닛 수가 적은 플라움에는 본거지 방비에 유닛을 돌릴 여유가 없다. 공세로 나가기 위한 최소한의 숫자이며, 본거지 앞의 제1전선에서 적을 막는 것을 전제한 배치다.

뮤르는 각 기숙사생과 면담해 본인이 어떤 유닛을 희망하는지를 듣고 잘하는 것과 못하는 것을 정리했다.

뮤르는 각자의 희망과 특색을 대조해서 유닛을 배정했다. 만약 본인이 납득하지 못한 경우에는 다시 면담해서 끈기 있게 사람과 유닛을 조정했다.

그렇게 한 보람이 있는지 기숙사생은 불만 없이 사기가 높은 상태로 3대 기숙사 대항전을 맞이할 수 있었다.

본거지에 남아있는 사수는 면담 때 전투가 서투르다고 호소한 기숙사생들이다.

네 명은 사방의 망루에서 감시와 지원, 한 명은 오퍼레이터를 맡고 있다.

사수는 본거지와 점거지에 있는 동안 전투복의 마력 집적량이 1.5배가 되기 때문에 후방 지원과 진지 방위에 적합하다.

망루에 있는 네 명은 서로의 매직 디바이스를 마력선으로 연결해 전방을 향해 마력파를 발사하고 있다. 마력파가 마력을 띤 대상에 닿고 돌아오는 반사파를 측정해 대상까지의 거리와 방향을 측정하는 것이다.

소위 마력 감지 인력 레이더.

넷이서 방과 후에 훈련을 한 덕인지 본거지에서 약 500~700미터까지 감지할 수 있다.

적 기숙사가 본거지까지 다가온 경우, 복병이나 규모를 얼마나 빨리 파악할 수 있느냐는 승패에 직결된다. 그리고 네 명을 점거지에 보내면 방비가 허술한 곳을 확인해 공세로 나갈지 어떻게 할지에 대한 판단 기준을 얻는 것도 가능할 것이다.

오퍼레이터를 맡은 기숙사생은 각 부대에서 들어오는 보고를 정리해서 중계해준다.

윈도우에 표시된 정보에 둘러싸여 있으면서도 당당하게 무릎을 꿇고 앉은 모습이 그럴듯했다.

본거지에 남은 10명의 마술사는 마력량에는 자신이 있지만 전투를 잘 못하는 기숙사생들이었다.

그녀들은 마력 공유를 위해 손을 잡고 생성(크래프트)을 하고 있었다.

마술사는 목숨이 하나라서 약하지만 본거지와 점거지에 있는 동안 일정 개수의 오토봇을 생성할 수 있다. 또한 본거지와 점거지 사이라면 마술사 이외의 유닛을 전송하는 것도 가능하다.

마술사가 형성한 마법진에서 오토봇이 생성된다. 모노아이가 달린 구형 봇은 적을 찾으러. 인간형 봇은 무기를 손에 들고 전장으로 진격했다.

부지런히 일하는 사람들을 보면서 나는 생각에 잠겼다.

자. 플레어와 프리는 어떻게 나올까. 최악의 상황은 루푸스와

카이룰레움이 결탁해서 공동 전선을 펼쳐 플라움을 협공하는 건데.

난 실치된 대형 카메라를 힐끗 봤다.

일단 그러진 않을 것이다. 일방적으로 약한 자를 괴롭히면 미디어의 반응이 좋지 않다. 그 두 사람에게 3대 기숙사 대항전은 과정이자 발판. 사회적 지위라는 제약은 플라움에게 유리하게 작용한다.

3대 기숙사 대항전은 명가가 벌이는 대리전이기도 하다.

루루플레임가와 프리기엔스가. 두 명가의 높으신 분은 3대 기숙사 대항전은 이기는 게 당연하며 다음 세대의 실력을 측정할 좋은 기회라 생각하고 있을 것이다. 그리고 시야 속에서 뮤르의 목에는 가격표가 달려 있지 않다.

물론, 그렇다고 플라움을 무시하고 싸워줄 정도로 그 둘은 바보가 아니다. 그녀들은 무능하지도 않고 평범하지도 않으며 다음 세대를 짊어지기에 걸맞은 재능을 지닌 기린아다.

1리를 걷는 짐말을 두고, 준마는 1000리를 달려나간다.

우리의 상상을 초월해서 놈들은 반드시 뭔가 할 것――.

"전령."

오퍼레이터의 보고를 듣고 온몸에 힘이 들어갔다.

3대 기숙사 대항전이 시작된 지 1분 40초. 너무 빠르다. 벌써 쳐들어왔나.

"루푸스? 아니면 카이룰레움인가?"

뮤르의 물음에 오퍼레이터는 고개를 저었다.

"플라움."

"""……뭐?"""

오퍼레이터는 무표정하게 속삭였다.

"유격대, 츠키오리 사쿠라. 루푸스 방향 제1전선 MID 점거에 성공. 전언이 있습니다."

츠키오리의 미소가 뇌리를 스쳤다.

"기분은 어떻지? 기숙사장. 이상."

점거에 1분이 걸리는 이상, 츠키오리는 40초 만에 1km 지점에 도달한 것이다.

그 속도는 시속 약 90km.

숙련된 마법사가 육상 트랙을 달려서 나오는 속도가 시속 70km다. 그 기록을 족히 넘겨 산속의 험한 길을 주파한 츠키오리는 여유가 느껴지는 코멘트를 남겼다.

"최고다!"

뮤르는 웃는 얼굴로 외쳤고, 난 무심코 쓴웃음을 지었다.

"……진짜 사기캐(주인공)네."

실력으로 근심을 날려버린 츠키오리 사쿠라는 틀림없는 주인공이었다.

"제1부대. 카이룰레움 방향 제1전선, TOP 점거에 성공. 제6부대. 루푸스 방향 BOT 점거에 성공했습니다."

계속해서 보고가 들어왔다. 맵상의 점거지가 노란색으로 물들어갔다.

여기까지는 예정대로다.

승부는 유닛끼리 만나는 제2전선 이후. 그때 문득 볼 근처에서 열을 느꼈다.

눈이 열원을 찾았고, 나는 지근거리에 있는 크리스의 존안을 발견했다.

긴 백금색 속눈썹이 햇빛을 머금고, 곱고 하얀 피부는 희미하게 물들어 있었다.

내 팔에 손을 얹고 귀에 머리카락을 걸친 그녀가 윈도우를 들여다봤다.

"히이로, 전황은 어때? 이 윈도우는 히이로랑 뮤르밖에 못 보는 것 같지만, 전장 전체의 맵이라면 나도 확인할 수 있어."

눈과 눈이 맞았다. 하얀 손끝이 팔에서 어깨로 옮겨갔다. 그녀가 미소를 지으며 날 바라봤다.

뭔가 걸린다. 그녀가 나에게 적의를 보이지 않는 것, 그녀가 가까이에 있는 것만으로도 마음이 놓이는 것, 그녀에 대한 경계심이 약해져 있는 것, 그 모든 요소가 가슴의 술렁임으로 바뀌었다.

불안, 아니, 공포.

백합계의 제갈공명이라 불리는 내게도 천려일실은 일어날 수 있다. 플라움의 사신으로 크리스를 선택하는 건 뮤르에게 필요한 일이었다. 실수는 하지 않았다. 그럼에도 불구하고 어째서 이렇게나 가슴이 술렁이는 거지.

직감적인 두려움. 난 무심코 얼굴을 돌렸다.

바로 양손에 양볼을 잡혀 얼굴이 정면으로 돌려졌다.

얼굴을 빨갛게 물들인 크리스는 내 볼을 부드럽게 감싸면서 볼을 부풀렸다.

"야. 도망치지 마, 비겁한 녀석. 네가 먼저 시작했으면서. 먼저 눈을 돌리는 사람이 지는 거야. 항상 지기만 했어. 오늘은 복수할 거야."

"으게엑!"

심장에 날카로운 아픔이 일었다.

뭐, 뭐지, 이 형언할 수 없는 새콤달콤한 격통은…… 머, 머리에 설탕을 흘려 넣는 듯한 달디단 영상이…… 이전에 나도 이런 걸 누군가와 한 것 같은데…… 그리고 마지막에는…….

"히이로, 자, 연습."

그녀는 시선만 살짝 올려 날 힐끗 봤다.

"아, 아니, 난 단일 개체 여성을 시야에 계속 두면 지속 대미지가——."

"야~! 친언니의 농익은 헤롱대는 얼굴을 생중계 당하는 동생의 심정도 생각해라~!"

발을 구르며 화내는 뮤르가 쫓아내자 크리스는 당황해서 나한테서 떨어졌다.

"유격대, 츠키오리 사쿠라. 루푸스 방향 제2전선 MID점거에 성공."

"츠키오리가 점거지를 획득하는 사이에 남의 언니의 존안을 수확하지 마, 로맨스 소작농!"

"전언이 있습니다. 기분은 어떤가, 왕자님(히이로)?"

"'여자랑 꽁냥대서 최고다!'라고 대답해 보시지! 히이로 너, 시속 90km 츠키오리에게 사과해라~! 시속 0km로 여자랑 꽁냥거리고 있었습니다 라고 대답해봐라~!"

"오퍼레이터, 츠키오리에게 연결해줘. 4K 사죄 비디오 레터로 기사회생을 노린다."

사죄 영상으로 츠키오리에게 아양 떠는 내 옆에서 크리스는 크흠 하고 헛기침을 했다.

"뮤르, 착각하지 마. 난 때를 분별하고 있어. 이건 히이로와 마력 공유를 하기 위한 조치 중 하나. 약간의 불안을 없애기 위한 준비다. 몸을 겹치는 건 어렵더라도 시선 맞추기나 피부 접촉으로 기반을 다지지 않으면 유사시에 마력선이 연결되지 않아."

크리스는 저 멀리 있는 루푸스를 노려봤다.

"사신은 온다…… 반드시."

나도 이끌려서 루푸스에 시선을 보냈고, 오퍼레이터가 얼굴을 찌푸렸다.

"왜 그러죠? 내 사죄의 용량이 너무 커서 윈도우가 멈춰버렸나요?"

오퍼레이터는 난처하다는 듯이 대답했다.

"색적으로 보낸 오토봇이 일제히 경고음을 내고 있지만 대상을 확인할 수 없습니다. 루푸스 방향 제1전선에 설치한 레이더에도 마력 반응이 있지만 적병은 한 명도 포착되지 않았습니다."

"뭐야 그게, 고장인가?"

……루푸스 방향?

삐~ 삐~ 삐~ 삐~.

구형 봇의 모노아이가 새빨갛게 점멸하면서 경고음을 냈다.

기습 대책으로 본거지에 둔 서치봇이 일제히 반응했다. 주변의 마력이 급격하게 고조된 것을 알리는 경고다.

삐~ 삐~ 삐~ 삐~.

난 천천히 눈을 크게 뜨고 외쳤다.

"모두 엎드려!"

세 소녀를 후려치듯이 밀어서 넘어뜨렸다.

눈앞을 뒤덮은 창백한 섬광, 귀를 찢는 듯한 큰 소리, 전신의 피부에 소름이 돋아 저릿해졌고, 지붕이 날아가 기와와 목재가 쏟아지고 맹렬한 기세로 솟구친 분진이 시야를 뒤덮었다.

이명으로 뇌가 흔들린다. 잔해가 덮쳐왔지만, 나는 뒤돌아보자마자 거합 자세를 잡았다.

살기에 반응해 흐르듯 움직이는 반신. 무너지는 벽면을 향해, 허리에서 모은 검섬을 가로로 휘둘렀다.

발도, 일섬, 아르스 마그나!

광검은 중간까지 슥 들어갔지만, 다 베지 못했다. 하지만 작은 손바닥이 칼등을 힘껏 치는 것과 동시에 마력의 섬광이 사방에 용솟음쳤다.

무극도인권이다.

삼체식(三體式) 자세를 잡고 있던 뮤르가 내 체내에 뻗은 마력선을 통해 순식간에 필요한 만큼의 마력을 흡수했다. 그리고 소리도 없이 앞으로 나아가 마력을 띤 붕권으로 잔해를 파괴했다.

내가 마력 부스트로 가속된 칼날로 잘게 잘랐고, 자잘한 파편을 뮤르가 튕겨냈다. 우리는 구르듯이 밖으로 나왔다.

"으갸~, 이건 또 뭐야~! 알고 지내는 태풍이 놀러 오기라도 했나?!"

뮤르는 눈앞에 펼쳐진 참상을 보고 소리 질렀다.

무가 저택의 기와지붕이 날아가 오픈 테라스로 개장되었다.

충격적인 상흔은 짙게 남았다. 파인 땅, 기운 망루, 꺾인 깃대. 오토봇은 뒤집혀서 기능이 멈췄고 기숙사생들은 멍하니 주저앉아 있었으며, 부지 안에 있는 수목은 쓰러지거나 기울어져 있었다.

난 반쯤 붕괴된 무가 저택을 보다가 취사장을 향해 달리기 시작했다.

"스노우!"

"네."

급브레이크를 건 나는 맹렬한 기세로 땅에 머리부터 처박아 얼굴을 부딪쳤다.

홀연히 모습을 드러낸 스노우는 품에서 녹음기를 슥 꺼내 재생했다.

'스노우!'

"곤란하네요. 의도치 않게 사랑하는 정실을 찾는 남자의 러브 보이스 녹음에 성공하고 말았어요. 이 다급한 목소리는 뭔가요~. 이렇게 필요로 해도 스노우는 곤란해요~. 사랑받는 메이드는 너무너무 곤란해~."

"이봐, 너, 진심으로 걱정했——."

스노우의 검지가 내 입술에 살짝 닿았다.

"너무 긴장했어요. 3대 기숙사 대항전 참가자는 모두 전투복을 착용하고 있으니까 괜찮아요. 혼자 싸우는 게 아니니까요. 우리도 믿고 지금 당신이 해야 할 일을 해주세요."

스노우는 미소를 짓고 나를 향해 양팔을 벌렸다.

"그렇게 불안하면 안아서 머리를 쓰다듬어줄까요?"

"……아니, 필요 없어. 고마워. 지금 머리가 좀 굳어서—— 필요 없다고 했잖아?! 그만해, 끌어안지 마! 뒈져라, 이야압!"

전력으로 씨름을 하는 나와 스노우를 보고, 갑작스러운 공격에 어리둥절하던 기숙사생들에게 웃음이 돌아왔다.

긴장된 분위기가 이완되어 현재 상황을 냉정하게 파악할 수 있게 되었다.

우리는 현장으로 가서 본거지를 덮친 공격의 정체를 확인했다.

배후의 산속, 본거지와 카이룰레움 방향 제1전선 사이이다. 점거지를 둘러싸고 있는 대마장벽에 튕겨나가 땅속 깊숙이 박혀 있던 것은…… 은으로 형성된 원뿔형 포탄이었다.

최소한의 보강을 마친 무가 저택 안에서 회수한 은탄을 앞에 두고 의논이 시작되었다.

"색적용 오토봇, 제1전선, 본거지, 각각의 레이더에 걸린 반응을 토대로 이 탄환의 궤적을 그림으로 그려봤습니다."

오퍼레이터의 지시로 거의 직선으로 돌진해 나가는 탄도가 윈도우에 표시되었다.

"이처럼 탄착까지의 경로는 거의 직선입니다. 지면에서의 곡사가 아니라 높은 곳에서 직사한 것으로 추정됩니다. 이 고도는 점거지 옥상 지점에 해당되지만, 제1에서 제3전선까지 점거지에는 탄환을 발사할 수 있는 병기는 관측하지 못했습니다. 제1전선에서 본거지까지의 도달 시간으로 계산한 결과, 탄환의 속도는 초속 약 2000m. 마하5.8. 이 탄환이 무가 저택 위를 스쳐 지나간 것입니다."

평사탄도(平射彈道). 거의 직선에 가까운 궤적을 보고 나는 속삭였다.

"즉 이 은탄은 루푸스의 본거지에서 발사된 거야."

"루푸스의 본거지라니…… 몇 km인 줄 알아……?"

"4km. 탄속을 고려하면 겨우 2초 만에 도달하지."

난 뮤르의 혼잣말 같은 의문에 대답했다.

"본거지에서 공격하다니…… 그런 게 되나……?"

보통은 안 된다. 그렇기 때문에 각 기숙사의 본거지에서 본거지까지 4km나 떨어뜨려놨을 테니.

하지만 그 용은 도리를 허물고 저 멀리서 화포를 쐈다.

"레일건이네."

거대한 은탄을 만진 크리스는 나지막이 중얼거렸다.

"루푸스에는 상당히 우수한 생성자가 있어. 이런 짧은 시간에 레일건을 생성하다니, 예사롭지 않은 지식량과 구축 기술이야. 비용을 고려하지 않고 은을 쓰다니, 상상을 초월하는 졸부 한량인가. 은은 전기도 잘 통하지만 마력도 잘 통하지. 사전에 아키

하바라에서 좋은 컨버터를 준비해서 대량의 사수의 마력을 전기로 변환해 쓰고 있겠지."

"……코쿠사 아이다."

난 나지막이 가능성을 말했다.

"아카이브(대도서관)가 소장하고 있는 책 대부분을 머리에 주입한 그 애라면 10분 정도 만에 레일건을 생성할 거야."

그 도마뱀, 인재를 다루는 법을 배웠나. 딜레마(의심감옥) 때 쓸데없는 말은 안 했어야 했다.

"아마 차탄 발포에는 10분은 걸릴 거야. 마찰로 발생하는 열 냉각에 상당량의 발전, 이 정도 크기의 은탄 생성에 소모한 레일 보수 대응…… 레일건은 연사에 부적합해. 직접 만든 것이라면 더더욱."

"……10분 만에 루푸스의 본거지를 점거하는 건 불가능해. 요격하는 수밖에 없어."

뮤르가 중얼거린 말을 듣고 모두가 마음속으로 이렇게 생각했을 것이다.

——어떻게?

그래서 난 씨익 웃고 천천히 손을 들었다.

"그럼 나 혼자서 요격해도 됨까?"

모두의 시선이 집중되었고 술렁이기 시작했다.

"혼자서라니…… 어떻게?"

"트릭을 밝히면 재미없잖아요. 10분 뒤를 기대하세요."

난 웃으면서 허리에 찬 쿠키 마사무네를 톡톡 두드렸다.

"다만 마술의 트릭을 준비하는 데 필요한 정보가 하나 있어요. 은탄이 제1전선에 도달하는 타이밍을 사전에 알고 싶단 말이죠. 짝사랑에 빠져서 언제 올지 모를 데이트 상대를 애타게 기다리는 건 성격에 안 맞아서."

"……경고음이 울렸었지."

"서치봇이 울렸던 경고음이죠. 주변의 마력량이 상승해서 역치를 넘으면 자동적으로 소리가 울리게 돼있습니다."

크리스가 중얼거린 말에 오퍼레이터(3학년)가 답했다.

"굳이 마력을 흘리기 쉬운 은탄을 골랐다는 건 탄환에 '조작'이나 '변화'를 걸었다는 뜻이야. 실탄과는 또 달라. 서치봇이 반응했다는 건 마력 덩어리를 날려 탄환 관측을 했을 가능성이 높아."

"무기는 즉석 레일건에 사수는 감으로 시험 문제를 맞힌 적조차 없을 것 같은 아가씨들…… 관측은 하는 게 당연하지. 그렇다면 다음 탄도 관측을 하려나?"

"상대편에 자미엘*이라도 없다면 말이지. 레일건은 연사가 안 돼. 초탄의 결과를 고려해서 열심히 계산해 은탄을 마탄으로 바꿀 노력을 하겠지. 오퍼레이터, 경고음이 울리고 차탄이 도달하기까지의 시간은?"

내 물음에 오퍼레이터가 재빠르게 윈도우를 열었고, 크리스는 즉답했다.

"약 30초."

---

* 오페라 '마탄의 사수'에 등장하는 악마. 극중에서 등장인물과 거래해 백발백중의 마탄을 제공한다.

"빠르네. 컵라면을 먹을 새도 없이 탄환을 맞이해야겠어."

"간헐적으로 마력 덩어리를 계속 날리면서 포신의 방향을 조금씩 바꾸고 있겠지. 그렇게 하면 오차를 수정하면서 대응할 수 있어. 착탄으로 탄도를 계산해서 그 외 사소한 연산은 매직 디바이스에 맡기면 시간은 그리 걸리지 않을 거야."

"오케이, 갔다 올게. 최전선에서 '빵 쏴줘♡' 부채라도 흔들고 와야지."

난 마술사 소녀가 땅에 박은 매직 디바이스 앞에 서서 루푸스 방향 제1전선 MID로 워프했다.

"선물은 기대하지 마세요. 지갑을 집에 두고 왔으니까."

시야가 흐릿해지는 것과 동시에 점거지 옥상에 내려섰다.

거대한 파라볼라 안테나…… 통칭 뒤집힌 우산이 바로 옆에 자리 잡고 있었고, 블랙 필러와 연계해 장벽을 형성하고 있었다.

점거지는 3층 건조물이다.

3층부터 1층까지 사방에 뚫린 창구멍에는 유리가 끼워져 있지 않다. 창구멍은 총안으로 이용되고 있고, 건물 안에 있는 가구는 바리케이드로 활용되고 있다.

적의 침입을 상정해서 바닥, 벽, 천장에는 함정이 설치되어 있다.

단순한 부비트랩들의 모든 설치 장소와 유효범위를 숙지하고 있는 나는 계단의 와이어 트랩을 뛰어넘으면서 아래층으로 내려가 교묘하게 숨겨진 양산형 매직 디바이스를 피했다.

사전에 연락을 받은 플라움의 학생은 두 가지 반응을 보였다.

"군사, 수고 많으십니다."

"……칫."

호의와 혐오다.

혐오는 당연하다고 할 수 있다. 지금까지 눈에 띄는 활약을 하지 않은 남자인 내가 군사라는 중요한 역할을 맡았으니 반발심을 보이는 건 당연하다.

"왜 내가 남자 말 같은 걸 들어야 하는 거야."

"애초에 저걸 특별 지명자 자리에 불렀지? 기숙사장이 열심히 하고 있다는 건 알겠지만, 진짜 저런 멍청한 얼굴을 한 녀석을 군사로 삼아도 되는 걸까?"

"그치~, 나도 이해해~! 대항전이 끝나면 말이야~, 다 같이 그 녀석을 산에 묻어버리자~! 잠깐만, 얘들아 그러면 안 되지~! 그런 쓰레기를 파묻으면 토양오염으로 사람이 살 수 없게 되잖아~! 캬하하, 유해물질 일람표에 그 녀석의 이름을 쓰자~!"

의기양양하게 산죠 히이로 디스에 끼어든 날 쳐다보고 무리를 짓고 있던 여자들이 안쪽으로 도망갔다.

"…………."

이상하잖아. 왜 산죠 히이로 안티 필두인 내가 따돌림 당하는 거야. 그 녀석을 매장하는 패턴을 고안하는 속도는 슈퍼컴퓨터조차 능가한다는 자부심이 있는데.

마음을 가다듬어 내 악담을 통해 싹트는 백합을 망상하다가── 경고음에 정신을 차렸다.

"생각보다 빠르네. 저기요, 3층 6시 방향이 허술하니 3명 증원해주세요. 거기가 아니면 눈으로 볼 수 없는 사각이 있으니까요."

"어, 저기, 군사는 어디로?!"

"프러포즈(은탄)에 답하러."

멍하니 있는 기숙사생을 내버려두고 난 계단을 다섯 칸씩 뛰어올라 와이어 트랩을 피하고자 벽을 질주했다.

푸르스름한 마력의 흔적이 벽면에 새겨졌다.

돌풍에 휘말린 기숙사생들은 비명을 지르고 펄럭이는 전투복 스커트를 눌렀다.

쿠키 마사무네를 움켜쥔 나는 속도를 늦추지 않고 몇 초 만에 옥상에 도착해 브레이크를 걸었다.

삐~삐~삐~삐~.

서치봇은 성대하게 경고음을 내고 있었다. 기숙사생들이 술렁이는 가운데, 나는 루푸스의 본진을 바라봤다.

머리 위, 뒤집힌 우산 위에 걸터앉은 마인의 그림자가 보였다.

"왠지 모르겠지만 네가 지금부터 무슨 짓을 저지를지 알겠어. 내 충고를 들어주지 않을 거라는 것도. 곤란하네. 이게 파트너의 연이라는 건가. 이런 청춘 우정물은 잘 팔리니까 전세계 흥행 수입 100억 달러를 돌파하고 전미의 눈물로 아메리카 대륙이 해저에 가라앉겠군."

알스하리야는 담배 대신 사탕을 물고 양다리를 붕붕 흔들었다.

"입 안에 순간접착제라도 토핑해줄까? 뭐가 파트너의 연이냐. 존재가 영화 윤리 규정에 걸리는 쓰레기가 꿈같은 이야기 지껄이지 말라고."

"여전히 부끄러움을 잘 타는 남자군. 한 번쯤은 솔직하게 '알스하리야, 사랑해. 죠아 죠아 너무 죠아'라고 말할 순 없는 건가."

"…………."

"말 안 하면 힘 안 빌려준다?"

"…………알스하리야, 사랑해 죠아 죠아 너무 죠아."

"토 나오네!"

"……………………."

"농담 농담, 잇츠 어 마인 조크. 그렇게 매정하게 굴지 마, 파트너. 우린 친구잖아."

알스하리야는 사뿐히 내려왔다. 뒤에서 목에 양팔을 두르길래 팔을 휘두르고 혀를 차 혐오감을 드러냈다.

"내 신경을 건드려놓고 몸까지 건들지 말라고. 빨리 준비해."

은탄의 경로를 확인한 나는 탄도 상에 딱 버티고 섰다.

"이거야 원, 마인을 거칠게 쓰는 남자군. 여자들이 싫어할 거라고 말하고 싶지만, 넌 누구든지 끌어당기는 놀라운 흡인력을 보여주니 말이지. 부탁이니까 내가 부술 뇌는 남겨두라고."

고조된 마력에 피부가 얼얼해졌고, 나는 거합 자세를 잡았다.

서서 구사하는 기술.

칼자루에 손을 댄 상태로 두 눈으로 바로 앞을 집중해서 봤다. 수없이 반복한 발도 절차가 뇌 속에서 반복되었고, 신속에 달하는 일격에 전심전력을 쏟아 부었다.

부드럽게.

알스하리야는 내 목에 양팔을 두르고 마찬가지로 바로 앞을 응시했다.

천천히 호흡이 멈췄다.

피가 흐르는 소리가 귓속에 울리다가, 조용히, 살짝, 가볍게 멈췄다.

멈춘 세계에서 날 안은 마인이 살짝 귓속말했다.

"온다."

열린다. 삼라만상이 심홍색으로 물든다. 마음을 무로 돌린 내가 눈을 감자 오감이 사라져갔다.

선.

어둠 속에 한 줄기 선이 있었다. 그 선은 유유히, 완만하게, 서서히 좁혀져 갔다……. 벨 수 있다.

뚝.

폭발—— 섬광.

큰 소리가 터져 나왔다. 가둬둔 칼날은 푸르스름한 섬광과 함께 용솟음치며 강렬한 폭파음과 함께 번뜩였다.

한순간.

개안한 나는 틈새로 칼날을 미끄러뜨렸다.

검선일치(劍禪一致)의 경지에서 음양을 조화시킨다. 신속의 끝에 도달한 칼은 칼집 속에서 빠져나오며 무예의 진수를 구현했다.

칼날의 색조차 보이지 않았다.

신속에 이른 칼날은 볼 수 없게 된다. 그 칼끝에 닿은 순간, 순식간에 뻗은 마력선에 의해 은탄은 용해되었다.

커넥트(마력선 접속), 디스커넥트(발도와 절단), 셧다운(마력선 파

기)—— 법칙붕괴, 신리개변, 전전부전—— 아르스 마그나.

흘러드는 마력, 만들어진 부전, 옴니포텐스 패러독스(부존재를 존재하게 하는 검).

그 일섬은 미래를 확정시킨다.

베었다.

두 개의 조각이 내 바로 옆으로 흘렀다.

갈라진 은탄은 예상 밖의 접촉으로 인해 운동량이 약해지면서 궤도를 바꿔 지면에 힘차게 파고들었다.

"…………."

도신은 칼집에 들어가 있다.

손에서 금속음이 울렸고, 난 천천히 다시 호흡하기 시작했다.

"진짜 어이없는 남자야."

알스하리야가 웃으며 속삭였다.

"궤도상에 자신의 몸을 두고 불효서사를 열어 자신이 유일하게 살아남는 최선책…… 다가오는 탄환을 벤다는 미래를 확정시켰어. 크크큭, 인간의 몸으로 마하5.8의 탄환을 베어내다니, 더더욱 인간과 동떨어지기 시작했군. 애초부터 레일건의 탄환을 정면에서 벤다는 발상 자체가 보통 사람의 영역에서 벗어나 있어."

"한참 전에 네가 씐 시점부터 인간의 영역에서 벗어났거든."

나는 프러포즈에 대한 대답을 하기 위해 루푸스의 본거지를 응시했다.

그리고 웃는 얼굴로 브이 사인(선전포고)을 날렸다.

"이봐, 보고해라."

플레어는 멍하니 있던 관측수에게 말을 걸었다.

가져온 쌍안경과 강화한 두 눈으로 4km 앞에 있는 목표를 확인하고 있던 관측수는 어리둥절해하며 돌아봤다.

"……베였습니다."

"뭐야?"

관측수 소녀는 놀란 걸 숨기려 하지도 않고 반복했다.

"탄이 정면에서 베였습니다…… 뭐, 뭘 했는지는 보이지 않았습니다만, 자세를 잡았나 싶더니 베였습니다…… 마, 말도 안 돼…… 마하5.8의 탄환을 인간이 벨 수 있을 리가 없어…… 레일건인데……?"

히죽히죽 웃으면서 다리를 꼰 플레어는 속삭였다.

"보배, 인가."

"녹화 영상은 있습니까. 살 테니 주십시오. 오라버니의 멋진── 아니, 꼴사나운 모습을 확인하겠습니다."

플레어 옆에서 전황을 확인하던 레이는 허겁지겁 지갑을 꺼냈다.

"…………."

가져온 소파에 깊숙이 앉아 '논리철학논고'를 숙독하고 있던 코쿠사 아이가 천천히 고개를 들었다가, 다시 독서로 돌아갔다.

벽에 등을 기대고 팔짱을 끼고 눈을 감고 있던 리우요우란은 두 눈을 크게 떴다.

그녀는 눈앞의 허공을 노려보고…… 느긋한 동작으로 장갑을 다시 꼈다.

내가 아래층으로 내려가자 깜짝 놀란 플라움 기숙사생들이 늘어서 있었다.

"뭐, 뭘 한 거죠……?"

"요즘 유행하는 브이 도발. 그런데 3층 인원을 늘려주——."

"탄환을 벤 거죠? 지금 뭘 했냐고 오퍼레이터한테 연락이 왔어요. 그리고 보도진이 이쪽으로 왔고…… 아까부터 드론 수가 계속 늘고 있어요. 아, 아무것도 안 보였는데요……."

난 주머니에 양손을 찔러넣은 채로 쓴웃음을 지었다.

"그럼 못 본 걸로 해."

좀 전에 날 깔보던 소녀들까지 아연실색해서 날 보고 있었다.

불편한 분위기를 느끼고 빨리 도망치고자 발을 내딛었다가——.

"이봐, 히이로 군. 입막음 해두는 편이 좋을 거야. 그 거합을 보고 쟤들이 말을 퍼뜨리면 곤란하잖아? 웃어주면서 입술에 검지를 대. 도발도 되고 일석이조야."

알스하리야에게 제지를 당하고 확실히 일리 있다며 수긍했다.

조언대로 검지를 입술에 대고 웃어줬다.

내 도발이 효과가 있었는지 그녀들의 볼은 빨갛게 물들었고, 쭈뼛거리면서 다가왔다.

"구, 군사…… 실력은 잘 알, 알았어요…… 플라움을 위해 자기 몸을 바쳐 루푸스가 쏜 탄환을 베다니…… 저 녀석들, 엄청 잘난

척 하고 플라움을 깔봤는데…… 속이 엄청 시원해졌어요……!"

"멋졌어요! 우리 군사는 대단하다고! 남자가 어쩌고저쩌고하면서 바보 취급하던 녀석들한테 보여주고 싶지~!"

어, 뭐야, 이 열렬하게 바뀐 태도는?

아까 전까지 날 깔보던 그녀들이 남자인 날 둘러싸고 몸을 터치했다.

깨지 않는 악몽을 보면서 파랗게 질린 난 무릎이 바들바들 떨렸고, 비틀거리면서 벽에 기댔다.

"왜 너의 씩씩한 모습이 나돌고 있는 걸까, 히이로 구운……?"

내 의사와는 상관없이 알스하리야는 윈도우를 열었다 닫았다 했다. 그 채팅 화면에는 내가 모르는 문자열이 적혀있었는데, 보도진에게 '촬영 포인트' 좌표를 연속으로 송부한 이력이 남아 있었다.

화면이 열리고 거합 베기 장면이 나왔다.

촬영 드론이 촬영했는지 앙각으로 아르스 마그나를 발동하는 순간이 나오고 있었고 마력의 여기 반응에 따른 푸르스름한 섬광도 잘 찍혀있었다.

"이, 이 지시익……! 아, 알스하리야아……!"

"어허, 거기까지. 섣불리 움직이지 마라. 내가 마음만 먹으면 너에게 호감이 있는 미소녀들의 호감도를 지금의 수백 배까지 끌어올릴 수 있어. 그러고 있을 때가 아니라고. 네 뇌를 파괴하는 건 지극히 간단해서 마치 마법처럼 손가락 하나 까딱하면 되지. 그러니 말이야, 히이로 군."

마인은 씨익 비웃었다.

"앞으로도 잘 부탁해."

"어, 언젠가 반드시 소멸시켜주마…… 누구도 네놈의 존재를 모르는 세상을 만들 거다…… 요, 용서 안 해…… 네놈만큼은 용서해선 안 돼…… 절대로…… 절대로……!"

"꼴사납고 추레한 홀딱 반할 것만 같은 울상이구나. 증오와 분개가 뒤섞인 각별한 칵테일이야. 만족스럽구나. 마력이 맛있어."

일그러진 내 표정을 안주 삼아 웃고 있는 알스하리야는 커피를 홀짝였다.

일단은 이 자식을 조금씩 포 떠서 숲에 뿌릴까.

알스하리야를 인적이 없는 곳까지 유도하려는데, 윈도우가 열리고 오퍼레이터가 나왔다.

'군사, 카이룰레움 방향의 제2전선 TOP이 탈취 당했습니다. 현재 제2전선 BOT에서도 카이룰레움과 교전 중인데, 우세하던 적이 후퇴하기 시작해 제3부대가 추격 허가를 요청하고 있습니다.'

오퍼레이터 옆에서 발끝으로 선 뮤르가 얼굴을 쏙 내밀었다.

'히이로, 봤다고. 언니가 녹화본을 무한 반복하면서 이상해졌으니까 사과해.'

"죄송합니다. 그보다 기숙사장, 카이룰레움의 움직임에 대해 어떻게 생각해요?"

'추격하면 안 되지. 리이는 말했어……「등을 보인 상대는 FPS든 RTS든 MOBA든 확킬을 딸 수 있는 상황이거나 아군의 도움이 없으면 쫓아가면 안 돼. 꼭 죽이고 싶은 상대라면 현실

에서 죽여」라고.'

"같은 의견이에요, 마지막 외에는. 이런 부자연스러운 당기기라니, 애처로운 백합 커플의 밀당 같아서 너무 좋아♡ 함정이더라도 걸리고 싶어♡ 다음 전개가 궁금하네요♡"

'갑자기 적 함정의 빠돌이가 되지 마. 하지만 놈들의 의도가 뭘까.'

리이라는 같은 스승을 둔 나와 뮤르는 생각의 바다에 빠져들었고…… 거의 동시에 얼굴을 들고 외쳤다.

""TOP인가!""

뮤르는 오퍼레이터에게 재빠르게 지시를 내렸다.

'제3전선이다! BOT은 차지하러 가지 않아도 돼! 수적으로 불리하니까 적은 인원이 남으면 산속에 적이 숨어있을 경우에 포위당해! 놈들은 거점 제압에 걸리는 1분 이내에 제1전선의 TOP까지 올라올 거야! BOT을 미끼로 삼아서 병력을 TOP에 집중시킬 속셈이야! 계속 TOP을 빼앗겨서 사신(아스테밀)이 해방되면 끝장이야!'

"기숙사장, 제가 갈게요. 카이룰레움 방향의 제1전선 TOP까지."

마술사 소녀의 어깨를 톡 치자 그녀는 바로 워프 준비를 하기 시작했다.

'히이로…… 그치만 넌 목숨이 하나인 군사고, 남의 언니 등에 페티시가 있는 괴물인데…….'

"전체 회선으로 진실인 것처럼 제 성벽을 창작하지 말아 주실래요?"

'힘내라, 군사, 파이팅~! 나중에 등을 찍어서 보내줄 테니까 지지 말라고~!'

'솔직히 군사 얼굴은 내 취향이야~! 기숙사장한테서 빼앗는 사랑 희망해요~!'

전체 회선으로 꺅꺅거리며 떠드는 기숙사생들의 응원을 받은 나는 웃으면서 연결을 끊었다.

마법진 위에 선 난 순식간에 카이룰레움 방향 제1전선 TOP까지 날아갔다.

옥상에 착지한 뒤 아래층으로 뛰어가면서 전령을 반복했다.

"자 자, 등짝 페티시 괴물이 왔습니다~! 요격 태세를 갖추고 카이룰레움의 엘리트님을 발 닦는 매트로 만듭시다~! 매직 디바이스에 마력을 충전하고 총안으로 못 쓰는 창구멍은 가구로 막을까요."

나는 긴장한 플라움 동료들에게 웃음 지었다.

"뭐, 여길 빼앗기면 지지만 '인조이 앤 익사이팅'이 기숙사장의 기치잖아. 진지 방어도 뭔가 캠핑 같아서 재밌지 않아? 연애 얘기라도 할래?"

"저기, 나 아까 전에 녹화를 보고 산죠 군한테 마음이――."

"연애 이야기를 하자고 지껄인 쓰레기 자식은 어디 사는 누구냐?! 승패의 갈림길에서 실없는 소리 지껄이지 말란 말이다!! 빨리 자기 자리로 가라, 얼간이들아!"

아까 전의 탄환 베기가 퍼진 효과인지 기숙사생들은 불평 하나 하지 않고 요격 태세를 갖췄다.

1층부터 3층까지. 각 층의 부대장에게 보고를 받은 뒤, 함정과 바리케이드에 부족한 점이 없는지 확인하고 옥상으로 뛰어올라갔다.

서치봇이 경고음을 울리고 있었다.

옥상에 엎드려서 화살과 탄을 장전하고 있던 저격수들은 긴장을 들이쉬고 공포를 내쉬며 신체 강화로 두 눈의 시력을 끌어올렸다.

나는 저편을 바라봤고—— 어깨에 얼음 조각이 떨어졌다.

"……온다."

어쩐지 깨끗하고 귀에 울리는 소리.

그 명랑한 소리의 발생원은 투명한 빙하로 만들어진 길이었다.

사방팔방으로 뻗어나가면서 유동하는 얼음덩어리는 3차원 궤도를 그리며 온갖 방향에서 점거지로 다가왔다.

파랑과 검정, 아름답고 더러움을 모르는 유니콘.

가슴팍에 깃든 은백색 심볼이 보였다. 창백한 빙하를 미끄러져 떨어지는 카이룰레움의 학생들은 스케이트 날에 베여 흩어진 얼음 파편에 감싸여 있었다.

그 선두, 빙하 한가운데에서 황금빛 하천이 흘렀다.

마력에 휩싸인 푸른 눈동자가 마법진에 둘러싸여 상징적인 아름다움을 연출했다.

정면에서 부는 돌풍을 맞아 날아오른 긴 금색 머리카락은 허공에서 풀리며 위광을 발했다.

인간답지 않은 미모를 지닌 소녀—— 라피스 클루에 라 루메

트였다. 그녀는 얼음 위를 미끄러지면서 은백색 활을 당겼다.

마치 아름다움을 추상화한 한 장의 그림처럼, 그녀는 그 찬연한 동작으로 완성되었다.

그리고 파란색과 하얀색으로 형상화된 화살 하나가 나에게 쇄도했다.

격류.

주변의 마력을 끌어들이면서 소용돌이치는 화살이 굉음을 일으키며 육박하더니, 볼을 찢고 등 뒤의 어둠으로 사라졌다.

서로 시선을 교환하면서 나와 그녀는 동시에 화살을 장전했다.

내 팔에 뻗은 닐 애로(보이지 않는 화살), 라피스가 시위를 당긴 보이는 화살.

불가시인가 가시인가. 인간인가 엘프인가. 황인가 창인가.

손끝에서 발사된 보이지 않는 화살은 허공을 미끄러지듯이 날아가 푸르스름한 화살과 충돌했고, 서로의 화살은 반대 방향으로 튕겨 나갔다.

그렇게 나와 라피스는 대량의 화살을 생성해 눈에 보이지도 않는 속도로 화살을 쏘기 시작했다.

화살은 전부 공중에서 충돌해 푸르스름한 섬광을 일으켰고, 사방팔방으로 튕겨 나가 전장에 박혔다.

바람과 물.

점거지 바로 앞에서 충돌한 두 가지 속성의 화살은 섞여서 풍수로 변해 북북서쪽에 무지개를 걸어 길조를 나타냈다. 화살과 화살의 격돌은 점점 더 격해졌고, 전장은 서서히 혼란과 미친 듯한 소란에 휩싸여 갔다.

음산한 바람이 지나갔다.

자신의 등을 돌풍으로 민 라피스는 구불구불한 빙하를 탄 채로 에렌베르크를 거닐었다.

왼쪽에서 오른쪽에서, 위에서 아래에서.

온갖 방향에서 화살을 날리면서 빙하에서 빙하로 뛰어서 옮겨 가며 내 조준을 빗나가게 했다. 하지만 공중에서 뒤집어지는 등 곡예 같은 동작을 하면서도 나를 향한 조준은 정확했다.

"이봐, 히이로 군. 큐피드의 화살이 네 마음을 꿰뚫는 것도 시간문제라고."

"닥치쇼! 사랑의 화살 맞히기 싸움 같은 건 나도 하고 싶지 않거든!"

역시 메인 히로인 중 한 명. 원거리전에서는 파고들 틈이 없어서 웃음이 나왔다.

거기에 더해 주문하지 않은 자유자재로 변모하는 빙하까지 딸려왔다.

이 빙하는 십중팔구 프리 플로마 프리기엔스의 소행이다. 여기서 3km나 떨어져 있는 본거지에서 여러 빙하를 조작하는 곡예는 그 마녀밖에 할 수 없다.

하지만 그것도 현지의 정보 없이는 불가능하다. 카이룰레움의 학생 중에 프리와 연락을 하면서 빙하 조작을 조정하는 녀석이 있을 텐데.

"알스하리야, 플랜B다!"

"알았어."

"그런 건 없어! 이 상황에 사람을 놀리는 거냐?! 있지도 않은 플랜B를 준비할 수 있다면 백합 키스를 마음껏 보는 심쿵사 보험이 딸린 플랜을 준비했다고 말해보라고! 그리고 라피스으!"

화살과 총알이 난무하는 전장에서, 라피스는 내 목소리에 반응해 도약했다.

나는 그 타이밍에 바로 외쳤다.

"야한 다리구나!"

"뭐어?! 아니, 잠깐?!"

얼굴을 새빨갛게 물들인 라피스는 양손으로 롱스커트를 눌렀다.

반사적으로 몸을 움직인 후, 이 스커트 길이로는 뒤집힐 일은 거의 없다는 걸 깨달았지만――.

"지금이다, 쏴라아아아아아아아아아아아아아아아아아아!"

나는 무방비한 그녀에게 일제사격을 퍼부었다.

스케이트 날에 깎인 얼음 파편이 눈처럼 흩날리며 떨어졌다. 라피스는 U자를 그리는 빙상을 맹렬한 속도로 미끄러져 내려와 탄환의 폭풍을 빠져나갔다.

"비, 비겁한 놈!"

하늘 높이 쑥쑥 뻗은 빙하. 마력을 분출해 다시 올라간 라피스는 사정거리 밖인 고도까지 이동해 화살과 총탄을 피했다.

"어릴 때부터 비겁함을 즐기길 여러 해, 타인에게 스스로의 비겁함을 과시하는 것만을 즐거움으로 삼고 살아왔습니다. 그럼

이 자리에서 한마디 하겠습니다. '시끄러워, 닥쳐, 초변태 엘프'."

전국으로 중계되고 있음에도 불구하고 공주님답지 않은 방송 금지 용어를 연발한 라피스는 다시 빙하에서 미끄러져 내려오려고 했고―― 난 황급히 윈도우를 연 카이룰레움의 학생을 발견했다.

트리거. 돌아보자마자 손끝을 뻗고 자세를 잡았다.

"찾았다!"

닐 애로를 쏘았다.

혼전이 벌어지는 틈틈이 설치한 마력의 벽에 튕겨 전장을 내달린 화살이, 목표물에 명중했다.

"꺄악!"

목숨이 0이 되어 전투복에 구속당한 기숙사생은 얼굴을 창백하게 물들였다. 그 순간, 빙하 조작은 조잡해지고 카이룰레움 기숙사생들의 통솔이 흐트러지기 시작했다.

"뭐야?! 말도 안 돼. 벌써 들켰어?! 아직 쳐들어간 지 5분도 안 지났는데?!"

"다들 진정해! 이러다 쏘일 거야! 산개한 다음에 접근전으로 전환――."

"오~홋홋홋!"

특징적인 웃음소리.

나는 무의식중에 활짝 웃으며 얼굴을 들었다.

멋대로 기모노풍으로 어레인지한 전투복.

단정하게 무릎 꿇고 앉은 오필리아 폰 마지라인이, 엄청 화려한 부채를 입에 대고 빙하를 미끄러졌다.

"호랑이는 제 말하지 않아도 온다! 카이룰레움의 위기에 제가 화려하게 등장했사와요! 오필리아 폰 마지라인! 마지라인표 우아하고 아름다운 기모노 차림으로 미디어의 시선을 사로잡아 누구보다도 빠르게 적진에 돌진하는 그 자태는 백조와 같고! 아름답다~!"

"우와아아아아아아아아아아아아아아아아아아! 아가씨이이이이이이이이이이이이이! 아가씨 왔다아아아아아아아아아아아아아!"

큰 소리로 환영하는 내 앞에서 아가씨는 무릎이 닳을 것 같은 빠른 속도로 참전했다.

"오필리아 폰 마지라인! 바로 지금 3대 기숙사 대항전 참전 결정이에요! 참전 결정 무비는 틀림없이 1억 재생을 달성할 신데렐라 걸! 마지라인가의 차기 당주인 저의 지상파 데뷔를 놓치지 마시길! 오~홋홋호! 제 위광에 눈이 멀면 안 돼요 플라움 여러분~! 제가 온 이상, 더 이상의 행패는 용서하지── 아."

연락 요원인 학생이 리타이어 했기 때문일까.

아가씨를 옮기던 빙하는 급커브를 그리고 갑작스럽게 끝을 보였다.

아가씨는 쓩 소리를 내며 공중에 내던져졌다. 그리고 무릎 꿇고 앉은 자세 그대로 아름다운 포물선을 그리며 하늘을 날았다.

"아 아 아 아 아 아 아 아 아 아 아 아 아 아 아…… 아아…………………… 아…………………!"

"아가씨이이이이이이이이이이이이이이이이이이이이이이이이이

이이이이이이이이이이이이!"

셀프 매장을 완수한 아가씨는 '아' 라는 메시지를 남기고 자연으로 돌아갔다.

대장인 아가씨를 잃은 영향인지 카이룰레움의 전선이 무너지기 시작했다.

지휘 계통이 혼란한 채로 카이룰레움의 학생들이 점거지로 돌입해왔다. 어두운 곳에 설치된 함정에 걸리고, 딱 한 곳 비워둔 입구에 잔뜩 몰려 바리케이드 너머로 차례차례 공격당했다.

"안 돼! 1층으로 돌입하지 마! 혼란에 빠져서 진형이 세로로 늘어지면 측면을 공격당해! 계획대로 빙하 조작이 돌아올 때까지 원형으로──."

"지금이다! 쳐라!"

플라움의 제3부대는 제2전선 BOT을 버리고 추격을 선택하지 않았다. 마술사의 워프로 제1전선 MID로 날아가 그대로 TOP까지 이동해 있었다.

산속에 숨어있던 제3부대의 8할은 점거지에 없으면 마력 집적량이 1.5배가 되는 '병사'로 구성되어 있다. 적 진지에 쳐들어가는 것과 야전이 특기인 제3부대는 접근전으로 전환하는 데 실패한 카이룰레움을 측면에서 쳤다.

"뭐야?! 잠깐만, 이 녀석들 어디서 온 거야?! 꺄악!"

"이, 이 이상은 힘들잖아! 일단 뺀다?! 뺄 거다?!"

"다, 당신, 도망치다니 비겁해요! 싸우세요!"

정면으로 화살과 총을 맞고, 생각지도 못한 복병에게 기습을 당하고, 기동력의 핵심인 빙하를 잃은 카이룰레움은 완전히 붕괴됐다.

단시간의 공방으로 수적 우위를 뒤집은 우리는 단숨에 적을 물리쳐 나갔다.

"후, 후퇴! 후퇴해! 제2전선까지 물러난다! 어서!"

라피스는 재빠르게 판단을 내렸다.

난 물러나기 시작한 카이룰레움을 보고 혀를 찼다.

좀 더 버텨주면 괴멸적인 손해를 선물할 수 있었는데.

역시 라피스라 해야 하나. 능숙하게 병사를 다룬 그녀는 천천히 물러나면서 빙하의 부활을 기다렸고, 빙하 조작이 돌아온 순간 도망치는 토끼처럼 달아났다.

"구, 군사?! 쫓는다?!"

"안 돼, 그만둬. 진정하고 심호흡을 한 번 해. 제2전선 TOP에는 대량의 카이룰레움 기숙사생이 모여들고 있어. 흥분한 채로 멧돼지처럼 돌진하면 멧돼지 전골이 돼서 맛있게 잡아먹히기만 할 거야."

나는 씨익 웃었다.

"뭐, 일단은 이겼네."

폭발적인 환호성이 일었다. 플라움의 학생들은 서로 안고 환희했고, 갑자기 발생한 백합의 폭풍을 앞에 두고 나는 무릎을 꿇으며 포효했다.

"대단해 대단해! 플라움이 이겼어! 플라움인데, 그 엘리트 집단을!"

"카이룰레움의 함정을 간파한 기숙사장 대단하지 않아?! 그리고!"

그녀들은 반짝이는 눈으로 날 봤다.

"히이로 군. 이럴 때는——."

"닥쳐, 죽어(웃는 얼굴)."

난 호의적인 시선을 피하면서 본거지로 바로 돌아갔다.

그리고 곧바로 안겨온 뮤르를 받아냈다.

"역시 나의 히이로야! 스승님에게 깨진 횟수가 세 자릿수가 넘는 녀석은 달라! '아가씨'라면서 울부짖는 모습은 확대돼서 전국에 방송됐어!"

"죽고 싶네……."

웅알거리면서 정수리를 비벼대는 기숙사장에게 잽을 날렸다.

옆에서 손이 뻗어와 내 머리를 살짝 쓰다듬었다. 시선 끝에서 크리스가 미소 짓고 있었다.

"히이로, 고생했어."

"으, 응. 무서워질 정도로 눈 맞추는 건 그만둬."

눈을 돌린 곳으로 시선을 맞추는 크리스한테서 도망치고 있으니, 당황한 듯한 오퍼레이터에게 호출당했다.

"기숙사장, 군사, 조금 신경 쓰이는 게 있어요."

나와 뮤르는 어깨를 맞대고 펼쳐진 윈도우를 들여다봤다.

그 순간, 우리는 확실하게 이해했다.

"사신이 온다, 히이로."

뮤르는 속삭였고, 숨을 쉰 난 고개를 끄덕였다.

카이룰레움 방향의 제2전선.

제2전선 BOT은 예비대와 카이룰레움이 대치하고 있었고, 제2전선 TOP은 이미 카이룰레움에게 빼앗겼다.

문제는 제2전선 MID였다.

왕과 군사만이 확인할 수 있는 MAP에서는 전장 전체를 부감할 수 있다.

HUD상으로는 주변의 전황도 갱신되어 있었고 서치봇이 포착한 적의 모습과 주변 마력 상승과 같은 정보도 포함되어 있었다. 그리고 아군의 기숙사생이나 서치봇이 목격하면 적측 유닛의 상황도 확인할 수 있다.

오퍼레이터가 알려준 위화감은 제2전선 MID가 텅 비었다는 사실이었다.

플라움의 종합 전력을 감안해서 카이룰레움 방향의 제2전선 MID에는 병력을 할애하지 않았다.

본거지에서 점거지, 점거지에서 점거지의 거리가 1.2km로 정해진 TOP과 BOT에 비해 MID는 200미터 짧은 1km. 비교해보면 거리가 짧아 공격하기 쉽다.

한 명 한 명의 질이 좋은 카이룰레움의 입장에서 생각해보면 정공법으로 MID에 병력을 집중하는 건 당연하다. 병력이 뒤떨어지는 플라움이 MID에 같은 수의 병력을 보내는 건 어려운데, MID에 병력을 집중시킨다 해도 전력 차를 메꿀 수 없기 때문이다.

하지만 카이룰레움은 제2전선 MID를 공격하지 않았다.

왜 확실하게 점거할 수 있는 포인트를 빼앗지 않는 것인가. 뮤르와 내가 낸 결론은 하나.

카이룰레움은 사신을 해방할 타이밍을 재고 있다.

그 계기가 되는 것은 제1전선 TOP 기습의 성공 여부.

사신의 해방 조건은 '제2전선, 제3전선의 점거지를 두 번 점거하거나 점거당하는 것으로 해방된다. 사신 해방 횟수에 제한은 없다. 또한 사신이 해방된 도중에 점거가 이루어진 경우, 사신의 해방 시간은 가산된다'로 규정되어 있다.

플라움의 TOP을 제1전선(카이룰레움이 봤을 때 제3전선)까지 점거하여, 사신(아스테밀)을 해방해 단숨에 플라움의 본거지까지 쳐들어간다.

실패했을 경우에는 제2전선 MID를 확보한 뒤 사신으로 급습한다.

예상되는 것은 이 두 가지 계책. 카이룰레움은 플라움을 잡으러 오고 있다.

레일건으로 견제하는 데에 그친 루푸스와 비교해보면 카이룰레움은 대부분의 전력을 플라움 공략에 충당하고 있다. 군사인 라피스까지 전선에 뒀으니 전력을 다하는 것에 가깝다.

프리 플로마 프리기엔스는 플라움을 위협이라 여기고 있다.

"레일건의 차탄은 언제 오지?"

"약 3분 42초 후."

정면으로 탄환을 베었다고 해서 열렬한 프러포즈(은탄)를 그만둘 이유가 될 순 없다.

루푸스가 축차적으로 투입하는 탄환을 멈추려면 적의 본진에 쳐들어가는 수밖에 없는데, 그러기 위해서는 대량의 인적 자원을 할애할 필요가 있다.

카이룰레움만으로도 힘겨운 플라움에게 그럴 여유는 없다.

잰 것처럼 레일건의 차탄 발사 타이밍과 카이룰레움의 사신이 해방되는 타이밍은 겹치려 하고 있었다.

아니, 쟀을 것이다.

3대 기숙사 대항전이 시작된 지 이미 20분 이상 경과했다.

두 문의 레일건을 생성하기에는 충분한 시간.

아마 카이룰레움에도 레일건의 탄환은 발사됐을 것이다. 프리라면 플라움에도 똑같은 공격을 가하고 있다는 확신에 이르렀겠지.

대량의 마력↔전기 변환을 요하는 레일건 운용은 두 문이 한계. 시간 경과와 함께 각 점거지의 공방이 격해지면 당연히 각 점거지에 할애되는 병력도 계속 증가한다.

그 결과 본거지에 둘 수 있는 전력은 한정된다.

각 기숙사의 전투가 격화되면 전체 병력도 점점 감소해 레일건 운용에 병력을 할애할 여유는 없어진다.

내 예상이 맞다면 레일건은 차탄을 쏘면 쓸 수 없게 된다.

푸른 사신이 육박해오고 붉은 탄환이 날아온다.

지금이 황금 독수리를 받드는 플라움의 고비.

나와 기숙사장이 바라보는 곳, 윈도우상의 전장에 파란색 점이 나타나 서서히 수를 늘려가면서 제2전선 MID에 다가왔다.

"제2전선, MID의 병력을 제1전선까지 물러줘."

뮤르는 재빠르게 결단을 내렸다.

"사신이 온다."

사신의 낫이 목에 걸리자 기숙사생들은 말을 잃었다.

최강이라는 이름을 받은 엘프, 알프 헤임이 자랑하는 최대 전력, 최고위 마법사── 아스테밀 클루에 라 킬리시아가 온다.

누가 어떻게 상상을 초월하는 괴물을 막는다는 것인가.

절망적인 상황 속에서 뮤르는 얼굴을 찌푸리면서 필사적으로 생각했다.

그래서 난 고민하는 그녀의 어깨에 손을 올렸다.

"내가 간다."

"소수로 제2전선 MID를 막고 있는 츠키오리는 돌아오게 할 수 없어. 카이룰레움의 사신이 해방되면 플라움의 사신도 해방돼. 그럼 언니랑 같이──."

"나 혼자 간다."

웃고 있는 날 보고 입을 다물고 있던 메이드들이 부드러운 웃음을 지었다.

내 반대편, 뮤르의 왼쪽 어깨에 손을 올린 크리스는 입꼬리를 올렸다.

"그럼 난 루푸스가 보내는 편지에 답장을 할까."

"괜찮은 거 맞아? 답장 쓰는 법은 유학 중에 잘 이수했나?"

내가 놀리자 크리스는 미소를 지으면서 눈을 내리떴다.

"누구한테 말하는 거냐."

그녀는 어딘지 그리움이 느껴지는 말투로 말했다.

"난 크리스 에세 아이즈벨트다. 네가 믿는 내가 파칭코 구슬 따위를 못 막아서야 되겠나."

나와 크리스는 스쳐 지나가면서 하이파이브를 했다.

""부탁한다.""

뮤르는 나와 크리스의 등을 바라보면서 주먹을 꽉 쥐었다.

나는 흥분해서 떠는 그녀를 언뜻 보고 돌아선 뒤 입을 열었다.

"기숙사장, 주역이라는 건 마지막에 스포트라이트를 받는 법이에요."

난 마술사의 힘을 빌려 전선으로 전송되었고—— 오퍼레이터의 카운트다운 시간이 줄어갔다. 마침내 전장 전체에 안내 방송이 울렸다.

'사신이 해방되었습니다.'

그 순간, 한바탕 돌풍이 불었다. 어느새 스승님은 내 앞에 서 있었다.

오싹, 온몸에 소름이 돋았다. 존재로서의 격의 차이가 행동거지 하나에 나타났다. 하나하나 본뜨듯이 강자와 약자의 차이가 명시되어 갔다.

상상을 초월하고, 상상을 끊어내며, 상상을 불허하는—— 동떨어진 영역에 패자(霸者)가 있었다.

"히이로, 당신은 플라움의 지주로 간주되고 있어요. 그렇기에 나의 15초를 당신에게 바치고, 그 역할은 '산죠 히이로를 리타이어 시키는 것'에 한정되어 있지요."

그녀는 귀중한 3초를 들여 나에게 미소 지었다.

"강해졌군요."

그 자애는 너그러움도 여유도 아니다. 10초나 있으면 충분히 날 리타이어시킬 수 있다는 사실이다.

그래서 난 이미 베여 있었고—— 저 멀리 우뚝 선 스승님은 내 뒤에서 무명묘비를 칼집에 집어넣었다.

나는 그 자리에 털썩 쓰러졌다. 2초 경과. 그리고 시간이 지나도 리타이어 선언이 안 된다는 것을, 적은 겨우 깨달았다.

"설마."

난 도약해서 물러난 뒤 불효서사로 무한한 가능성을 바라봤다.

"스승님, 당신은 다정하니까 걸려줄 줄 알았어."

경악해서 눈을 크게 뜬 스승님 앞에서 전투복에 낸 칼집을 보여줬다.

불효서사가 끌어당긴 내가 취할 수 있는 최선책.

그건 스승님의 칼날이 내가 사전에 전투복에 낸 얕은 칼집을 따라가는 것.

심홍색으로 물든 내 두 눈을 보고 있었다면 스승님도 이 수법을 알아차렸을 것이다.

불효서사 개안을 숨기기 위해 난 컬러 콘택트렌즈를 착용하고 있었다. 거기에 더해 '3대 기숙사 대항전에 참가하기 위해서는 전투복을 의무적으로 착용해야 한다'는 규칙을 역이용했다.

전투복을 손질해 기모노풍으로 어레인지한 아가씨는 실격당하지 않고 참전했다.

그 모습을 본 순간, 뇌리에 그려진 사신 대책, 15초를 살아남기 위한 조리.

나는 나의 HP(목숨)로 칼날을 받아내는 것을 선택했다.

웃으면서 피부가 쩍 찢어져 피가 나는 가슴팍을 손바닥으로 문질렀다.

"말했잖아. 이길 수 없다면 지지 않는 싸움을 할 뿐이라고, 나는."

아스테밀은——공포가 느껴지는——환희에 찬 웃음을 띠고 사라졌다.

남은 시간 5초.

"알스하리야아아아아아아아아아아아아아아아아아아아아아아아아아아아아아아아아아아!"

칼과 칼이 맞부딪치고 맹렬한 기세로 불꽃이 튀었다.

"무슨 일이 있어도 날 살아남게 해라! 5초 동안!"

남은 시간 4초.

"나와 너의 가치가 정해진다! 마인, 네놈의 진가를! 인간의 몸에 정착한 집세 대신 여기서 보여 봐라!"

난 오장육부를 다 쏟아내듯이 소리쳤다.

"그게 우리의—— 플랜B다!"

"좋아! 좋다고, 고작 인간 따위가 재밌게 해주는군!"

마인은 웃으면서 미친 듯이 날뛰었다.

"이래서 난 너의 일그러진 얼굴이 좋다고!"

사제는 칼을 통해 연결되었고, 푸르스름한 섬광이 사방팔방에 튀었다.

*

하나의 그림자가 홀로 창공 아래에 가만히 서있었다.

날개를 편 검독수리가 넓은 하늘을 날아다녔고, 그림자는 그 실루엣을 올려다봤다.

힘, 용기, 불사.

상징으로서의 독수리는 다양한 의미를 가지고 있다. 하지만 그 새의 모습을 올려다본 사람의 그림자가 생각한 의미는 하나——자유다.

끝없이, 한없이.

하늘 높이 날고 있는 새의 모습에는 신심탈락*, 해방된 존재 특유의 고상함이 있었다.

손을 봤다.

일찍이 그 손에 품은 것은 가문의 이름이었다.

자신을 증명하고, 보증하고, 입증하는 것은 아이즈벨트라는 이름의 뒷배였다.

하지만 지금 그녀에겐 더 이상 그 뒷배는 존재하지 않는다. 아이즈벨트라는 쐐기가 뽑힌 그녀는 자유로우며, 시원하기까지 한 해방감을 느끼면서도 자신이 어떻게 살면 좋은가 하는 공포

---

* 불교 용어. 심신을 속박하고 있는 자아에서 해방되어 무아의 경지에 다다르는 것. 일본의 승려 도겐이 주창했다.

를 느끼고 있었다.

그건 마치 어둠 속에 남겨진 듯한 느낌이라, 그녀는 어렸을 적에 벌을 준다는 명목으로 어둠 속에 갇혔던 것을 떠올렸다.

칠흑 같은 어둠 속에서 무릎을 끌어안고 보내는 추운 밤은 고독했다. 언제 눈이 빛을 잃을지 모른다는 어두운 미래까지 겹쳐 몸이 떨릴 정도로 무서웠고, 울부짖어도 용서받지 못한다는 사실에 절망을 느꼈다.

그런 때에 보인 빛은 얼마나 큰 안도감을 줬던가.

작고 어리고 약하고 울보인 동생이, 자신이 그렇게나 괴롭혀 온 동생이, 들키면 무사할 리가 없는데도 작은 불빛을 가지고 왔을 때 그녀는 어떤 표정을 지으면 좋을지 알 수 없었다.

어떤 말을 하면 좋을지…… 알지 못했다.

지금이라면 분명 알 수 있다.

그 남자가 가르쳐줬으니까.

바람이 불고 울리던 경고음이 멎었다.

'사신 해방 한도 시간, 앞으로 5초!'

귀에 끼고 있던 이어폰에서 오퍼레이터의 절규가 들려왔다.

온다.

직감한 그녀는 천천히 고개를 들었다.

바람에 날려 보라색 망토가 길게 뻗쳤다. 어깨에 묻은 먼지를 털고, 크리스 에세 아이즈벨트는 눈을 떴다.

세계와 진리와 공간이 뒤틀린다.

마안 나선연장.

비틀린다, 비틀린다, 비틀린다!

비틀리고 뒤틀린 시야는 왜곡되고, 변곡되고, 굴곡졌다.

그녀가 알고 있는 세계와 같다. 세계는 일그러져 있고, 무참하고, 구원 같은 건 하나도 없었다.

——네 다리로 나아가라, 영웅.

하지만 이제 그녀는 그 뒤틀림을 받아들일 수 있다.

받아들일 수 있을 만한 힘은—— 이미 얻었다.

그래서 그 뒤틀림을 확인하듯이 크리스는 지팡이를 내던졌다.

빙글빙글 회전하는 짧은 지팡이, 열 손가락을 접은 크리스는 마력의 그물을 만들었고——.

'남은 시간 1.5초!'

은탄이 날아왔다.

엄청난 기세로 육박하는 탄환은 인간의 눈으로 볼 수 없다.

바람을 가르며 맹렬한 속도로 돌진해 온 은탄이 그물에 걸린 순간.

한순간에 그녀는 모든 것을 이해했다.

나선.

소용돌이치는 사고가 은탄에 관련된 정보를 뇌에 투영했다.

온도, 습도, 기압, 쏠림, 중력, 양력, 항력, 코리올리력, 마그누스력, 소재, 초속, 탄속, 가속도, 사거리, 사각, 풍속, 풍향, 중심, 회전수, 외란요인, 탄도편차, 세차 · 장동운동, 주기 성분, 대공기각속도, 대공기속도, 스핀수, 스핀 벡터, 전도모멘트, 자이로모멘트, 마그누스모멘트.

생성, 조작, 변화——트리거. 무수한 회전을 만든 눈이 트리거를 당겼다.

그려지는 나선도. 푸르스름한 섬광이 소용돌이치고 그녀의 두 눈이 급속하게 회전했다.

발현, 나선연장.

생성!

마력의 그물 속에서 은탄은 방향을 바꾸었다.

그것은 말하자면 재생성.

막아낸 탄환을 하나부터 열까지 장악한 크리스 에세 아이즈벨트는 0.1초의 세계 속에서 은탄을 다시 만들어, 역방향으로 가는 한 발의 마탄으로 바꿨다.

마안, 나선연장.

그 눈에 깃든 마법은 '현상으로 변한 마력을 보는 것'.

그것은 매직 디바이스로 트리거를 당긴 후의 생성, 조작, 변화를 끝낸 마력을 보고 확정시키는 인과율의 마안.

"받아라."

즉, 그것은——.

"크리스 에세 아이즈벨트의 대답이다."

마법의 즉시발동을 의미한다.

맹렬한 기세로 회전한 마탄은 동등한 속도로 낳은 부모에게 돌아갔다.

다시 말해서 루푸스의 본거지로.

'남은 시간.'

기묘하게도 그때 하늘을 나는 새의 그림자와 사람의 그림자가 겹쳐졌다.

사람의 그림자에 날개가 비쳤다.

새장을 부수고 넓은 하늘로 날아오르기 위한 날개가. 한 소녀의 등에 부드럽게 포개어졌다.

그건 마치 그림자 속에서 자유를 손에 넣은 한 천사와 같았고.

——부탁한다.

크리스 에세 아이즈벨트는 웃는 얼굴로 푸른 하늘을 올려다봤다.

"고마워."

'0초…….'

*

땅이 튀어 오르고 칼날은 번뜩이고 나무들은 절단되어 허공을 날았다.

상, 하, 좌, 우!

모든 방향에서 온갖 가능성을 찾아 허공에 머무른 나무들의 틈을 뛰어다니면서 칼을 휘둘렀다.

섬광, 섬광, 섬광!

푸르스름한 섬광이 세계를 비추고 굉음과 함께 짓밟은 땅이 작렬했다.

한없이 얇게 늘어나고 넓어진 0.1초.

뇌 속을 맴도는 생사의 경계, 그 경계, 죽음의 끄트머리까지 몸을 미끄러뜨렸다.

번개와 같은 공격은 맹렬한 우레와 같은 방어자에게 막혔다.

넨류, 카게류, 신토류, 일도류, 신카게류, 지겐류, 무가이류, 탄세키류, 타미야류, 보쿠덴류…… 병법 3대 원류*를 시조로 삼아 검술이 발전한 에도시대, 620개에 달한다고 하는 모든 검술 유파를 420년이라는 시간을 거쳐 흡수해 '자신의 검'에 적용한 검귀는 웃고 있었다.

칼을 다루는 모습은 어린아이가 장난을 치듯 하며, 검의 길을 걷는 것을 예삿일로 여긴다.

칼날에 일체의 차질이 없으며, 명운에 다가간다.

소리가 울린다. 소리가 울린다. 소리가 울린다.

칼날이 허공을 가르고 죽음의 감각이 뇌를 흔든다. 시야 가득 뻗은 사선, 창백한 마력흔, 눈앞에서 죽음이 맹렬하게 추격했다. 휩쓸려 올라갔다가 쏟아진 잎은 산산이 부서졌고, 천 가지 참격이 만 가지 죽음을 불러들였다. 검, 검, 검, 검끝이 안구에 날아들었다.

응연——정적——명동.

0.1, 0.1, 0.1초마다 공격과 방어가 바뀌었다. 흩뿌려진 모래알, 요동치면서 튀어 오르는 지면, 무의식중에 안구가 움직이고

---

* 카게류, 신토류, 넨류, 일본의 3가지 검술 유파를 가리키는 총칭.

칼날이 흘렀다. 창백한 마력광이 분출되고, 날아든 나뭇가지와 잎이 볼을 찢었다. 바로 옆에서 달려드는 사람의 그림자에 칼끝을 맞췄다.

죽음, 죽음, 죽음. 빛만이 시야를 물들였다.

칼.

칼을 꺾는다.

무명묘비를 꺾는다.

눈이 맹렬하게 아프고 뇌가 삐걱였다. 나는 자세를 낮추고 눈을 내리깔았다.

힘을 모을 필요는 없다.

그 대신 손에서 마력과 함께 폭발시킨다.

전투복을 손본 현재로서는 대마 장벽이 잘 작동하지 않아 은탄을 베었을 때와는 달리 피해를 안 입을 수는 없다.

——내가 이기게 해줄게.

하지만 그런 건! 아무래도 상관없다고!

꺾는다.

꺾는다, 꺾는다, 꺾는다!

남은 시간 1.2초. 살아남기 위해—— 무명묘비를 꺾는다!

'마력 출력을 손으로 좁혀서 피해를 최소한으로 억제해주마! 그러니 히이로!'

알스하리야는 내 안에서 외쳤다.

'한 방 먹여라!'

온몸이 질주했다.

최대 출력, 몸에 가해지는 부담은 생각하지 않고 모래와 자갈과 나뭇가지를 헤치고.

난 순식간에 스승님의 품으로 미끄러졌다.

브레이크, 충격으로 인해 지면이 파이고 나무들이 흔들리면서 기울어져 대량의 잎과 가지가 허공에 날아올랐다.

칼집에 담은 칼 한 자루.

창백하게 빛나면서 폭발할 조짐을 보인 쿠키 마사무네를 보고── 아스테밀 클루에 라 킬리시아는 웃었다.

"오, 오, 오오오오오오오오오오오오오오오오오오오오오오오오오오오오오오오오오오!"

칼집 안에서 솟구친 번개, 그 강렬한 빛은 눈앞에 있는 공간과 함께 대상을 태워서 끊는다.

거합, 일섬.

일도양단, 아르스 마그나!

목구멍에서 용솟음친 외침과 함께 무명묘비는 근본부터 사라졌고, 빙글빙글 돈 칼끝이 땅에 박혔다.

타서 눌어붙은 오른손.

새까맣게 탄 오른손에는 아픔도 저릿함도 없었고, 나는 그저 담담하게 납도를 마쳤다.

"정말이지."

스승님은 웃으며 꺾인 무명묘비를 보여줬다.

"당신은 항상 내 예상을 뛰어넘어요."

부저가 울려 사신 해방 시간이 끝난 것을 알렸다.

무릎을 꿇고 눈을 크게 뜨고 땀을 줄줄 흘리면서 그저 호흡을 반복했다.

한계를 맞은 날 내려다보며 다가온 스승님의 입술이 이마에 닿았다.

“열심히 하세요. 미인이고 센스 있고 최강인 스승님이 해주는 서비스예요. 아르스 마그나를 발동하기 전에 사신 해방 시간은 끝난 것 같으니.”

타서 눌어붙은 내 오른손은 원래대로 되어 있었고 과호흡도 가라앉아 있었다.

이어폰에서 환호성이 들려왔다.

대담한 웃음을 띤 마인은 내 얼굴을 들여다보며 뭔가 말했지만 그 목소리는 닿지 않고 멀어져 갔다.

——부탁한다.

분명 크리스도 잘했을 것이다.

왜인지 그렇게 확신한 나는 천천히 옆으로 쓰러져 눈을 감았다.

눈이 뜨였다.

“안녀——.”

눈앞에 있는 마인의 웃는 얼굴에 주먹을 처박았다.

“여긴…… 3대 기숙사 대항전은, 어떻게 됐지……?”

“일단 내 얼굴에서 그 주먹을 치워라.”

옆에 붙어서 자고 있던 알스하리야를 발로 치우고 몸을 힘차게 일으켰다.

주위를 둘러보고 자신이 플라움의 본거지, 저택 안쪽의 큰방에 눕혀져 있다는 걸 이해했다.

둔한 통증이 있었다.

오른팔…… 스승님이 치료해줬다고는 해도 그건 어디까지나 응급처치에 불과하다. 겉이 치료된 것과는 달리 속은 너덜너덜할 것이다.

분명 내 이마에 키스한 순간에 진통제와 항생제 투여, 인공 표피와 창상피복재 등을 붙이는 정도의 처치를 한 거겠지.

스승님은 중상을 입어도 3대 기숙사 대항전을 계속 하고 싶다는 내 의지를 헤아려줬다.

"배려심 넘치게 곁에서 잔 답례가 안면 펀치라니. 좋은 콤비네이션 후에 폭력으로 부끄러운 걸 숨기는 건, 폭력을 쓰는 남자 친구도 얼굴이 새파래질 자비 정신이네."

"내 머리는 알스하리야에게 '감사'해도 '격노'해도 '살해'에 이르는 OR게이트거든."

"나에 대한 학살자 마인드가 너무 잘 갖춰져 있잖아. 가끔은 감사하라고."

"알았어. 지금 너에게 감사했으니까 나의 OR게이트가 '살해'에 도달했다. 죽어라."

"크아아아아아아아아아아아아아아아! 당했다아아아아아아아아아아아아아아아아아!"

알스하리야의 배를 칼로 휘젓고 있으니 은쟁반을 든 스노우가 다가왔다.

그녀는 투명한 컵에 따른 냉수를 나에게 건네고 내 오른팔을 잡고 여기저기 꼼꼼히 보며 감정했다.

감정 결과는 한숨이었다.

"이 바보."

"놀라운 심미안으로 감정한 결과는 과연…… 어? 아는 거야?"

"순간적으로 숨겼잖아요. 뭔가 있다는 걸 아는 게 당연하죠."

"그보다 3대 기숙사 대항전은 어떻게——."

"그보다?"

진심으로 화내고 있는지 낮은 목소리로 속삭여서 나는 억지웃음을 지었다.

가만히 날 노려본 스노우가 다시 큰 한숨을 쉬었다.

"주인님이 눈을 뜨기까지 20분 걸렸습니다. 몇 번인가 교전이 있었습니다만, 플라움의 전황은 변함없어요. 뮤르 님이 잘 버텨줬습니다."

"오, 기숙사장, 제법이잖아~. 그럼 나도 본받아서 열심히 해볼까."

안심하고 일어나려고 하자 왼팔을 잡혔다.

그 자리에 무릎을 꿇고 앉은 채로 내 팔을 잡아당긴 스노우는 눈을 내리뜬 채로 미동도 하지 않았다.

그 손을 떼어내려고 하다가 오히려 잡아끌렸다. 자세가 무너진 내 머리는 스노우의 무릎 위로 이끌렸고, 부드러운 살의 감촉이 뒤통수에 전해져 왔다.

양손으로 내 볼을 감싼 스노우는 날 내려다보며 가만히 응시했다.

내 앞머리를 헤치고 아름다운 손끝이 내 이마를 쓰다듬었다.

"저에게만큼은 약한 모습도 보여주세요…… 아프잖아요, 오른팔. 아프면 아프다고 말해요. 함께 있어주는 것 정도는 해줄 테니까…… 전 심신 건강한 엄청 귀여운 스노우라구요…… 어디 사는 바보의 종자라 생각하는 건가요……."

그녀는 천천히 내 이마에 입을 맞췄다.

백발 메이드는 숨이 닿는 거리에서 장난스럽게 부끄러워했다.

"덮어쓰기."

말없이 서로 바라본 다음, 나는 자신의 이마를 손으로 박박 닦았다.

"어, 뭐야? 뭔가 미끈거렸는데."

따악! 이마에서 파열음이 작렬했고, 무릎을 치워서 난 뒤통수를 힘껏 부딪쳤다.

"크오오…… 내 백합IQ가아……!"

"죽어, 이 바보 멍청이! 알 게 뭐야, 이 바보! 사제 간의 사랑이 덧나서 결혼에 골인이나 해라!"

"아, 아니, 스승님의 키스는 그냥 눈속임인데…… 적측에 있는데 내 팔을 대놓고 치료할 수는 없으니까…… 어, 뭐야, 덮어쓴다는 건 그런 뜻…… 너, 나 안 좋아한다고 했었잖아……?"

"닥쳐. 발차기로 맨틀까지 묻어줄 테니까 각오해라."

"이 메이드는 어떤 레그 파츠를 쓰고 있는 거냐."

메이드가 주인 매립 작업에 힘쓰고 있으니 뮤르 일행이 이쪽으로 왔다.

자매를 눈으로 확인하자마자 곧장 달려간 스노우는 그녀들 앞을 막아섰다.

"기다려 주십시오, 주인 매립 예정지는 위험하니 면회 사절입니다. 가드 가드. 철벽의 메이드 가드. 수비 표시 메이드는 무적이니 당신들은 조금도 나아갈 수 없습니다."

"네, 가드 해제."

난 스노우를 부드럽게 밀어내고 앞으로 나왔다.

"전설에 따르면 '그 자, 자매 백합을 보고자 여기저기에 내려설지니'……. 다시 말해서 제가 눈을 떴으니 둘은 러브러브입니다. 정말 감사합니다."

"히이로, 너 다친 곳은 괜찮냐…… 머리는 박살 난 그대로인 것 같은데……."

난 걱정하는 뮤르 앞에서 웃으면서 한 번 회전해 보였다.

"보시는 바와 같이 무병무탈, 의기양양, 백합 사랑으로 용모가 아름답잖아요. 이대로 파리에 가서 패션쇼에 나갈 수 있다구요."

크리스는 내 팔을 살짝 잡아당기고 이쪽을 바라봤다.

"무리하지 마. 아스테밀 클루에 라 킬리시아를 상대하고 무사할 리가 없어."

"그런데 놀랍게도 오늘 소개할 히이로 군은 흠집이 없는 물건을 준비했습니다. 애초에 전투복이 있으니까 싸우다가 다칠 리가 없잖아. 그래서 상황은?"

억지로 날 앉힌 뮤르는 옆에 바싹 붙어서 윈도우를 열었다.

"히이로, 네가 의식을 잃은 뒤부터 상황은 변하지 않았어. 언니의 답장이 효과가 있었는지 루푸스는 큰 혼란에 빠져 부대를 재편하고 있는 것 같아. 지난 20분 동안 레일건은 발사되지 않았고 제2전선 TOP과 BOT은 중립 상태, MID는 츠키오리가 틀어막은 상태 그대로야."

화면상의 각 점거지를 확인하자 뮤르가 보고한 대로 아무런 진전도 없이 흘러가고 있다는 걸 알았다.

내가 의식을 잃은 사이에 제2전선 TOP과 BOT을 차지하러 가면 카운터로 사신(류)이 해방되니 신중을 기했을 것이다.

"카이룰레움측은?"

"제2전선 MID와 TOP을 빼앗긴 상태 그대로이고 BOT도 중립 상태인 그대로야. 하지만 스승님은 히이로가 칼을 부러뜨려서 크게 약화됐어. 무기 교체는 인정되지만 스승님은 거절하고 있는지 '꺾인 칼을 바꾸면 그 대신 긍지가 꺾인다'라고 말하고 있어. 그리고 그 사람은 보궁(寶弓)도 못 써."

"……위력이 너무 센가."

내가 중얼거린 말에 크리스는 수긍했다.

"전투복이 버티지 못해. 그래서 플레어 비이 루루플레임은 3대 기숙사 대항전에서 보궁을 쓰는 걸 금지했고 카이룰레움과 아스테밀은 그 판단을 받아들였어."

"하지만 히이로…… 스승님은 맨손으로도 야생 고릴라 10마리만큼은 세지……?"

팔짱을 낀 나는 침울하게 수긍했다.

"아니, 고릴라 환산이라면 30은 확실하지. 고릴라 환산식 계산을 틀렸네요. 맨손에 봐주지 않는 고릴라(스승님)와 싸울 수 있는 사람은 츠키오리나 크리스 정도인가…… 뭐, 15초라면 츠키오리나 크리스라고 판별은 되겠네요."

"그거 머리 외에는 다 날아갔다는 거잖아. 일단 지금은 잠깐 휴식 중이야! 루푸스가 카이룰레움을 치고 있기도 해서 당분간은 움직임이 없을 것 같으니까 순서대로 휴식을 취하게 하고 있어! 모두에게 마취약을 나눠줘서 강제로 혼수상태로 만들지 검토 중이야!"

"모처럼의 배려는 고릴라 연산에 써버렸어요?"

난 중요한 과제가 없는 것에 안도하고 반쯤 일어섰다.

"그럼 계속 나가 있는 츠키오리를 쉬게 해줄까요. 제가 교대할게요. 전략도 한 번 다시 짜죠. 이래저래 손쓰기 쉬워졌으니까요."

"뭐~? 무슨 소릴 하는 거냐, 이 멍텅구리 패션쇼! 손상 상태인 유닛이 전선에 어슬렁어슬렁 나가서 상대의 킬뎃에 공헌해서 어쩌자는 거냐!"

내 무릎에 털썩 앉은 뮤르는 어깨를 꾹꾹 들이밀었다.

"츠키오리를 대신할 사람은 따로 보낼 테니까 여기서 내 의자나 해라! 난 안 비킬 거라고! 절대로 안 비켜! 무슨 일이 있어도 네 무릎 위를 사수할 거야!"

"…………(오른손으로 밀기)"

"으갸악!"

기숙사장은 맥없이 뒤로 굴렀고, 쓴웃음을 지은 난 깔린 이불로 돌아갔다.

"전 인간 의자보다 오리털 이불파거든요. 무슨 일 있으면 깨워주세요."

"저와 주인님 대신 눈을 번뜩이세요. 알겠죠?"

이불에 파고드는 스노우를 발로 차서 쫓아내고 나는 천천히 눈을 감──.

'사신이 해방되었습니다.'

들려온 알림에 힘차게 벌떡 일어났다.

"어디지?!"

"아니야, 히이로! 플라움이 아니야! 루푸스가 카이룰레움에 쳐들어가고 있어!"

나와 기숙사장이 바라보는 윈도우 속에서 카이룰레움의 제2전선 BOT과 MID가 주홍색으로 물들었다.

"해방된 건 카이룰레움과 루푸스의 사신! 즉."

나와 기숙사장은 서로 얼굴을 마주봤다.

"아스테밀 클루에 라 킬리시아와── 리우요우란."

"병력을 물려라!"

기숙사장은 외쳤고 오퍼레이터는 통신을 시작했다.

재빨리 윈도우를 불러낸 난 츠키오리에게 연락했다.

"츠키오리, 지금 당장 제1전선까지 물러나! 카이룰레움과 루푸스의 사신이 해방됐어! 플라움에 쳐들어올 가능성이 있어!"

'제2전선, 포기하는 거야?'

"포기할 수밖에 없어! 리우라면 15초 만에 플라움의 병력 대부분을 묻어버릴 수 있어! 제2전선쯤은 줘! 당장 물러——."

'사신의 해방 시간이 연장되었습니다.'

깜짝 놀라서 굳었다. 겨우 1초, 그 사이에도 사태는 변하고 있다.

"어디지?!"

"카, 카이룰레움, 제2전선 TOP! 루푸스가 카이룰레움의 TOP을 차지했습니다!"

"히이로, MAP!"

대량의 빨간 점이 MAP을 가득 메우고 있었다. 플라움의 제2전선 BOT과 TOP에 엄청난 수의 루푸스 기숙사생이 모여들었다.

"이런…… 츠키오리!"

'미안. 난 제쳐두더라도 다른 병력은 빠지기 시작했어. 시간에 못 맞출지도.'

난 멍하니 서있었다.

당했다…… 루푸스는 사신 해방을 계기로 플라움이 제2전선에서 철수할 것을 예견하고 있었다. 그 타이밍에 복병을 각 점거지에 보내기까지 했다.

"히이로…… 나라면 이 타이밍에 리우를 카이룰레움이 아니라…… 플라움에 보낼 거야……."

뮤르의 충고를 듣고 정신을 차린 난 화면에 대고 소리쳤다.

"츠키오리, 물러나! 츠키오리! 사신은 신경 쓰지 마! 제1전선까지 빠져서 재정비해!"

'그건, 3대 기숙사 대항전 패배를 받아들인다는 말이냐?'

그녀는 평소와 같은 분위기로 말했다.

'BOT과 TOP을 빼앗기면 또 사신이 해방돼서 제1전선까지 쳐들어올 거야. 그 타이밍에 카이룰레움의 점거지를 루푸스가 포기하면 카이룰레움이 거길 점거해서 사신 해방 시간이 연장돼. 그렇게 되면 전부 붕괴되잖아.'

츠키오리 사쿠라는 말했다.

'내가 리우를 막을게.'

"안 돼, 그만둬! 그건 혼자서 막을 수 있는 게 아니야!"

'후퇴해서 병력을 제2전선 BOT과 TOP에 돌려놓을게. MID의 리우는 내가 막을 거니까 문제없잖아?'

"말 좀 들어! 그만둬! 그 녀석은 무슨 짓을 할지 몰라! 굳이 리스크를 감수하면서까지 네가 싸울 이유는 없어! 그 녀석을 막는 건 내 역할이다!"

"츠키오리! 돌아와라! 넌 그저 말려들었을 뿐이다! 충분히 역할을 수행해줬다! 그러니 돌아와라!"

뮤르는 날 밀쳐내고 윈도우 너머로 소리쳤다.

'있잖아. 난 이래 봬도 화났거든.'

우린 입을 다물었고 그녀는 화면 너머에서 시선을 떨구고 미소 지었다.

'리우에게 지고 빚을 못 갚고 있는 것도, 소피아 에세 아이즈벨트가 하는 짓도, 플라움이 바보 취급 당하는 것도, 노력을 보답 받지 못하는 사람이 있는 것도, 계속 빼앗기는 사람이 빼앗긴 채로 끝나는 것도…… 그리고 무엇보다도.'

츠키오리 사쿠라는 고개를 들었다.

'나 스스로가 당신을 인정하지 못했던 걸 용서할 수 없어.'

뮤르는 아연실색해서 츠키오리를 바라봤다.

'난 아마 잘못 알고 있었을 거야. 기숙사장을 아무것도 못하는 무능한 사람이라 생각하고 있었는데…… 아니, 약한 인간과 강한 인간의 경계를 몰랐어…… 힘이 없어도 강한 인간은 있어…… 마음이, 의지가 따른다면…….'

그녀의 아름다운 눈동자가 뮤르를 꿰뚫었다.

'존경할 만해.'

이를 꽉 깨문 뮤르는 주먹을 꼭 쥐었고, 숙인 얼굴의 눈가에서 눈물이 반짝였다.

항상 느끼고 있었을 격차.

실내 훈련장에서 손가락 하나도 건드리지 못한 츠키오리에게 인정을 받았다는 사실이 그녀의 감정을 흔들었고—— 뮤르 에세 아이즈벨트는 울음이 새어나오기 시작한 입을 막았다.

"츠키오리, 나도 갈게——."

'있잖아, 히이로.'

미소를 띤 츠키오리 사쿠라는 나에게 검지를 들이댔다.

'얕보지 마.'

손가락 하나로 날 제지한 그녀는 제2전선으로 뛰어서 돌아가면서 전했다.

'히이로는 반격을 부탁할게. 내가 제2전선 MID에서 리우를 막는 동안 제3전선 MID를 빼앗아.'

반격. 확실히 그럴 기회는 있다.

츠키오리의 말대로 이건 위기이자 기회다.

리우를 막을 수만 있으면 제2전선 BOT과 TOP에 병력을 복귀시켜 전선을 유지할 수 있고, 반격해서 제3전선 MID를 빼앗으면 단숨에 루푸스의 본진까지 공격할 수 있다.

하지만 츠키오리 혼자 리우와 싸우게 하는 건――.

'있잖아, 히이로.'

고민하는 내 앞에서 그녀는 달리면서 말했다.

'앞은 나, 뒤는 너잖아.'

눈과 눈이 맞고, 나는 각오를 다졌다.

"오, 옵니다……."

오퍼레이터는 절규했다.

"루푸스의 사신이―― 목표는 제2전선 MID!"

"몇 초 후에 도착하지?!"

뮤르의 질문에 반응해서 오퍼레이터는 바들바들 떨고 있는 입을 열었다.

"3, 2…… 빠, 빠르다…… 도착!"

'히이로.'

난 부름에 응해 마술사의 어깨를 두드렸다.

'와줘.'

시야가 흐릿해졌다. 곧바로 굉음과 함께 주먹이 날아들었고――검이 번뜩이고 튕겨나갔다.

내 앞에 날아든 츠키오리의 몸, 그 밤색 머리카락 틈새로 사신이 보였다.

"산죠……."

리우요우란은 짐승처럼 사납게 울부짖었다.

"히이로!"

겹겹이 들어간 페인트, 두 발 달린 짐승은 순식간에 내 품으로 미끄러져 들어왔다.

눈에 보이지도 않는 속도로 츠키오리는 사신을 막았다. 잠시 주저한 내가 뒤를 돌아보자── 주인공은 웃고 있었다.

"다녀와."

그 말에 떠밀려── 나는 맹렬한 기세로 바로 앞으로 발을 내딛었다.

밀려드는 붉은 물결, 루푸스 기숙사생의 파도를 흩뜨리고, 베고, 쓸어버리며 속도는 전혀 늦추지 않고 칼날의 폭풍으로 파고들었다.

시야에 비치는 경치가 선이 되어 사라진다.

나무들 사이를 누비듯이 온몸이 흘렀고, 최고 속도로 제3전선 MID로 향했다. 머리끝에서 손가락 끝까지 저린 느낌이 들었지만 뇌는 앞으로 나아가라고 호령했다.

제3전선 MID 앞에 주홍색 창을 쥔 소녀가 서있었다.

숨을 헐떡이면서 칼자루에 손을 얹은 난 웃음을 짓고 땀을 닦았다. 땀이 밴 손끝이 손잡이를 잡고 몇만 번이나 반복한 발도를 완료했다.

"……상냥한 오빠에게 승리를 양보할 생각은?"

"고왕금래, 친척, 같은 집안, 형제 상관없이 승리란 양보하는 것이 아니라——."

산쇼 레이는 미소 지으면서 창끝을 나에게 겨눴다.

"쟁취하는 것이니까요."

나도 웃으며 칼을 쥐었다.

"같은 의견이야. 역시 우린 남매구나."

"촌수는 먼 남매죠."

조용히, 천천히, 우리는 거리를 좁혔고—— 동시에 발을 내딛었다.

한 곳을 노린 찌르기는 내 볼을 스치면서 배후의 공간을 꿰뚫었다.

빠르다. 귀를 찢는 바람을 가르는 소리. 빨갛게 달아오른 창날이 눈앞에서 늘어난 듯한 착각이 들었고, 내 회피동작은 0.1초 차이로 늦지 않았다. 땀이 볼을 타고 흘렀다.

더 파고든 레이는 손에서 창을 놓고—— 차올렸다.

"우웃?!"

솟아오른 창끝이 내 앞머리를 잘라 머리카락 몇 가닥이 허공에 흩어졌다.

난 버티지 못하고 뒤로 물러나서 트리거를—— 그러나 한 걸음에 거리를 좁혀온 레이의 손바닥이 명치에 들어가 숨이 멎었다.

긴 흑색 머리카락이 내 앞에 확 펼쳐졌다.

긴 머리카락으로 내 눈을 가리고 하단 뒤돌려차기.

도약해서 피하자 그와 동시에 레이는 창 물미를 손끝으로 밀

었다.

"잠깐, 야, 기다려주십쇼! 콤보가 너무 길――잖아!"

힘껏 몸을 젖혀 피한 나는 곧바로 창을 끌어당긴 레이를 쳐다봤다.

"뭐야, 그 숨 돌릴 틈도 없는 연격은? 내가 알고 있는 귀여운 동생은 요리 보고 조리 봐도 아름다운 모습으로 자오반포(慈烏反哺)의 예를 오빠에게 다하는 카드 긁기 특화형 순진한 녀석인데. 그 길거리 싸움의 친척 같은 창술은 어디 사는 누구한테 배운 거야?"

"독학이에요. 사쿠라 씨한테 '접대용 창술'이라는 말을 들은 게 좀 화가 나서. 수단을 가리지 않고 힘을 추구했더니 이렇게 됐어요. 참고로 오라버니의 귀여운 동생도 태어날 때부터 연마된 자기만의 스타일이에요. 다정함은 이번 싸움엔 따라오지 못하니 두고 왔어요."

"오――."

"그럼, 갑니다."

레이는 맹렬한 기세로 '카게로우'를 회전시켰다.

살기를 느낀 순간, 나는 날아온 창끝을 손바닥으로 치고 레이의 눈앞까지 날아갔다.

아주 잠깐 서로를 바라보자, 레이는 어째서인지 볼을 빨갛게 물들였다.

"히이로 군, 귓가에 속삭여라!"

이해가 안 됐지만 난 싸우는 기세 그대로 알스하리야의 조언을 따랐다.

스쳐 지나가면서 그녀의 귓가에 속삭임을 불어넣었다.

"매끈이송편게……(끈적)."

"꺅……!"

급격하게 힘이 빠진 레이를 밀어내고 단숨에 점거지로 돌진했다.

트리거, 트웰브 크래프트, 닐 애로…… 검지와 중지 사이에 모은 화살 끝을 입구를 지키고 있는 루푸스 기숙사생에게 겨눴다.

"실례합니다아!"

웃으며 난사하자 날아간 바리케이드와 기숙사생들. 난 화살과 탄환의 폭풍을 빠져나와 루푸스 기숙사생의 어깨를 밟고 뭉친 사람들 속에서 빠져나왔다.

"뭐, 뭐 하는 거야?! 빨리 쏘라고! 상대는 겨우 한 명이잖아?!"

"빠, 빨라서, 조준이?! 접근전으로 전환…… 우와! 벌써 왔어!"

겨우 몇 초 만에 큰 혼란에 빠진 제3전선 MID. 쫓아온 레이는 필사적으로 지시를 내렸지만 개인에서 집단으로 변한 그녀들의 귀에는 들리지 않았다.

패닉을 잇는 패닉.

빈 방에 미끄러져 들어간 난 콘솔을 갈아 끼우고 디스토션 필드(광학위장)를 발동시켰다.

백합, 백합, 백합…… 불량아와 반장, 갸루와 성실한 아이, 트라우마가 있는 아이와 천사처럼 상냥한 아이…… 백합 사이에 낀 남자는 죽어라…….

뇌내영창을 완료하고 겨우 몇 초 만에 벽과 동화됐다.

루푸스는 내가 있는 방을 들여다보고 그대로 뛰어서 떠나갔다.

"…………."

디스토선 필드 유지에는 무시무시할 정도의 집중력이 필요하다.

서서히 가라앉아가는 의식이 벽이나 바닥이나 천장이나 관엽식물이 되어서 백합을 지켜보고 싶다는 바람에서 벗어나면 유지할 수 없게 된다. 플라움의 증원이 도착할 때까지 철저하게 백합에 대한 열정을 보존하는 잠열 축적 백합재가 되어야 한다.

나는 품속의 퍼스널 스페이스(포교공간)에서 '나의 백합은 ○입니다! 13'을 꺼내 그 백합력에 기대려고 했고——.

"누가 좀 와줘어어어어! 뭔가 공중에 만화가 떠있는데에에에!"

"큰일이다아아아아아아아아아아아아아아아아아아아아아아아아아아아아아아아아아아아아!"

집중포화를 받으면서 창문에서 바깥으로 몸을 던졌다.

강화 투영을 발동해 외벽을 뛰어 올라가 2층 창문을 통해 안으로 뛰어들었다.

출입구에 쇄도해온 루푸스 기숙사생에게 화살을 난사하고, 가까이에 있는 선반을 걷어차 출입구를 막고 숨을 헐떡이면서 윈도우를 불러냈다.

제2전선 MID는 플라움의 색으로 물든 그대로다.

사신 해방 시간은 이미 종료됐다. 츠키오리 사쿠라는 홀로 리우를 막아냈다.

"역시 내가 인정한 주인공. 히로인 공략을 게을리 하고 있는 것 외에는 만점."

바리케이드가 삐걱삐걱 소리를 내며 당장이라도 날아갈 것만 같았다.

겹쳐진 선반과 선반 틈으로 주홍색과 검은색 전투복이 보였고, 대량의 매직 디바이스가 푸르스름한 빛을 내고 있었다.

자 그럼, 한 번 더 도망칠까.

창문으로 몸을 돌리자── 거기엔 레이가 서있었다.

"남매끼리 있는 시간은 싫은가요?"

그녀가 휘잉 하고 바람을 가르는 소리를 내며 허공에 주홍색 원을 그렸다.

궁지에 몰린 내 눈이 체념으로 물들지 않은 것을 알아차리고 천천히 자루에 손가락을 미끄러뜨렸다.

"레이, 알고 있어? 비장의 카드라는 건."

나는 항복하듯이 양손을 들고 눈을 감았다.

그 날카로운 찌르기는 같은 타이밍에 같은 포인트로 들어왔다.

너무 착실한 내 동생은 눈을 감은 상대에게 기습적인 공격은 못한다. 갈고 닦은 길거리 싸움은 잠잠해지고 접대용 창술이 전면에 나와 내가 마음속에 그린 포인트를 노릴 거라 예측하고 있었다.

그렇게 기대한 대로 창끝은 내 옆구리를 스치고── 내 소매에서 데굴데굴 구슬이 굴러나왔다. 나는 눈을 감은 채로 경악해서 굳은 레이에게 웃음을 지었다.

"최후의 최후에 상대가 카드를 못 내게 된 후에 내는 거라고?"

어딘지 기쁜 듯한 목소리가 살짝 울려 퍼졌다.

"라이트……."

작렬.

나는 그와 동시에 눈을 뜨고 순백색으로 물든 세상을 후려쳤다.

"""…………."""

몸통을 후려친 자세 그대로, 위쪽을 향한 칼날을 순식간에 아래로 되돌렸다.

"알고 있었어요."

미소 짓고 있던 산죠 레이는 갖가지 감정이 담긴 눈으로 날 바라봤다.

"제 생일에 있었던 일을…… 잊을 리가 없으니까……."

빨간 점 하나가 MAP에서 사라졌다.

군사(레이)가 패퇴한 것을 안 루푸스 기숙사생들은 낙담에서 회복하지 못하고 기세를 잃었다. 그녀들은 노도와 같이 밀려든 플라움 무리를 눈으로 확인하고 큰 혼란에 빠져 뿔뿔이 흩어졌다.

비명과 고함이 터져 나오는 가운데, 전투복에 구속되어 가만히 서있는 레이는 나를 향해 양팔을 벌렸다.

"오, 오라버니…… 저, 못 움직이니까……."

그녀는 귀를 새빨갛게 물들이고 얼굴을 돌렸다.

"안아…… 주세요……."

내 귀는 현실도피를 하고 있기에 못 들은 척 하고 아군을 맞이했다.

"바보…… 멍청이…… 얼간이…… 동생 생각도 안 하는 놈……

내 카드로 밥 먹었어…….”

패배한 동생의 저주는 흘려들었다. 나는 제3전선 BOT과 TOP에서 밀어닥치는 증원에 대처하기 위해 온 플라움 기숙사생에게 지시를 내리고, 방어를 굳힌 후에 점거지에서 나왔다.

“어…… 군사, 어디로……?”

“잠깐 상대 본진에.”

내 시선 끝에서 윈도우상의 제3전선 MID가 노란색으로 물들었다.

점거가 완료된 순간, 달리기 시작했다.

달리고, 달리고, 달려서…… 스피드가 다 나기 전에 넘어졌다.

덜덜 떨리는 무릎이 말을 듣지 않았고 시야가 일그러지고 뇌는 삐걱대며 오른팔이 격통을 호소했다.

“아…… 이건 뭐야……?”

갑자기 몸이 말을 안 듣게 되었고, 나는 그제야 자신이 한계를 넘었다는 것을 깨달았다.

경련하는 양팔을 써서 일어서려다가 실패했다.

눈에 비치는 모든 것이 흐려져 가고 피가 흐르는 소리만이 들려왔다.

위험해, 이런 곳에서…… 저, 적어도, 아, 안 보이는 곳에…… 안 보이는 곳에 숨고…… 우, 움직여라…… 이, 이런 모습, 카메라에 찍히면…… 뮤르는 분명 날 기권시킬 거야…… 그러면 끝이야…… 걔, 걔 혼자 전부 짊어지게 할 순 없어…… 난…… 여기서 끝날 수는…….

그림자가 드리웠고, 쓰러진 나는 기력을 쥐어짜 위를 올려다봤다.

"…………."

새까만 정장을 입은 사신이 날 내려다보고 있었다.

홀연히 나타난 리우요우란은 장갑을 고쳐 끼고 날 안아 들어 촬영용 드론이 침입하지 못하는 숲 안쪽으로 옮겼다.

"정신이 들었나."

똑바로 눕혀져 있던 나는 목소리를 듣고 고개를 들었다.

한쪽 무릎을 세우고 앉은 리우는 큰 나무에 등을 기대고 가만히 이쪽을 응시하고 있었다.

내 상반신에 덮인 정장 윗도리…… 그게 그녀의 것이라는 걸 알게 된 나는 가지와 잎 사이로 엿보이는 푸른 하늘을 올려다봤다.

"……왜 도와줬지?"

"말했을 텐데. 3대 기숙사 대항전에서 플라움은 절대 못 이긴다."

무릎 위에 얹은 팔 위에서 그녀는 날 바라봤다.

"MAP을 봐라."

"…………."

"MAP을 봐라."

반복되는 말에 순순히 MAP을 보자, 파란색과 주홍색으로 물들어 있었다.

카이룰레움도 루푸스도 플라움 제2전선의 모든 점거지를 탈취했다.

루푸스와 카이룰레움은 일진일퇴의 공방전을 펼치고 있는지, 제2전선 BOT과 MID를 루푸스가 점거하고 있지만 빨간색과 파란색 점이 정신없이 바뀌고 있었다.

"……내가 의식을 잃은 지 몇 분 지났지?"

"1시간 12분."

나는 일어서려다가── 눈과 뇌의 강렬한 통증에 신음하면서 그 자리에 엎드렸다.

서있지 못하고 진땀을 흘리면서 아픈 눈을 양손으로 눌렀다.

"지금까지 불효서사를 몇 번 강제 개안했지?"

"……기억 안 나."

"마안이라는 것은 마법사의 몸이 준비됐을 때 개안하는 것이다. 토대가 완성되지 않았을 때 마안을 개방하면 눈은 물론이고 뇌도 버티지 못하지. 크리스 님의 시력이 거의 없는 것도 어렸을 때 아이즈벨트가가 나선연장을 강제로 열었기 때문이다. 눈이라는 기관을 통해 발현시키는 마법은 이계와 현계가 뒤섞였을 때 우발적으로 발생한 산물에 불과해. 원래는 반인반마에게 갖춰지는 특이체질의 일종이고, 인간의 몸으로 다루기에는 반동이 너무 커."

"…………."

"산죠가에도 전해지고 있을 텐데. 마안을 강제 개안한 인간이 어떻게 되는지는."

──10과 6의 시간을 거쳐 인간이 아니게 되었다.

레이에게 들은 이야기를 떠올린 나는 류를 향해 고개를 끄덕였다.

"알고 있어. 한도가 15초인 제한이잖아…… 산죠가의 사료에서는 '10과 6의 시간을 거쳐 인간이 아니게 되었다'고……."

"아니."

류는 표정 없이 속삭였다.

"시간이 아니라 횟수다."

난 천천히 눈을 크게 떴다.

"마안은 15회 넘게 강제 개안하면 숙주의 뇌를 태워서 죽인다."

난 머릿속으로 불효서사의 사용 횟수를 세고…… 남은 횟수가 한없이 적다는 걸 알았다.

"15회라는 건 어디까지나 평균 횟수에 불과하다. 실제로는 12회로 죽은 인간도 있는가 하면 18회까지 버틴 인간도 있지. 시리아 님은——."

리우는 감정이 깃들지 않은 목소리로 담담하게 중얼거렸다.

"7회째 강제 개안으로 죽었다."

장갑의 주름이 단단히 잡혔다.

"그 아이는 자연 개안이라고 거짓말을 하고 있었다. 자신이 망가지면 크리스 님과 뮤르 님에게 실험이 계승된다는 걸 알고 있었으니까. 그 아이는 나선연장의 개안 조건을 찾는다는 목적만을 위해 아이즈벨트가에 살해당했다. 결국 그 계획은 크리스 님에게 계승되었고, 그녀도 강제 개안에 의해 시력을 잃었다."

그녀는 작은 목소리로 속마음을 토로했다.

"나도 소피아 님도 아무것도 하지 못했다……. 그 아이는, 죽기 직전에 소피아 님을 부탁한다는 말을 남겼다. '어머님에겐 같은 편이 아무도 없으니까'라면서. 크리스 님에겐 재능이…… 뮤르 님에겐 릴리 클래시컬이 있었다…… 그 아이의 말대로 소피아 님에겐 아무것도 없었다. 포기해버린 그 사람에겐 아무것도……."

시선 끝에는 허공이 있었다. 그녀는 허공을 바라보고 있었다.

"소피아 님은 활발하고 밝고 누구든 차별 없이 대하는 다정한 여성이었다. 연인도 있었다. 불편한 것 없이 지내고 있었지만 친언니가 사고사한 것이 원인이 되어 가독을 상속하게 되었고, 모든 것을 빼앗겼다. 서로 장래를 맹세한 연인과 갈라지게 되고, 강제로 정해진 상대와 피를 섞게 되고, 시리아 님을 구하려고 전력을 다했는데 실패했다."

리우는 꼼짝도 하지 않고 이야기했다.

"시리아 님이 죽은 날…… 그날은 소피아 님의 생일이었다. 그녀는 컴컴한 방 안에서 시리아 님이 선물해준 와인을 안고, 눈물 한 방울 흘리지 않고 사랑스럽다는 듯이 달래고 있었다……. 그 뒤로, 그 사람은 그 브랜드의 와인만 마신다."

그녀는 어두운 눈으로 날 들여다봤다.

"소피아 님은 아이즈벨트가에 맞서 자신이 쏟을 수 있는 힘을 다 쏟고 사랑하는 딸을 잃었다. 그래서 그녀는 그녀 나름의 방법으로 뮤르 님을 구하려 하고 있는 거다. 그 아이에겐 재능이 없다. 소피아 님과 마찬가지로 아이즈벨트라는 이름을 잃으면 무엇을 해도 실패한다고 생각하고 있다. 나도 그 생각에 동의한다.

인간에겐 한계가 있다. 타고난 재능이 있다. 운명에는 거스를 수 없고, 사람은 사람이 할 수 있는 일을 다 하고 천명을 기다리는 수밖에 없다. 나도, 소피아 님도."

리우는 슬픈 듯이 웃었다.

"아무도 시리아 님을 구하지 못했다. 시리아 님은 정의로운 사람이었으니까, 모든 것이 잘 될 거라 생각하고 있었다. 어린 그녀의 말을…… 평범한 아이의 말을 곧이곧대로 믿고 말았다. '정의는 반드시 승리한다'니…… 이 세상에는 정의 같은 건 셀 수 없을 만큼 있는데. 정의도 악도 불명확하고, 힘 있는 자가 이길 뿐인데."

그녀는 자신의 손바닥을 바라봤다.

"나는 한 번 죽었다. 마력을 잃고 오만해져서 끔찍한 짓을 하고, 큰소리치던 나를…… 세상도 기업도 친구도 친척도 가족도 규탄하고 몰아세웠고, 편을 들어주는 사람은 아무도 없었다. 그때 난 확실히 죽었고, 그 아이가 손을 잡고 이끌어줘서 되살아났다."

추억에 잠긴 호랑이는 새까만 장갑으로 칠해진 손바닥을 내려다봤다.

"그 나날이 즐거웠다. 그 아이를 동생처럼 생각하고 있었다. 봄에는 튤립밭으로, 여름엔 바다로 가고, 가을엔 단풍놀이를 하고, 겨울엔 눈싸움을 했다. 천재라고 떠받들리던 때에는 그런 건 어리석은 사람만이 하는 것이라 생각하고 있었다. 그런 건 나는 몰랐다…… 즐거웠던 건 전부 그 아이에게 배웠다. 그녀를 위해서라면 내 목숨을 버릴 수 있다고…… 그렇게 생각했다."

그녀는 양손으로 자신의 얼굴을 덮었다.

"그런데…… 나는…… 나는 아무것도 못 했다…… 그 아이를 위해 아무것도…… 무엇을 위해 한 번 더 이 힘을 손에 넣었지…… 무엇을 위해 강해졌지……!"

그녀는 머리카락을 흩뜨리면서 머리를 흔들었다.

"나는, 쓰셴(사신)이다…… 천명에, 지명에, 인명에 홀리고 불행에 속박되지. 마력을 잃었을 때 깨달았어야 했어. 그랬으면 그 아이의 손을 잡지 않았을 텐데. 나는…… 왜 잘못했지…… 왜…… 왜……!"

그리고 리우요우란은 고개를 들었다.

눈물은 옛날에 사라졌고, 마음은 최근에 말랐다.

스스로를 위안하는 눈물은 없어졌고, 자멸의 여정을 정성껏 따라가는 것으로 스스로를 벌하고 있었다.

서글픈 실의와 결의에 대한 집착이 그 상처투성이인 온몸을 뒤덮은 상태였다.

정의도 악도 불명료한 세상에서, 한 번만 더 올바름을 믿어보려고 한 그녀는 배신당하고 버림받고 피투성이가 되어 오직 자신의 형태를 유지하기 위해 '소녀의 마지막'을 신봉하고 있었다.

"기권하도록, 산죠 히이로. 소피아 님의 복병은 카메라 사각에서 플라움에 대한 방해공작을 펼치고 있어. 그 사람은 3대 기숙사 대항전에서 플라움이 패배하면 뮤르 님이 원래대로 돌아온다고 생각하고 있어. 그러면 자신의 비호 하에 아이즈벨트가로부터 그녀를 지킬 수 있다고 생각하고 있지. 그 사람은——.”

리우는 중얼거렸다.

“방해될 것 같으면 산죠 히이로를 죽이라고 했다.”

일어선 그녀가 천천히 손을 내밀었다.

“손을 잡아라. 내가 안전한 곳까지 데려가지. 이대로 3대 기숙사 대항전을 계속하면 난 널 죽이게 될 거다. 넌 충분히 의무를 다했다. 이제 한계일 것이다. 이 이상 계속하면 마안은 널 홀려서 죽일 거다. 난 더 이상 시리아 님처럼 죽는 사람을 보고 싶지 않다.”

표면상으로는 ‘날 용서하지 않는다’고 한 그녀는 뒤에서는 나에게 손을 내밀고 구하려 했다.

“손을 잡아라.”

“…………”

“날.”

리우요우란은 얼굴을 찡그렸다.

“사신으로 만들지 마…….”

그녀의 얼굴을 보고 떨리는 손을 뻗었다. 리우는 미소 지었고—— 그녀의 손을 지나친 손이 그녀의 뒤통수를 잡았다. 나는 그녀의 이마에 이마를 부딪쳤다.

나는 웃었다.

“이봐, 얕보지 마라. 누가 너한테 지겠냐. 누가——.”

리우요우란은 놀라서 조용히 눈을 크게 떴다.

“널 사신으로 만들겠냐.”

그녀는 얼굴을 찡그린 채로 내 양어깨를 잡았다.
"넌 나에게 이기지 못한다. 알 거다…… 깨달아라. 그런 너덜너덜한 몸으로 무엇을 할 수 있지…… 무엇을……?!"
"구할 수 있어."
나는 정면으로 리우를 바라봤다.
"뮤르도…… 크리스도…… 소피아도…… 너도…… 아이즈벨트가와 관련된 모두를 구할 거다. 그러기 위해 널 쓰러뜨려야만 한다면, 나는……."
그리고 단언했다.
"이긴다, 반드시, 무슨 일이 있어도 널 이긴다."
"무리다…… 어떻게 단언할 수 있는 거지……."
"간단하잖아. 너도 알고 있을 거다."
나는 활짝 웃으면서── 말을 들이밀었다.
"정의는 반드시 이긴다."
깜짝 놀란 리우를 두고 난 천천히 일어섰다.
"미안하지만 난 노멀 엔딩이 아니라 트루 엔딩을 노리고 있어."
웃으면서 그녀를 손끝으로 가리켰다.
"내가 알고 있는 트루 엔딩에선 모두 웃고 있거든?"
나는 그녀를 내버려두고 휘청거리면서 플라움의 본거지로 향했다.
"리우, 전력으로 와라. 플라움은…… 뮤르는…… 나는……."
뒤돌아보지 않고 한 걸음 한 걸음 나아가면서 말했다.
"반드시 이긴다."

멈춘 리우를 남겨두고, 나는 계속해서 앞으로 나아갔다.

플라움 본진에서 멍하니 있던 뮤르는 아장아장 달려와 날 꼭 안았다.

"죄송합니다, 길을 헤맸습니다."

"더는 못 보는 줄 알았어……. 넌 왠지 갑자기 없어질 것 같은 느낌이 드니까…… 항상 무리하니까……. 다행이다……."

내 배 언저리에 얼굴을 파묻은 뮤르는 우물거리는 목소리를 냈다.

작은 두 어깨가 떨리고 있기에, 그 어깨를 톡톡 두드렸다.

"상황은?"

뮤르는 미소 지으면서 고개를 붕붕 저었다.

난 플라움의 본거지를 빙 둘러봤다.

피로가 얼굴에 묻어 나오던 크리스는 날 찾아내자마자 얼굴을 반짝였지만 순식간에 흐린 표정을 지었다.

스노우는 멀리서 가만히 날 바라보고 있었다.

본진에 모인 플라움 기숙사생들은 땅에 주저앉아 힘없이 고개를 떨구고 있었다. 상처와 흙투성이가 된 전투복은 격전을 헤쳐 나온 증거이며, 너나없이 기진맥진하여 기력을 잃었다.

고요한 본진은 마치 묘를 뒤엎은 뒤와 같았다.

"루푸스도 카이룰레움도 제1전선까지 쳐들어와 있어. 아무리 애써도 병력이 부족해. 머지않아 제1전선도 빼앗기겠지. 그러니까, 미안하다."

뮤르는 웃으며 말했다.

"여기까지야."

나는 그녀의 웃는 얼굴을 바라보고── 열려던 입을 닫았다.

"나 때문에 즐거운 3대 기숙사 대항전을 망쳐버렸다. 병력의 추이가 명백하게 이상해. 어떤 방해 공작이 이루어지고 있어. 분명 어머님의 소행이겠지. 기숙사생들의 귀중한 학원 생활의 추억 중 하나를, 그들과는 아무런 상관도 없는 아이즈벨트가의 대리전쟁 무대로 만들어버렸어."

그녀는 만신창이가 된 기숙사생들을 바라보고 속삭였다.

"있잖아, 히이로. 과거에 치러진 3대 기숙사 대항전 사진이 기숙사 복도에 붙어있는 걸 알고 있었나?"

난 질문을 받고 뮤르의 시선이 향한 곳으로 눈을 돌렸다.

빛을 잃은 눈으로 땅을 보며 어깨를 축 늘어뜨린 기숙사생들을 바라봤다.

"그 사진에선 모두 흙과 상처투성이가 되어도 웃고 있었어. 사이좋고 즐거워 보여서 모범적인 청춘의 한 페이지라는 느낌이라 미소가 절로 나왔어."

난 그저 미소 짓는 그녀의 말에 귀를 기울였다.

"즐기길 바랐어……. 다들 항상 내 앞에서는 안 웃으니까. 나한테 흙을 던져도 좋으니까, 즐기고 웃어주길 원했어."

그녀는 천천히 걷기 시작했다. 나는 말없이 그 뒤를 따라갔다.

"다들 정말 열심히 해줬다! 미샤는 제2전선에서 큰 활약을 했고, 사이토는 루푸스에서 매직 디바이스를 훔쳐왔고, 플로우는 다른 사람보다 봇을 만드는 게 빠르고! 그리고 미야케! 그 녀석, 철수할 때 혼자 넘어졌지! 다들 엄청 당황해서 도와주러 갔더니 울면서 '고마워~!' 이랬지! 자랑하던 화장이 망가져서 다들 크게 웃었어!"

뮤르는 걸으면서 한 명 한 명 가리키고 그 활약을 자랑했다.

"그리고 그리고! 메이드들이 팬케이크를 만들어줬고! 다들 먹고 싶다고 해서 점거지가 텅 비어서 또 큰 혼란이 일어났지!"

뮤르는 웃고 떠들면서 유쾌하고 즐겁게 추억을 이야기했다.

없었던 나의 공백을 메워 소외된 사람이 없어지도록.

대충 본거지를 돈 후, 나와 기숙사장은 나란히 잔해에 걸터앉았다.

"있잖아, 히이로, 안아도 될까?"

뮤르는 양해를 구하고 날 꼭 안았다.

"고마워…… 정말 고마워……. 나 같은 걸 위해서 이렇게 너덜너덜해질 때까지 싸워줘서. 그런데 미안…… 미안해, 히이로…… 나는, 더 이상은……."

울면서 얼굴을 엉망진창으로 만든 그녀가 말했다.

"모, 모두를…… 괴, 괴롭게 하고 싶지 않아……."

"…………."

"다, 다들…… 하, 한 번도, 내 욕을 하지 않았어. 계, 계속, 날 '기숙사장'이라, 부, 불러주고…… 다, 다른 기숙사 사람들이 내 욕을 하면 가, 감싸줬어……. 기, 기숙사장은, 여, 열심히 하면 잘하는 아이라고…… 여, 여름 방학 때, 같이 여행을 가자고……. 나, 나는, 그, 그런 말은……!"

그녀는 흐느껴 울면서 속마음을 토로했다.

"하, 한 번도…… 한 번도…… 드, 들은 적이 없어……!"

"……………."

"다, 다들, 자, 잘, 대해줘서…… 나, 날 위해서 이기자고…… 그, 그래서, 무리하고…… 나, 나는, 아, 아무것도, 아직 아무것도 못했어……. 그, 그러니까…… 그러니까……!"

나는 그녀를 살짝 안았다.

"괜찮아요, 이제."

"하지만 이긴다고…… 쓰러뜨린다고 했는데…… 히이로가 이기게 해줘야 하는데……. 미안해요…… 미안해요오오…… 미, 미안해요오……!"

그녀는 나에게 매달리면서 우는 소리를 냈다.

"괜찮아요, 어떻게든 될 거예요. 이인삼각으로 처음부터 시작하면 되잖아요. 둘이서 길거리를 헤매다가 주변에서 야채라도 팔면서 살죠. 마침 야채 하나 안 자랄 것 같은 절해고도 같은 영지도 있으니까요."

"으아앙~! 희망 하나 없이 죽었어~!"

울부짖을 만큼 울부짖고 겨우 눈물이 마른 후, 뮤르는 점거지를 포함한 모든 거점에 안내 방송을 했다.

"다들, 정말 고맙다. 여기까지다."

본거지에 주저앉아 있던 기숙사생들은 얼굴을 들고 기숙사장을 올려다봤다.

"다들 알다시피 플라움이 진 건 내 탓이다. 지금 우리는 아이즈벨트가의 방해 공작을 받고 있다. 어머니의 모략으로 말이지. 그 때문에 다른 기숙사와의 격차가 명백하게 벌어지고 있다. 개개인이 모두 정말로 훌륭히게 활약해줬디. 미안하다. 내가 없었으면 분명 호각으로 싸울 수——."

"뭐어~?! 그게 무슨 소리야, 웃기지 마!"

예상되었던 분노의 목소리를 듣고 뮤르는 무릎을 꿇고 이마를 땅에 대고——.

"기숙사장 때문일 리가 없잖아!"

"…………뭐?"

멍하니 있다가 고개를 들었다.

"나쁜 건 아이즈벨트가잖아?! 기숙사장이 잘못했을 리가 없잖아! 이번 3대 기숙사 대항전이 조금이라도 재밌어지도록 엄청 노력했는데 왜 기숙사장이 잘못한 게 되는 거야?! 그보다 다들 정말 이렇게 포기하는 거야?!"

한 여학생의 호소에 술렁이기 시작했다.

"여기서 지면 기숙사장은 있을 곳이 없어지잖아?! 그런 걸 못 본 척 하고 이대로 순순히 질 생각이야?!"

"어머~, 확실히 그렇네."

히죽거리면서 일어선 다른 기숙사생은 큰 소리로 외쳤다.

"여기서 지면 여름 방학 때 기숙사장 돈으로 여행 못 가게 되잖아~."

"아니, 사이토 너 '친구니까 각자 부담'이라면서 성인군자인 척 했잖아!"

"어? 소급이 적용되는 건 민법까지인데? 고소당해도 난 이길 자신 있는데?"

"카메라 앞에서 폼 잡았으니까 고소당하면 진다고, 사이토~!"

웃음이 터졌고, 멍하니 있는 기숙사장에게 메시지가 왔다.

'여긴 제1전선 MID, 엄청 몰려오고 있지만 항복 안 해요! 제2 전선에서 대활약한 미샤가 전해드렸습니다~!'

"미샤, 너 언제까지 그거 우려먹을 거야!"

어느샌가.

모두 일어나 웃으면서 매직 디바이스를 손에 들고 있었다.

'기숙사장~! 조금만 더 힘내보자~! 다 같이 멋지게 이겨서 승리의 3단 팬케이크로 축배를 들자~!'

'기숙사장! 인간은 누구든 완벽하지 않으니까! 잘하는 것과 못하는 것을 다 같이 분담하는 게 인생을 잘 사는 요령이에요!'

"자, 기숙사장, 일어서 일어서."

"언제까지 멍하니 있을 거예요. 이제부터 이길 거예요."

분주하게 움직이기 시작한 기숙사생들을 바라보며 눈앞에서 일어나는 사태를 따라가지 못하고 있는 뮤르는 양쪽 겨드랑이를 잡혀 일으켜 세워졌다.

"좋아, 다들 둥글게 모여~! 점거지에 있는 사람들은 마음속으로~!"

기숙사생, 메이드, 사신인 크리스까지 말려들었고, 꺅~꺅~와~와~ 거리면서 둥글게 모인 그녀들은 기숙사장에게 시선을 모았다.

"자, 기숙사장, 부탁할게!"

"어…… 아, 아니, 난……."

"다 같이."

기숙사생들은 뮤르에게 웃음을 지었다.

"이길 거잖아."

플라움의 기숙사장은 자신의 기숙사를 짊어진 기숙사생들을 둘러봤다.

어떤 사람은 고개를 끄덕이면서, 어떤 사람은 웃으면서, 어떤 사람은 울면서. 뮤르 에세 아이즈벨트를 믿고 있었다.

양옆의 기숙사생이 어깨를 두드리자 기숙사장은 발바닥을 원의 중심에 내리쳤다.

"이기자아아아아아아아아아아아아아아아아아아아아아아아아아아아아아아아아아아아아아아아!"

""""""""오오오오오오오오오오오오오오오오오오오오오오오오오오오오오오오오오오오오오!""""""""

모두의 발 구름이 땅을 흔들고 하이파이브가 오갔다.

뮤르는 아랫입술을 깨물어 눈물을 참으면서 그녀들에게 머리를 숙였다.

"…………."

좋은 장면이라 아무 말도 안 했지만…… 나, 자연스럽게 소외당했네……. 좋은 장면이라 아무 말도 안 했지만…….

팔짱을 끼고 '응응' 하며 고개를 끄덕이고 있는 날 발견하고,

기숙사생 하나가 깜짝 놀라 몸을 젖혔다.

"엑, 왜 군사가 있는 거야?! 기숙사장이 '그 녀석은 죽었다…… 잊어라'라고 말해서 한참 전에 리타이어한 줄 알았는데."

"사람이 없을 때 멋대로 죽이지 말라고, 이 썩을 꼬맹이가아!"

"안 죽은 사람이 잘못—— 으갸악!"

내 주먹에 정수리를 맞은 뮤르는 머리를 잡고 몸을 웅크렸다.

난 어이없어하면서 눈물을 글썽이는 기숙사장에게 물었다.

"그래서 기숙사장, 이제부터 어떻게 할 거죠."

"몰라. 다 같이 이긴다고 했으니까 저 녀석들이 어떻게든 하겠지. 열심히 해라."

정색한 기숙사생들은 맹렬하게 달려와 조그마한 기숙사장을 둘러쌌다. '농담입니다!'를 연호하는 뮤르의 머리를 투닥투닥 때린 후에 자기 위치로 돌아갔다.

"그래서 기숙사장, 이제부터 어떻게 할 거죠."

"말할 것도 없잖아! 모두의 마음을 짊어지고 싸운다! 단지 그뿐——. 잠깐만! 지금 생각할게! 죄송합니다, 이제 때리지 마! 주먹은 싫어, 주먹은 싫어!"

정색한 집행관들은 혀를 차고 멀어져 갔다.

"배, 배수진이다…… 제1전선은 버린다. 우린 본진에서 승부를 낸다. 최종결전이다. 어, 어때? 투닥투닥 구타 부대 안 왔어?"

"마음에 드는지 멀리서 기숙사장을 다정하게 지켜보고 있어요."

"저 흉측한 눈빛이 다정할 리가 없잖아! 넌 입맛 다시는 다정한 사람을 본 적 있냐!"

플라움의 병력은 제1전선에서 빠졌다.

루푸스와 카이룰레움은 플라움의 본거지까지 단숨에 밀려들어올 것이다.

이렇게 되는 것도 예측했던 '결말' 중 하나다.

대책은 있다. 그렇다기보다는 이렇게 하는 수밖에 없다. 그러기 위해서는 플라움은 이 궁지를 견뎌낼 필요가 있다. 뮤르가 실력을 보여준다. 이기려면 그러는 수밖에 없다.

뮤르는 자신이 아직 아무것도 못한 것을 후회했다.

군사와는 달리 왕은 본거지 이외의 장소에 존재하는 것이 허용되지 않는다. 규칙상 뮤르가 아무것도 못하는 건 당연하다. 본인이 아무리 아쉬워해도 근본이 되는 규칙에 얽매여 있는 이상, 탄식으로 마음을 채우는 수밖에 없다.

플레어 비이 루루플레임은 압도적인 카리스마로 기숙사생을 통솔하고, 레일건을 주축으로 삼아 전반전부터 계속해서 우위를 유지했다.

프리 플로마 프리기엔스는 3km 앞에 빙하로 길을 만들고, 그 경이로운 실력과 정확한 지시로 루푸스를 상대로 막상막하의 승부를 이어나가고 있다.

그럼 뮤르 에세 아이즈벨트는 어떻냐는 질문을 받으면 그녀는 분명 '아무것도 못했다'고 대답할 것이다.

하지만 그건 틀렸다.

내가 정신을 잃은 1시간 12분 동안 뮤르는 플라움의 본거지에 적이 침입하는 것을 계속해서 막았다. 소수의 병력으로 제1전선을 계속해서 확보하고, 아이즈벨트가가 공작을 펼치는 가운데 파랗고 빨간 걸물을 상대로 포기하지 않고 계속 싸웠다.

그리고 마지막에는 스스로 결단하고 책임을 지려 했다.

그녀는 홀로 계속 싸웠고, 자기 옆에 늘어서 있는 맹우들을 발견했다.

이제 뮤르는 홀로 일어설 일도 쓰러질 일도 없다.

저 아이는 한 번은 포기했던 소원을 이제야 이루려 하고 있다.

"뮤르, 할 수 있겠어?"

그래서 난 플라움 이외의 사람에게 비웃음당할 만한 계책을 선택했다.

"믿고 맡겨!"

내 물음에 가슴을 친 뮤르는 웃으며 대답했다.

모든 사람이 완벽할 순 없다.

하지만 모든 사람은 완벽하지 않다는 것을 받아들일 수 있다.

스스로의 약함을 받아들인 그 앞에 진정한 강함이 있다고 믿는다.

그래서 난 뮤르 에세 아이즈벨트를 믿고자 한다.

생각에 빠져있던 난 눈부신 햇빛에 제정신으로 돌아왔다.

루푸스와 카이룰레움이 제1전선을 탈취하는 동안 해야 할 일을 끝낸 나와 뮤르는 레일건 피해를 면한 지붕 위에 앉아있었다.

"기숙사장, 악수 연습은 끝났어요?"

"그래, 싫어하는 기숙사생을 연습 상대로 삼아 악수회를 해줬지. 준비는 완벽해."

지붕 가장자리에 걸터앉은 그녀는 양다리를 붕붕 흔들었다.

"있잖아, 히이로. 어머님은 봐주고 있을까?"

"신경 쓰여요?"

"뭐 그렇지."

그녀는 멋쩍은 듯이 부끄러워했다.

"시리아 언니가 없어진 뒤부터 어머님은 나한테 '포기해라'라든가 '앞에 나서지 마라'라든가, 그런 말을 계속 했으니까. 지금의 날 보면 어떤 식으로 반응할지 신경 쓰여."

"뇌혈관이 터져서 즉사하지 않을까요?"

뮤르는 소리 내서 웃었고, 갑자기 표정을 지우고 파란 하늘을 올려다봤다.

"하늘이…… 파랗구나…… 좋은 날씨야……."

눈이 부신 듯 손차양을 만들고, 그녀는 손가락 틈으로 비치는 햇볕에 눈을 가늘게 떴다.

"그날도 하늘이 아름답고 파랬지…… 별 보기 참 좋은 날이라고 어머님이 말씀하셨었고. 3대 기숙사 대항전이 끝나면 가족과 함께 소풍을 가고 싶어. 류와 릴리도 데리고…… 다 같이 그날처럼 별을 보고…… 별님의 일등상을 찾는 거야…… 그게……."

뮤르는 천구에 손을 뻗고 보이지 않는 별을 잡았다.

"내 소원이다……."

뮤르는 잡은 손을 풀고 환한 웃음을 짓고 날 바라봤다.

"물론 너도 같이 가야 해!"

난 쓴웃음을 지었다.

"뭐, 이기면…… 한 번만 같이 갈게요."

"말했다, 말했다! 언질 잡었어! 언질! 너, 머리 이상하니까 거짓말 하지 마라! 도망치지 마! 난 반드시 이길 거야! 내 힘으로! 내 스스로의 힘으로 이걸 거야! 너만은 꼭!"

그녀는 성량을 줄이고 미소 지었다.

"지켜봐 줘."

나는 주먹을 들어 올렸다.

뮤르는 들어 올려진 주먹을 보고 당황한 듯이 날 살펴봤다.

"기숙사장, 해볼까요."

나와 그녀는 함께 웃고, 서로 주먹을 쥐고——.

"해보자!"

톡 하고 주먹을 맞부딪쳤다.

그 주먹을 통해 나는 속으로 각오를 다졌다.

내 소원과 그녀의 소원은 상통한다. 그렇다면 해야 할 일은 단 하나. 너무나도 못 미덥고, 가늘고, 끊어질 것 같은 그 가능성을…… 내가 끌어당길 수 있을까.

아니, 끌어당길 수 있을까가 아니다.

끌어당기는 거다.

——마안은 15회 넘게 강제 개안하면 숙주의 뇌를 태워서 죽인다.

설령 무엇을 희생하더라도.

그녀가 별에 소원을 빌었다면, 내가 이뤄줘야 한다.

그 소원을 알고 있는 건 멀리 떨어져 있는 빛과 나뿐이다.

그렇다면 내가. 소원을 빈 별과 함께 그 가능성을 끌어당긴다.

"기숙사장, 군사."

아래층에서 오퍼레이터가 말을 걸어왔다.

그 진지한 표정을 보고 우린 때가 온 것을 알았다.

"옵니다."

함정인가 아닌가.

상황을 살피던 루푸스는 플라움의 제1전선 MID를 점거하여 '함정이 아님'을 확인했고, 대량의 빨간 점이 엄청난 기세로 다가오고 있었다.

'사신이 해방되었습니다.'

이어서 제1전선 BOT이 점거당했다.

'사신 해방 시간이 연장되었습니다.'

바로 제1전선 TOP이 점거당했다.

때를 가늠한 것처럼 카이룰레움측의 점거지도 빼앗겼다.

'사신 해방 시간이 연장되었습니다.'

잇따라서.

'사신 해방 시간이 연장되었습니다.'

소용돌이치듯이.

'사신 해방 시간이 연장되었습니다.'

때가—— 다가온다.

누구보다도 빠르게.

검은 사신은 우리 앞에 서서 말없이 이쪽을 노려보고 있었다.

"왜."

그녀가 물었다.

"왜 도망치지 않았지…… 왜……."

그녀는 후회하듯이 당장이라도 사라질 것만 같은 목소리로 물었다.

"포기하지 않았지……."

"자명한 이치야."

난 웃으며 쿠키 마사무네를 발도했다.

"해피엔딩을 맞이하기 위한 필수 조건이기 때문이지."

그녀는 검은 장갑을 고쳐 끼면서 천천히 하늘을 우러러봤다.

천구를 가득 메운 창공. 예전에 한 가족이 올려다본 새파란 하늘을.

사신은 햇빛을 받으면서 땅 밑바닥에서 하늘 위를 향해 말했다.

"너는, 플라움은 제1전선을 버리지 말았어야 했다. 이제 사신의 시간 제한은 노릴 수 없다. 어째서 이렇게 어리석은 짓을 했지……."

"네놈을 쓰러뜨리는 데 15초로는 부족하기 때문이다."

난 웃음을 띤 채로 그녀에게 답해줬다.

"이 바보가……!"

"바보는 너잖아."

뮤르와 크리스. 두 자매는 날 사이에 두는 형태로 왼쪽과 오른쪽에 섰다.

그 가운데서 난 어깨에 칼을 걸치고 입을 열었다.

"너 혼자서 뭘 할 수 있지."

리우의 검은 두 눈이 날 노려봤다.

"너와 뮤르는 닮았어. 너무 닮았지. 추구하는 것은 똑같았다. 잃은 것도 똑같았다. 무력함을 한탄하고 나아간 길이 날랐을 뿐이다. 넌 뮤르 옆에 설 수 있었다. 한 번만이라면 구원받아도 좋다고 정해져 있는 건 아니야. 두 번이든 세 번이든, 넌 구원받아도 좋았어. 누군가의 말이 아니라 자신의 마음으로 '올바른 길'을 정해도 좋았어. 넌 너다, 리우요우란. 스스로를 봐라. 지금 네 옆에는."

얼굴을 찌푸린 나는 필사적으로 상처 입은 짐승에게 물었다.

"누가 있지?"

그녀가 검은 주먹을 꽉 쥐었다.

"어머니는 '공경받는 사람'이 되라고 하셨다. 하지만 이 세상에서 사랑받는 사람은 사랑을 이해하지 못하는 짐승에게 먹힐 뿐이다……. 먹고 먹히고, 폭로하고 폭로당하고, 배신하고 배신당했다……. 두 번이고 세 번이고 절망했기에 한 번만 더 정의를 믿어보자고 생각했다. 그게 나의 마지막 북극성이었지. 이제 유리구슬은 이 손에 없다…… 그 파편을 그러모아 마음을 달랜다 한들 헛될 뿐이다. 네게, 나의 삶을……."

새까만 눈동자로 형상화된 인생이―― 날 들여다봤다.

"부정할 권리는 없다."

"그래, 그렇지, 그딴 건 없어. 아주 잘 알고 있지. 서로 타인이고 이마를 맞대고 대화한 정도로 살아온 인생에 대한 품평회를 연다는 건 말이 안 되는 이야기지. 성인이든 악인이든 인생을 긍정, 부정할 권리는 자기 자신에게만 있지. 그러니 네놈의 인생을 칭찬할 생각도 업신여길 생각도 없어. 그래도 말이야!"

나는 내 인생을 걸고 그녀를 응시했다.

"네놈의 그 인생이 이 아이의 길을 막는다면! 난 네놈의 인생을 부정하는 수밖에 없다고! 네놈의 인생은 가짜라고! 인정하게 만드는 수밖에 없단 말이다!"

난 뮤르와 크리스, 두 사람과 함께 매직 디바이스를 들고 자세를 잡았다.

나는 나 자신의 인생을 칼날에 싣고 사신을 겨눴다.

"미안하지만 난 사신의 낫을 맞이해줄 생각은 없어. 이제 지긋지긋하겠지. 내가 그 자리에서 끌어내려주지. 그러니 와라, 사이비 마법사."

산 자와 사신은 서로 의지를 드러냈다.

"진짜를── 보여주지."

리우요우란은 경이로운 속도로 첫 걸음을 내딛었고, 벽에 막혔다.

벽, 아니 그것은 거품 형태의 완충재.

크리스의 고속 생성에 막혀서 머리부터 처박은 류의 돌진이 정지됐고── 만들어진 수정 가시가 발에 휘감겼다.

"히이로!"

완충재가 사라진 순간 내가 칼을 휘둘렀다.

들어간다!

느낌── 그 칼의 행방을 보고 경악해서 눈을 크게 떴다.

무릎과 팔꿈치.

두 점 사이에 고정된 칼날이 그대로 꺾여, 나는 자세가 무너져 앞으로 넘어졌다.

부웅—— 순식간에 날아오는 마권. 그 무시무시함에 순간 땀을 확 흘렸지만 작은 몸이 시야에 뛰어들었다.

"빌린다, 히이로!"

접속. 푸르스름한 섬광이 솟구쳤다. 뮤르의 오른손과 내 심장이 연결되었고, 흘러들어온 마력이 그녀의 왼손으로 운반되었다.

부보(浮步).

사뿐히 떠오른 뮤르는 리우의 바로 아래로 파고들어—— 쳤다.

리우는 그 타점을 아래로 흘리면서 바로 상단 차기를 날렸다.

파쇄음이 울려 퍼졌다. 내 얼굴 바로 옆에 전개된 수정꽃이 깨져서 흩어졌고, 몸을 웅크린 뮤르를 받침대로 삼은 난 오른손에 준비한 포대를 겨눴다.

"피할 수 있으면."

완성한 거대한 마력 화살. 류는 눈을 크게 떴고——.

"피해봐라."

쐈다.

퍽! 강렬한 반동으로 오른팔이 튀어 올랐고, 리우는 지근거리에서 육박하는 닐 애로를 보고—— 빠르게 머리를 비스듬히 기울여 피했다.

"뭐야?! 진기명기 쇼냐?!"

이, 이 자식, 이 거리에서 피했어! 감만으로 보이지 않는 화살을 피하다니, 괴물인가?!

빙글빙글 몸을 반씩 좌우로 비틀며 거리를 벌린 리우가 장갑을 다시 꼈다.

"놀라워. 학생의 숙련도가 아니야."

"그건 내가 할 말이다…… 인간의 숙련도가 아니잖아, 너……."

"뮤르 님은…… 네가?"

리우는 나지막이 질문했다.

"머리카락이 더 긴 자칭 '최강', 고릴라 30마리 정도의 파워를 자랑하는 근육뇌가 했어."

"……아스테밀 클루에 라 킬리시아인가."

사신은 인간다운 쓴웃음을 지었다.

"옛날부터 그녀는 쓸데없는 짓밖에 안 했지. 그 사람의 참견은 언젠가 파멸을 불러올 것 같은 느낌이 들지만…… 뭐, 나하고는 상관없는 일인가."

"히이로. 슬슬 그걸 할까."

내 등을 콕콕 찌른 뮤르는 히죽히죽 웃으면서 뒤에 있는 무가저택으로 시선을 돌렸다.

"좋네요. 저 음침권을 쓰는 사람한테 한번 보여줄까요."

나도 히죽거리면서 대답했다.

"이, 이봐, 동생한테 뭘 가르친 거냐. 저런 징그러운 표정을 짓는 아이가 아니었는데. 할 거면 나도 끼워줘. 나도 당사자잖아."

"좋았어! 리우! 작전 타임!"

난 적인 그녀에게 기운차게 손을 들어 어필했다.

"……뭐냐, 그건."

"산죠가에 대대로 전해지는 결투 방식 중 하나다. 상대가 '작전 타임'을 외쳤을 때는 예로부터 내려오는 아름다운 요조숙녀의 정신에 의거하여 상대에게 공격하는 건 엄격히 금지되어 있으니 나쁘게 생각하지 마시길."

"몇 초 기다리면 되지?"

"5분 정도."

리우는 천천히 눈을 떴다가 감았다가 했다.

"그렇게까지 기다리면 사신 해방 시간이 끝나버리지 않나?"

"이런…… 저 녀석 머리가 좋은데……?"

"히이로, 10초 정도로 해둬! 10초 정도로! 너무 욕심 부리면 혼나니까 10초 정도로 해둬! 리우라면 10초는 줄 테니까! 일단 10초 받자!"

"왜, 왜 둘만 재밌어 보이는 거지…… 나, 나도 끼워줘……!"

말없이, 리우가 이쪽으로 돌진해왔다.

"아아아아아아아아아아아아아아아아아아아아아아아! 위험해애애애애애애애애애애애애애애애애애애! 대피 대피 대피이이이이이이이이이이이이이이이이이이이이이이이이이이이이!"

리우에게 등을 돌린 우리는 맹렬하게 무가 저택 안으로 도망쳤다.

출입구 부근에는 냄비나 도마나 프라이팬을 든 메이드들이 대기하고 있었고, 우릴 들이자마자 문을 닫았다.

"빨리 안으로!"

"저희가 지키겠습니다! 자, 가세—— 꺄악!"

문이 날아갔다. 저택 안으로 들어온 리우는 날아온 프라이팬을 손등으로 튕겨냈다.

바로 빈격 대세에 들어가서 —— 메이드들을 눈으로 확인하고 그녀는 주먹을 멈췄다.

"당신들은, 설마…… 이 무슨 바보 같은 짓을. 아이즈벨트가의 눈도 있는데."

류는 얼굴을 찌푸렸다.

"뮤르 님과 릴리의 호의를 무시하다니…… 햇빛이 들지 않는 지하에서 입 다물고 있으면 됐을 텐데. 왜 쉽사리 자신의 목숨을 버리는 짓을 하지. 뮤르 님의 편을 들고 무사할 것 같나."

"저, 저희에겐."

떨면서 프라이팬을 다시 쥔 메이드는 미소 지었다.

"저희의 긍지가 있습니다……. 설령 아이즈벨트가를 등진다 하더라도, 뮤르 님께 은혜는 갚을 겁니다. 계속 땅에 숨어있으면 씨앗은 싹트지 않고, 꽃은 피지 않아요. 저희에게도……."

메이드들은 각자의 무기를 들면서 말했다.

"스포트라이트를 받을 권리가 있어요……!"

나는 짝짝 박수를 보내고 리우를 향해 씨익 웃었다.

"눈물 나지, 리우요우란. 오늘 아침에 빤 손수건 빌려줄까."

나는 검지를 내밀며 그녀에게 물었다.

"이제 배우는 다 모였다. 무대 위에서 라이트는 돌아가고 출연자는 대사를 말했다. 넌 어떻게 반응할 거지?"

"............"

"대본이 머리에 안 들어 있으면 다음에 다시 와라."

가슴에 손을 대고 공손하게 인사한 내가 얼굴을 들고 미소 지었다.

그리고 뛰었다.

메이드들을 밀어내고 앞으로 나온 리우를 보고, 난 안방으로 달려갔다.

스쳐 지나가면서 크리스의 어깨를 친 뒤── 둘이서 마주 봤다.

그녀는 미소 짓고 고개를 끄덕였다.

"맡겨둬라."

우린 세 방향으로 갈라졌다.

예상대로 리우는 엄청난 기세로 날 쫓아왔다.

"모두 밖으로 나와! 빨리!"

메이드들의 목소리가 울려 퍼졌다. 난 육박하는 주먹을 피하면서 안방으로 뛰어들었다.

맹렬하게 추격해 온 리우가 몸을 미끄러뜨린 순간, 주위 방에 숨어있던 플라움 기숙사생이 트리거를 당겼다.

"쏴라아아아!"

맹장지를 관통해 발사된 총알과 화살의 폭풍.

천장과 지붕 사이의 공간에서도 쏟아진 탄환은 빗발치듯이 리우를 노렸고, 그녀는 노도와 같은 기세로 양손 양발을 휘둘러 탄환들을 튕겨냈다.

"알스하리야!"

"0.7초다!"

눈을—— 열었다.

0.7초 한정 개방.

심홍색 두 눈을 통해 응시하는 가능성, 그 모든 가능성을 열손가락에 나눈다. 마력벽을 생성해 튕겨난 화살과 탄환을 다시 반사시켰다.

"…………칫!"

한 번 피한 화살과 탄환이 마력벽에 반사되어 리우에게 돌아갔다.

다다미 위를 미끄러지면서 몸을 비튼 리우는 한 손으로 바닥을 힘껏 쳤다.

마력을 담고 날아오르는 다다미들.

온 다다미에 화살과 탄환이 박혀 사라졌다.

훌륭한 다다미 뒤집기를 한 리우는 이미 다시 달리기 시작한 날 추격해 왔다.

"밖으로 나가! 밖으로!"

실내에 남아있던 플라움 기숙사생은 저택 바깥으로 달려갔고, 리우는 그 도망극을 슬쩍 봤다.

땀범벅이 된 채 숨을 헐떡이면서 벽에 등을 댄 난 쓴웃음을 지었다.

리우는 개선의 신발 소리를 내며 장갑을 고쳐 끼고 다가왔다.

"지리적 이점을 살린 좋은 연계였다. 평범한 마법사였다면 분명 한 방 먹었을 거다."

"이봐, 스스로를 꽤나 치켜세우네. 어딘가의 나르시스트 마인이 생각나. '평범한 마법사가 아닙니다'라고 적힌 패치 붙이고 길거리를 활보해라."

"일격으로."

깊숙이.

마법사 살해자는 자세를 낮췄다.

"끝낸다."

나는 웃음을 짓고 천천히 벽에서 등을 뗐다.

"그럼 난 수행의 성과를 보여주지. 스승님 가라사대, '햄버거와 양파튀김은 둘이 모여야 진가를 발휘한다'. 그렇지?"

그때, 리우는 내가 맨발이 돼있는 것을 그제야 깨달았고──.

"뮤르?"

천장과 지붕 사이의 공간을 부수고 내려온 기숙사장은 내 연수에 발꿈치를 때려 박았다.

손은 연결되어 있다.

양손을 잡은 자매는 선천적으로 마력선이 없는 뮤르의 특성으로 인해 사전 준비도 없이 순식간에 마력선을 공유하고 있었다.

나선연장에 의한 고속 생성.

마력을 전도하는 끈이 저택 바깥에까지 운반되었고, 그 끈을 쥔 플라움 기숙사생들의 마력이 전해졌다.

접속. 내 발바닥을 통해 이 저택을 지탱하는 모든 기둥에 마력선이 뻗었다.

기점은 나와 뮤르와 크리스.

플라움 기숙사생과 우리의 마력선은 중심인 뮤르를 중개해 정확하게 연결되었다.

마력을 받은 난 저택에 있는 기둥이라는 기둥에 마력을 흘렸다.

사태의 추이를 지켜보던 리우는 놀라서 안색이 변했고—— 방어 동작을 취했다.

"느려."

개안, 발동, 아르스 마그나.

거합——도신을 뻗고 또 뻗고——발도!

나의 칼은 몸을 젖혀 피한 리우를 지나쳐 마력에 녹은 기둥을 정확하게 절단했다.

무가 저택은 삐걱삐걱 기분 나쁜 소리를 내면서 어긋나더니 무너져 내렸다.

도망칠 곳을 잃은 리우를 내버려 두고 옆방으로 뛰어든 우리는, 마술사의 어깨에 손을 올리고 웃었다.

"그럼, 먼저 갑니다."

시야가 훅 흐릿해지고 바깥으로 나왔다.

저택은 성대한 소리를 내며 무너지면서 분진을 일으키며 하나의 산이 되었다.

저택 안에 남겨진 마술사는 다른 마술사가 힘을 합쳐 보강한 마루 밑 통로에서 기어 나왔다.

모두가 도망친 것을 확인하고 크리스는 유일한 탈출구를 막았다.

"""""…………."""""

나는 천천히 손을 들었고── 뮤르와 크리스는 그 손에 손을 맞부딪쳤다.

""""예~이!""""

나와 뮤르는 카메라 앞으로 무릎으로 미끄러지며 예이 예이 하며 브이 사인을 만들었다.

"보고 있나, 아이즈벨트가아아아아아아아아아아아아아아아아아아아아아아아아아아아아!"

"그만해, 상스러우니까."

크리스에게 잔소리를 들으면서도.

사진을 가둔 우리는 웃으면서 하이파이브를 했다.

그 후, 10분이 경과했다.

리우요우란은 잔해에 파묻힌 채로 있다.

주홍색 사신은 침묵에 잠겼고, 푸른 사신은 모습을 보이지 않았다.

아무래도 카이룰레움의 사신은 그 칼끝을 루푸스에 겨누고 있던 모양이다.

루푸스는 제2전선을 빼앗기고 제1전선까지 몰려있었다. 그런 상황 속에서도 플라움에 병력을 보내는 일은 게을리 하지 않아 대량의 빨간색과 파란색 점이 본거지에 다가오고 있었다.

플라움의 생존자는 148명에서 59명까지 줄어들어 있었다.

반 이하…… 절망적인 상황이긴 하지만 기숙사생의 사기는 떨어지지 않았다. 각자의 위치에 있는 플라움 기숙사생은 담소를 나누면서 주먹밥과 샌드위치로 간단한 식사를 하고 있었다.

"리우 님, 나오지 않네요."

스노우는 적당한 잔해에 걸터앉은 나에게 차를 건네면서 속삭였다.

"가능하면 이대로 잔해에 처박혀 있어줬으면 좋겠는데…… 뭐, 저 성숙한 육체를 주체하지 못하는 피지컬 괴물이 이렇게 끝날 것 같지는 않단 말이지."

제1전선에서 빠질 때 각 부대가 남긴 함정이 효과를 보이고 있는 걸까. 카이룰레움과 루푸스의 진군 속도는 분명 둔해졌다. 하지만 빨간색과 파란색 점은 약간의 탈락자를 내면서 본거지에 다가오고 있었다.

리우를 봉쇄했다 하더라도 플라움에는 아직 과제가 쌓여있다.

"히이로 님, 무리하고 있지 않나요?"

은쟁반을 가슴에 안은 백발 메이드는 나에게 살짝 물었다.

"뭐, 하고 있느냐 안 하고 있느냐를 따지면 하고 있지만…… 승산이 없는 것도 아니니까. 난 지는 싸움은 안 하는 주의고……."

"어떨는지요. 다른 사람의 목숨이 걸리면 당신은 기꺼이 몸을 바치는 타입이잖아요. 자폭형인 주제에. 붐ㅇ 같은 얼굴로 무슨 폼을 잡고 있는 건가요."

"그건 해석이 틀렸어. 난 그렇게까지 성인 아니거든. 백합을 지키고 싶을 뿐이거든."

"…………."

"뭐, 뭐야, 그 고상함과는 동떨어진 간사한 눈은?"
메이드는 날 싸늘하게 째려봤다.
"싸늘한 눈인데요."
"아니, 명칭이 아니라 이유 말이야. 그 모멸적이고 뜨거운 시선을 주인인 나에게 보내는 시건방진 이유를 묻고 있다구요, 자칭 미소녀 메이드씨."
"협박인가요."
"논리의 비약이 홈런급이네. 메이저 데뷔 해라."
"하와유."
"취소할게. 그런 쓰레기 같은 영어 회화로는 안 되겠네."
스노우가 내 어깨를 팍팍 때렸다.
그 손이 멈춘 뒤, 바람이 불어 눈을 가늘게 뜬 스노우는 머리카락을 눌렀다.
"있잖아요."
"네?"
"도망치고 싶다던가 그런 생각은 안 하나요?"
손에 있는 연어 주먹밥을 바라봤다.
시선을 올리자 웃으면서 배식을 하고 있는 메이드가 눈에 들어왔다. 서로 장난치며 웃고 있는 플라움 기숙사생을 쳐다봤다.
그 무리의 중심에서 볼에 묻은 밥풀을 떼어주는 언니와 나란히 앉은 소녀는 환한 웃음을 띠고 있었다.
나는 그 광경을 바라보면서 나지막이 속삭였다.
"안 해, 조금도."

"전 가끔 당신을 데리고 도망치고 싶어지지만요."

나와 같은 경치를 공유한 뒤 근심을 띤 옆얼굴이 중얼거렸다.

"도망치다니, 어디로?"

"어딘가로."

"갑자기 엉성하네."

"어디든 괜찮아요."

그녀는 저편의 경치로 눈을 돌리고 미소 지었다.

"그냥…… 어디든……."

난 쓴웃음을 지었다.

"저기요? 아까부터 나한테 홀딱 반한 것처럼 행동하지 말아 줄래? 자매 백합을 만끽하고 있는 내 옆에서 히로인인 척 하는 거야? 뭐냐, 그 우려하는 표정은? 너, 스스로에게 취한── 무르읖!"

퍽! 메이드답지 않은 철권으로 내 무릎을 친 스노우는 은쟁반을 빙글빙글 회전시켰다. 맹렬하게 회전한 은쟁반이 내 턱에 다단HIT했다.

"메이드 회전 살법! 메이드 회전 살법!"

"터억! 턱, 턱, 터억! (피격 음성)"

"얼버무리지 마, 이 바보! 어물쩍 넘기지 마, 멍청이! 이얍, 이얍, 이얍! 울부짖어라! 등뼈를 부러뜨려서 사족보행 시대까지 거슬러 올라가게 해주마! 오늘부터 바닥에서 밥 먹어라!"

퍽, 퍽, 퍽!

웅크려서 은쟁반에 추가 공격을 당하고 있으니 오퍼레이터가 쭈뼛거리며 다가왔다.

“꽁냥대고 있는데 죄송합니다만.”

““꽁냥대는 거 아니거든!””

“포로가 왕과 군사에게 대담을 요청하고 싶다고.”

“어?”

등 뒤로 볼을 쭈욱 잡아끌리고 있던 나는 얼빠진 얼굴로 되물었고——.

“어머, 이 주먹밥 맛있네요. 셰프를 부르세요. 이 오필리아 폰 마지라인이 직접 칭찬을 전하고 싶다고 말하고 있다구요. 오호호.”

너무나도 낯익은 존안을 봤다.

“원래 있던 곳에 두고 오세요.”

“아니, 그렇게 버려진 개를 취급하는 듯한 뉘앙스로 말해도…….”

보호본능을 불러일으키는지 메이드들은 바지런히 오필리아를 보살펴주고 있었다.

이 장면만 잘라 내면 꼭 카리스마 넘치는 공주님처럼 보이기도 하지만…… 실제로 발견됐을 때 그녀는 울상을 짓고 덜덜 떨고 있어서 너무 불쌍해 공격하지 못했으며 조난될 것 같아서 데려오고 말았다고 플라움 기숙사생이 보고했다.

“어머나, 전속 노예! 우연이군요!”

깃털 달린 부채로 자신에게 부채질하던 아가씨는 날 발견하고 안도한 표정을 지었다.

“전 카이룰레움의 에이스로서 홀로 행동하고 있었는데, 이상하게도 대량의 적병에게 포위당해 원통하게도 잡히고 말았어요. 뭐, 그래도 이 또한 제 책략의 일환. 뜻밖에도 플라움 본진에 제일 먼저 들어왔달까요. 오~홋홋! 그야말로 일기당천의 무적함대!"

뮤르는 내 옆에서 소매를 꾹꾹 잡아당겼다.

"이봐, 히이로. 어떻게든 해서 카이룰레움에 돌려보낼 수 없나? 불쌍하잖아?"

"아니, 그렇게 둥지에서 떨어진 아기새를 취급하는 듯한 뉘앙스로 말해도……."

"저, 전속 노예! 루, 룩 미~! 룩 미~예요, 룩 미~!"

자신이 처한 상황이 안 좋다는 건 이해하고 있는지 울먹이는 소리를 내는 아가씨. 그녀의 손가락이 나를 척 가리켰다.

"저, 저는 플라움에 대한 중요한 정보를 쥐고 있어요! 그, 그러니까, 그! 심한 짓은 하지 마! 그게 아니라 하면 안 돼요! 그, 그리고 당신, 딜레마 때 계속 죽은 척을 한 절 현지에 내버려 두고 갔죠?! 도우라구요?!"

"아니, 그때는 진짜로 존재를 잊어버려서…… 아니, 중요한 정보?"

"그, 그래요! 저, 이 보석처럼 아름다운 눈으로 결정적인 장면을 포착했어요!"

아가씨는 안절부절못하며 말을 늘어놓았다.

"저 울창한 마의 숲을 헤매고 있었을 때, 검은 옷을 입은 어른들이 원격으로 플라움의 학생에게 공격을 가한 것을 봤어요! 게

다가 그 패거리는 가짜 전투복을 입고 있었으니까 분명 또 뭔가 저지를 게 틀림없어요! 제삼자의 출입은 원래 금지되어 있을 텐데! 그래서 한때 우위에 서있었던 플라움은 열세에 처하게 되었어요! 부당한 처사죠~?!"

나와 기숙사장은 얼굴을 마주 봤다.

"아가씨, 그건 어디서?"

"그, 글쎄요……? 전 이 주변 지리는 잘 모르니까요…… 그리고 눈물 때문에 MAP이 안 보여── 아니, 안 울었어요!"

──소피아 님의 복병은 카메라 사각에서 플라움에 대한 방해 공작을 펼치고 있어.

리우가 한 말은 사실이었군. 직접적인 증거가 있으면 3대 기숙사 대항전을 뒤집을 수 있을지도 모르지만…… 아가씨가 가진 상황 증거만으로는 운영진들도 못 움직이겠지.

생각에 잠긴 날 제쳐두고 흥분해서 얼굴이 빨개진 아가씨는 이야기를 술술 늘어놓았다.

"전 마지라인가 사람으로서 비겁천만한 수법은 용서할 수 없어요! 신성한 3대 기숙사 대항전에 제삼자가 끼어들어 열심히 싸우는 학생들을 일방적으로 공격하다니! 용서하기 어려운 만행! 제 손으로 처벌하려고 뒤를 쫓았지만 지쳐서 놓치고 말았어요…… 하지만 전, 녀석들에게 마크를 붙였어요!"

아가씨는 자랑인 깃털 달린 부채를 보여줬다.

"마법을 써서 이 부채의 깃털 하나를 놈들의 등에 꽂았어요. 오~홋홋! 이 오필리아 폰 마지라인의 두뇌 플레이가 훌륭하디 훌륭해요!"

"""…………."""

"어, 어라……? 자, 잘못한 건가……?"

아가씨는 불안한 듯이 이쪽을 살펴봤고 난 성큼성큼 그녀에게 다가갔다.

난 아가씨의 양어깨를 꽉 잡고 그녀를 바라봤다.

"역시 아가씨는 최고야…… 빨리 굿즈 발매해주세요. 부탁드립니다."

"자, 잠깐! 남자가 거리낌 없이 만지지 말아 줄래요?!"

칭찬받은 건 솔직히 기뻤나.

얼굴을 빨갛게 물들이고 부끄러워하는 아가씨한테서 손을 떼고 씨익 웃었다.

최종 결전을 앞두고 겨우 재밌어지기 시작했잖아. 도와줘서 고맙다, 소피아 에세 아이즈벨트. 그 얕은 생각을 실컷 후회하게 해주지.

자신의 공적으로 평정을 되찾은 아가씨는 새끼손가락을 세우고 찻잔을 입으로 가져갔다.

"그건 그렇고, 전 플라움을 돕기로 했어요."

"""…………뭐?"""

아연실색한 나와 뮤르 앞에서 아가씨는 눈을 내리뜬 채로 차를 홀짝였다.

"그치만 이상하잖아요. 애초에 인원 차이로 인해 불리한데 비열한 어른들의 방해까지 받고 있다니. 그런 상황 속에서 저처럼 아름답고 가련하고 넘버원인 에이스가 공격까지 하면 균형이 안 맞아요. 그러니 전 오늘 이 시점부터 플라움의 일원으로서 싸우겠어요."

"아, 아니, 금발 더블 롱 구불구불 머리, 그 마음은 기쁘지만."

기숙사장은 난감해져서 허둥거렸다.

"그런 짓을 하면 넌 카이룰레움에서 배신자 취급을 받을 거라고. 그리고 이건 전국에 중계되고 있어. 곤란해지잖아."

"마지라인가는 그런 일로 흔들리지 않아요."

아가씨는 유유히 대답했다.

"전 진정한 정의를 사랑합니다. 설령 동료들에게 규탄당한다 하더라도 전 저의 정의를 관철할 거예요."

나와 기숙사장은 동시에 입을 막고 눈물을 글썽였다.

""멋있어……!""

"오~홋홋! 그 정도는 아니에요! 저 오필리아 폰 마지라인이 왔으니 이제 안심이에요!"

빙글 뒤로 돈 기숙사장은 마찬가지로 뒤로 돈 나에게 귓속말했다.

"그래서, 어때…… 그…… 실력은……?"

"메가톤급 짐 덩어리죠."

"혀, 현대에 되살아난 트로이 목마……!"

"뭐 그래도 쓸 방법은 얼마든지 있어요…… 크크큭……!"

눈살을 찌푸리고 있던 기숙사장을 끌어당겨서 그 작은 귀에 소곤소곤 속삭였다.

뮤르는 씨익 웃었다.

"크하하핫……!"

"크크큭……!"

"오~홋홋……!"

쾌청한 하늘 아래서 나와 기숙사장과 아가씨는 웃음소리를 냈다.

"크하~하하핫……!"

"크~큭큭……!"

"오~홋홋……!"

기분 나쁜 삼중창을 흘려들으며, 오퍼레이터와 메이드들은 서둘러 식기 정리를 시작했다.

미력한 조력자(아가씨)를 획득하고 몇 분 후.

"6시 방향! 옵니다!"

무릎 위에 윈도우를 펼친 오퍼레이터는 외쳤다.

"왔나요."

무가 저택의 잔해로 사방을 둘러싼 본거지로 루푸스 군단이 다가왔다.

주변 일대에 울리는 경고음.

이른 아침에 울리는 자명종을 끄듯이 서치봇을 때려 조용하게 만든 뒤, 나는 히죽히죽 웃으면서 어떻게 할지 물었다.

"기숙사장, 환영의 폭죽이라도 터뜨려줄까요."

"그래, 좋지. 모처럼 이렇게 기념할 만한 날을 맞이했다."

뮤르는 히죽거리면서 나에게 대답했다.

"성대하게 하지."

테이프 커팅처럼 축복을 담아서 엄숙하게. 나는 오른팔을 쭉 뻗었다.

검지와 중지는 뻗고 남은 세 손가락을 접었다. 왼팔은 오른팔을 고정하기 위한 스탠드로 삼고 양손을 교차시켜 그 총구를 6시 방향에 겨눴다.

뮤르는 내 등에 손바닥을 살짝 댔다.

플라움의 사수들은 그 좌우에 붙어서 그녀의 오른팔과 왼팔에 자신의 양손을 댔다.

사수의 팔에는 다른 사수의 손이 겹쳐졌다.

나를 선두로 그려진 화살표 형태의 고정포대.

거점에서의 마력 집적량이 1.5배가 되는 사수들은 전투복을 통해 주변에서 마력을 긁어모았다.

포대를 맡는 나에게 응집되어 가는 마력 덩어리. 손끝은 강렬하게 푸르스름한 빛을 냈다.

마치 하나의 별처럼.

순식간에 응축된 마력은 무수한 별을 긁어모아 형태를 갖춘 기라성으로 변했다. 완성된 거대한 화살은 커다란 광채를 띠고 있었다.

서치봇이 큰 경고음을 울려 온갖 재앙을 알리듯이 마구 떠들어댔다.

본거지에 그치지 않고 제1전선부터 제2전선, 저 멀리 있는 제

3전선에까지.

귓전을 흔드는 이상사태, 루푸스의 부대는 안색을 바꾸고 멈춰 섰다.

"저, 저기, 이, 이거, 위험한 거 아냐……?"

"뭐, 뭐야, 이 마력량은…… 마, 말도 안 돼…… 사신이 해방된 거야……?!"

"이, 일단 제3전선까지 물러——."

"뭐라고?! 뭐야, 겁먹은 거야?! 상대는 플라움이라고?! 그 얼간이를 상대로 물러날 생각이야?!"

"그보다……."

나는 웃으면서 필사적으로 손끝에서 미쳐 날뛰는 격류를 제어했고——.

"물러나도 피할 수 없는 거 아냐……?"

발사했다.

굉음을 내면서 공기가 갈라졌다.

날아오른 워터 애로(물화살)는 대량의 루푸스 기숙사생을 휩쓸었고, 나무들을 쓰러뜨리고 흙과 진흙이 휘말리고 돌과 자갈이 섞여 토석류로 변해 모든 것을 집어삼켜 나갔다.

잇따라 리타이어가 확인되었고 MAP상의 빨간 점이 계속해서 사라져 갔다.

"훅."

난 손끝에 바람을 분 뒤, 상상 속 총을 빙글빙글 돌리면서 보이지 않는 홀스터에 권총을 집어넣었다.

그리고 나에게만 보이는 카우보이 모자의 챙을 내리고 쿨하게 속삭였다.

"일발필중이다……."

"나도 나도! 나도 그거 하고 싶어! 내가 쓴 걸로 해줘! 내가 쓴 걸로 해줘!"

나와 뮤르는 등을 맞대고 동시에 손끝에 바람을 불었다.

""일팔필중——.""

"12시 방향, 적 습격!"

""너 지금 장난칠 때야?!""

서로 밀고 밀리면서 허둥지둥 망루에 뛰어 올라갔다.

루푸스와 함께 진군해온 카이룰레움은 사신을 루푸스 측에 보낸 영향인지 군사인 라피스가 학생들을 이끌고 있었고, 바리케이드를 부수려다가—— 깜짝 놀라 눈을 휘둥그레 떴다.

카이룰레움 기숙사생들의 시선이 모인 곳.

거기엔 기다란 빨래 장대에 묶인 아가씨의 모습이 있었다.

스읍 하고 숨을 들이쉰 그녀는 새된 소리를 질렀다.

"어~라~, 잡혔어요오~! 도우와주어요오오오오오오오오오~!"

"비브라토를 엄청 넣었어!"

"아가씨는 오페라 가수였어……? 이렇게나 명랑하고 통통 튀는 듯한 레지에로, 오필리아 폰 마지라인밖에 못 내요! 아가씨가 최고야!"

아가씨의 훌륭한 미성에 뮤르와 나는 찬사를 보냈다.

"으어어~ 라아아~! 도우와! 도우와! 도우와. 도우와. 도우와.

도우와주어요오오오오오~!"

"목을 엄청 조정하고 있어!"

"아가씨는 프로 보컬리스트였어……? 이렇게나 프로페셔널함이 넘치는 책임감, 오필리아 폰 마지라인 말고는 못 갖추죠! 아가씨가 최고야!"

"사, 사격 중지! 저러면 맞을 거야!"

화살을 쏘려던 카이룰레움 기숙사생을 말리고 이를 간 라피스가 우리에게 손가락질했다.

"비겁한 놈! 그게 플라움의 방식이야?!"

"맞는데."

"저 녀석 무슨 소릴 하는 거야?"

나와 기숙사장에게 도발당한 라피스는 부들부들 떨면서 얼굴이 새빨개졌다.

"포로를 풀어주고 정정당당하게 싸워! 플라움에 명예로운 승부를 요구합니다!"

"명 · 예 · 로 · 운(웃음)."

"이봐~, 라피스으~, 명예로운 승부를 하자고~(웃음). 아빠랑 엄마한테 심판 봐달라 하고 뒤에 있는 공터에서 규칙대로 놀자~(웃음)."

나와 뮤르는 망루 위에서 놀리면서 코사크 댄스를 췄다. 실룩실룩 볼을 떤 라피스는 에렌베르크를 쥐었다.

"그럼, 맞히면 되는 거잖아……!"

"아아아아아아아아아아아아아아아아아아아아아아아아아아아아아

아아아아아아아아아아악! 저, 레알 실화로 위기예요오오오오오오오오오오오오오오오오오오오오오오오오오오오오오!"

"야! 오필리아, 말씨가 더럽잖아! 그러면 안 되지! 호쇼의 학생이 속어 쓰지 마! 비브라토도 안 들어갔어!"

"헤헷…… 그래도 난 그런 아가씨도 좋아…… (코를 긁적인다)."

"얕보지── 마!"

라피스는 매직 애로를 쐈고──.

"""………….""""

나와 뮤르는 아가씨를 매단 빨래 장대를 움직여 매직 애로의 진로에 그녀의 몸을 뒀다.

"엑?! 잠깐만?!"

"안 돼애애애애애애애애애애애애애애애애애애애애애애애애애애애애애애애애애애애! 레알 실화로 위기예요오호오오호오오호오오호오오~옹!"

라피스는 황급히 매직 애로를 조작했다.

매직 애로가 아가씨의 코끝을 스치고 라피스가 있는 곳으로 돌아갔다. 그녀는 사나운 개처럼 빠직빠직 소리를 내는 화살을 억눌렀다.

"헤이 헤~이!"

난 아가씨를 좌우로 흔들었다.

"투수 쫄았다~!"

기숙사장은 아가씨를 위아래로 흔들었다.

""빠~라라빠빠~! 화살에 영혼을 담아라! 빠~라라빠빠~! 날려버려라~, 아 · 가 · 씨!""

원래 참을성이 없고 지는 걸 싫어하는 라피스는 얼굴이 새빨개져서 쾅쾅 발을 굴렀다.

"치사해 치사해 치사해! 이런 짓을 하는 게 무슨 소용이야!"

"아니, 의외로 효과는 있어."

난 미소 짓고 라피스의 뒤를 가리켰다.

"예를 들자면 복병이 뒤로 돌 때까지 적의 주의를 끈다던가."

"뭐야?!"

숨어있던 플라움의 병사들은 일제히 튀어나와 당황한 카이룰레움 기숙사생을 덮쳤다. 새된 비명이 터지고 칼날이 시끄럽게 날아올라 순식간에 작은 전장이 만들어졌다.

완전히 방심하고 있던 카이룰레움 기숙사생은 비명과 혼란의 소용돌이에 휘말려 순식간에 와해되어 갔다.

"좋아, 준비."

기숙사장은 신호를 보냈다.

망루에 숨어있던 사수들은 일제히 일어나 장전한 화살과 총을 들이댔다.

그 타이밍에 플라움의 병사들은 방벽을 펼쳤다.

반복해서 연습한 대로 병사와 병사의 타이밍이 맞물렸고, 뮤르는 큰 혼란에 빠진 카이룰레움을 가리켰다.

"지금이다, 쏴라."

쏟아지는 화살과 탄환에 꿰뚫려 카이룰레움의 학생들이 HP

를 잃고 탈락해 갔다.

"어, 이, 이 숙련도는 뭐야?! 이, 일단 빠져——."

"미안하지만 두 번째 습격은."

망루에서 뛰어내린 나는 정면으로 빛의 칼날을 내리쳤다.

"사양은 고사하고 살려서 안 보낼 거거든."

라피스는 믿기 어려운 반응속도로 그 일격을 막아냈다.

나와 라피스는 서로 노려봤고—— 내 웃는 얼굴을 보고 그녀는 표정을 지웠다.

그림자. 내 어깨를 발판으로 삼아 뛴 뮤르가 하나의 그림자로 변해 라피스의 배후에 내려섰다.

"뮤르!"

난 외쳤고 라피스는 뒤돌아봤다.

"쳐라!"

무극——도인——권!

발을 내딛은 뮤르가 세로로 움켜쥔 주먹은, 모습을 지우고 그림자에 섞여 라피스의 명치를 꿰뚫었다.

깔끔하게 들어간 주먹이 정면부터 뒤쪽까지 한순간에 충격을 전했다.

눈을 크게 뜨고 몸을 기역자로 만든 라피스는 비틀거리면서 후퇴했다.

전투복에 구속당해 움직이지 못하게 되어, 분한 듯이 얼굴을 찡그렸다.

나와 뮤르는 팔을 교차시키고 손가락총의 총구를 서로의 입김으로 불어서 껐다.

""일발필중이다.""

"으아아아! 한 번 더 한 번 더 한 번 더 붙어어어어어어어어어어어어어어어어어어어어어어어! 웃기지 마 폼 잡지 마 꽁냥거리지 마 시체 능욕 하지 마아아아아아아아아아아아아아아아아!"

나와 뮤르는 울상을 지은 라피스의 머리를 차례대로 쓰다듬었다. 그러고 나서, 소리 지르는 그녀를 내버려 두고 망루로 후퇴했다.

루푸스도, 카이룰레움도.

겨우 뮤르를 기점으로 한 플라움과 대치하는 건 쉽지 않다는 걸 깨닫기 시작했다.

왕은 본거지에만 있을 수 있다.

때문에 뮤르의 진가를 발휘하려면 그녀가 말하는 '배수진'을 치는 수밖에 없다. 게다가 배수진을 친 덕에 루푸스와 카이룰레움의 활약을 촬영하기 위한 카메라가 모여 아이즈벨트가는 공작을 펼칠 수 없게 되었다.

전력을 본거지에 집중시킨 기숙사장의 계책은 플라움에 승리의 여신을 불러들이고 있었다.

"오~홋홋! 쾌승이에요 쾌승! 역시 전 승리와 운명과 마지라인가의 여신! 루푸스도 카이룰레움도 저의 적수는 못 돼요!"

"큰일이네, 전투력 측정 지수가 높아지고 있어…… 기숙사장!"
"우와! 오필리아, 여기에 마카롱 떨어져 있어!"
"엣?! 마카롱?!"
눈을 반짝인 아가씨는 기숙사장의 목소리에 이끌려 뛰기 시작했고── 모습이 사라졌다.
"아아아아아아아아아아아아아아아아아아아아아아아아아아아아아아아아아아아아아아아! 적의 책략에 빠졌어요오오오오오오오오오오오오오오오오오오오오오오오오오오오오!"
나와 기숙사장이 만든 함정에 빠진 아가씨를 내려다보고, 우리는 안도의 한숨을 내쉬었다.
"좋아, 이로써 전투력 측정 게이지는 회수했네요."
"마카롱 던져줘야지."
아가씨는 기숙사장이 던져 넣은 마카롱을 받고 '포로는 괴롭네요……'라고 혼잣말 하면서 냠냠 당분 섭취를 시작했다.
"이봐, 포로로 놀고 있을 때가 아니라고."
어이없어하는 표정을 지은 크리스가 왔다.
"언니! 이건 노는 것도 쓸데없는 짓도 무익한 짓도 아니에요! 저희는 어떤 일에도 항상 진심으로 임하고 있어요!"
"그래 맞아! 혼날 이유는 없다고! 난 진심으로 장난치고 있다고!"
크리스는 여유롭게 미소 지었다.
"호오, 꽤나 당당하군. 이 크리스 에세 아이즈벨트에게 장난을 치지 않았다고 말하는 건가. 구덩이를 향해 웃으면서 과자를 던지는 짓이 어린애 장난이 아니라 고상한 영웅적 행위라 지껄일 셈인가.”

크리스는 웃으면서 피부가 얼얼해지는 분노를 드러냈다.

나와 뮤르는 재빠르게 서로를 가리켰다.

““이 자식이 장난쳤어요.””

“…………”

나와 기숙사장은 구덩이 속에 있는 아가씨를 가리켰다.

““이 자식이 장난쳤어요.””

“저기요~? 홍차도 받을 수 있을까요~?”

싱긋 웃은 크리스는 나와 기숙사장과 아가씨를 무릎 꿇고 앉게 했다.

셋이서 ‘끝까지 쳐들어오지 않는 루푸스와 카이룰레움이 잘못했다. 승리를 위해 한 일이고 우리에게는 아무런 잘못 없다. 플레어와 프리는 최악이다. 놈들에겐 의리도 성의도 여자 친구도 없다’라고 이구동성으로 변명해 크리스의 설교가 길어지게 되었다.

“근데 정말로 안 오네요…… 왜일까요?”

바쁘게 일하던 릴리 씨는 은쟁반을 가슴에 안고 당황한 듯이 중얼거렸다.

“캬하하! 우리한테 겁먹은 거 아냐?!”

“아하핫! 쫄보놈들!”

“오~호호! 잡병들이 꼬리를 말고 개집에 돌아갔어요~!”

“교대로 불량배처럼 되지 마라, 무지몽매한 놈들.”

셋이서 둘러앉아 시끄럽게 웃고 있으니 팔짱을 낀 크리스가 발끝으로 땅을 쳤다.

"플라움의 본거지는 점령할 수 없다고 판단했나…… 상상 이상으로 이쪽의 허세가 효과를 내고 있어, 히이로."

크리스는 나를 바라봤다.

"공격해볼까?"

"안 돼요."

나보다 빨리 뮤르가 대답했다.

"그게 플레어와 프리가 노리는 거예요. 등딱지에 틀어박힌 거북이가 머리를 내밀게 하려면 눈앞에 먹이를 보이면 된다…… 참지 못하고 튀어나왔을 때 일망타진할 생각이겠죠. 플라움은 본거지에 모든 병력을 모았기에 강하지만, 그 강함을 착각해 우물 안에서 큰 바다로 헤엄쳐 나가면 뼈저리게 깨닫게 되겠죠. 우리가 승리하려면 역시 히이로의 계책을 완수하는 수밖에 없어요."

크리스는 입을 크게 딱 벌렸다.

뮤르는 고요해진 주위를 이상하다는 표정으로 봤고, 릴리 씨는 떨어뜨린 은쟁반을 황급히 주웠다.

"뮤르…… 그건 다시 말해서."

크리스는 그녀에게 살짝 물었다.

"네가 전부 짊어지게 된다는 뜻이다. 무섭지는 않나……?"

"네. 저 혼자 싸우고 있는 건 아니니까요."

뮤르는 웃는 얼굴로 대답했다.

크리스는 미소 지었고, 마찬가지로 미소를 띤 난 입을 열었다.

"기숙사장, 알고 있을 거라 생각하지만 적은 한 번 더 쳐들어올 거예요. 그 공격을 견뎌내면 제 계책은 틀림없이 성공하겠죠. 플레어도 프리도 분명 제 계책에 걸려들 거예요. 그렇게 되면 우리의 승리예요."

나는 웃었다.

"너…… 날 과신하고 있어."

뮤르는 부끄러워했다.

"전부 제대로 봐왔으니까 말하는 거예요. 저는 과신도 예측도 희망도 아니고, 봐온 사실을 토대로 말하고 있어요. 뮤르 에세아이즈벨트는──."

나와 뮤르는 웃으면서 주먹을 맞부딪쳤다.

""이긴다.""

나와 뮤르를 양손으로 밀어 헤친 크리스는 나와 뮤르의 주먹에 자신의 주먹을 맞댔다.

"둘이서 뭉치고 끝내지 마."

"어머나, 속세에 계신 여러분은 이럴 때의 관습을 모르는군요."

아가씨가 한 손을 펼쳐 앞으로 내밀었다.

"여럿이서 호흡을 맞출 때는 주먹이 아니라 손바닥으로. 예전부터 내려온 관습이에요. 처음에 주먹을 내미는 건 가위바위보와 싸움을 할 때만. 손바닥을 겹친다는 행위는 우리 마지라인가에서도 자주 하는 신에게 제사를 지내는 의식이죠."

"쓸데없이 스케일이 커지잖아!"

"하지만 좋은 관습이다."

크리스는 아가씨의 손에 자신의 손을 겹쳤다.

동생은 언니의 손에 펼친 손을 겹쳤다.

"…………."

난 그 손에 가위를 내고 겹쳤다.

"…………."

뮤르는 내 손에 바위를 겹쳤다.

"…………."

난 바로 보를 내서 겹쳤다.

"…………."

뮤르는 가위로 내 보에 대한 우위를 점했다.

"…………."

난 바위로 대──.

""싸우자아아아아아아아아아아아아아아아아아아아아아아아아아아아아아아아아아아아!""

나와 뮤르는 맞붙어 싸웠고, 크리스에게 던져졌다.

무릎 꿇고 앉아 설교를 들은 뒤, 다시 훌쩍훌쩍 울고 서로의 어깨에 펀치를 날리면서 손을 겹쳤다.

릴리 씨가 그 손에 손을 얹었고, 뛰어온 스노우가 내 손 아래에 손을 끼웠다.

그곳에 있는 6명이 손과 손을 포갰다.

""""""………….""""""

왜인지 어색한 침묵이 흐르기 시작했다.

"기숙사장, 이럴 때는 수장으로서 아랫사람들에게 황송한 말씀을 해주는 법이에요. 펑키하고 멋진 격려 부탁합니다."

"어~, 그럼 시간도 없으니 간단하게."

"그거 엄청 길어지는 시작 패턴 아닌가요. 교장의 긴 이야기 같아요."

뮤르는 내 권유에 응했고 스노우가 참견했다.

"전 이래봬도 교장 선생님의 말씀은 한마디도 놓친 적이 없어요. 약간 자랑하는 것처럼 보일지도 모르지만, 그렇게 한 보람도 있었는지 교장 선생님께 칭찬을 받은 적이——."

"뮤르, 아가씨의 긴 이야기가 발동됐으니까 빨리 말해버려."

"그러고 보니 전 어릴 적에 존경하는 조상님의 그림으로 상을 받은 적도 있——."

"뮤르, 빨리 말해!"

크리스와 릴리 씨에게 재촉당한 뮤르가 끙끙대는 소리를 내면서 생각에 잠겼다.

"펑키하고 멋진 격려…… 펑키하고 멋진 격려…… 그렇네…… 으음……."

뮤르는 씨익 웃으면서 중지를 세운 손을 들어올렸다.

"뒈져라, 아이즈벨트가아아아아아아아아아아아아아아아아아아아아아아아아아아아아아!"

""""""뒈져라, 아이즈벨트가아아아아아아아아아아아아아아아아아아아아아아아아아아아!""""""

그야말로 우리다운 펑키하고 멋진 격려였다.

홀로 '아이즈벨트가……?'라며 고개를 갸웃거리고 있는 아가씨는 소외됐지만, 우리는 만족하고 일어섰고── 오퍼레이터가 달려왔다.

'루푸스가 쳐들어왔나'는 소식이있다.

각자의 위치로 간 플라움 기숙사생은 엄청난 수의 오토봇과 군대를 보고 침을 꿀꺽 삼켰다.

나와 뮤르는 그런 그녀들을 앞질러 경쟁하듯이 망루에 올랐다.

"이거 이거 이거! 하나같이 다 바보 같은 얼굴을 하고 있군!"

"꽤나 늦게 등장하셨군!"

망루 꼭대기에서.

나와 뮤르는 팔짱을 끼고 등을 맞대고 웃으면서 맞이했다.

"아하핫!"

루푸스의 부대장으로 보이는 소녀는 조소를 띠고 나와 뮤르를 가리켰다.

"마법을 못 쓰는 실패작과 무능한 남자가 우두머리라니…… 너희들 안 부끄러워? 잔챙이 집단이 뭘 까부는 거야?"

"호오, 실패작."

"흐음, 무능한 남자."

공공연하게 도발한 그녀는 히죽히죽 웃는 우리를 올려다보고 볼을 실룩거렸다.

"뭐, 뭐야……?"

"아니."

"뭔가 좀, 그렇지?"

나와 뮤르는 히죽거리면서 말했다.

"그 실패작한테 두들겨 맞고 엄마한테 울면서 매달릴 게 딱 해서."

"무능한 남자한테 손도 못 쓰고 박살나서 아빠한테 이를 너희가 불쌍해서."

나와 뮤르는 우는 시늉을 하면서 서로를 위로했다.

알기 쉬운 도발을 당한 적 부대장의 얼굴은 순식간에 빨개져 갔다.

"바보 아냐?! 인원 차이를 봐! 너희한테 승산 같은 건 없――."

""잔말은 됐으니까 빨리 덤벼.""

나와 뮤르는 비웃으면서 손가락으로 적 군세를 불러들였다.

성난 고함 소리가 하늘을 울리고, 루푸스 기숙사생이 노도와 같이 밀어닥쳤다. 일부러 바리케이드에 낸 구멍을 발견한 그녀들은 모멸하는 말을 내뱉으면서 틈새에 몸을 욱여넣었다.

"좋아, 메워라."

부대의 4분의 1정도가 본거지에 들어간 시점에 좌우에 숨어있던 사수들은 생성으로 그 구멍을 막았다.

"어, 아, 잠깐만?!"

솔선해서 앞장선 부대장은 새파래진 얼굴로 두리번두리번 주위를 둘러봤다.

어느샌가 인원 차이는 뒤집혔고, 대량의 플라움 기숙사생에게 둘러싸인 그녀들은 목을 졸린 것처럼 가는 비명을 질렀다.

환한 웃음을 띤 나와 뮤르가 주먹으로 우득우득 소리를 내면서 다가갔다.

"안녕하세요, 무능입니다."

"안녕하세요, 실패작입니다."

우린 뻐끔뻐끔 입을 열었나 닫았나 하는 그녀에게 웃음을 지었다.

"기~숙~사~장~? 어떻습까아? 전황으은? 인원 차이, 보이나요오?"

"그래, 어떻게 봐도 침입자 놈들에게 승산 같은 건 없는 것처럼 보이는데?"

겁먹은 루푸스 기숙사생들은 뒤로 조금씩 물러나 서로 몸을 맞대고 덜덜 떨었다.

"비, 비겁하다…… 저, 정정당당하게 싸워……!"

"호오, 정정당당."

"흐음, 비겁이라."

나와 기숙사장은 한순간 정색했다가── 깔깔거리며 웃기 시작했다.

"무슨 소리야. 우리가 지금부터 보여줄 건 모두가 아는 옛날이야기로 전해져 오는 꿈같은 이상이라고."

"사랑과."

"용기."

나와 뮤르는 칼과 총을 들고 씨익 웃었다.

""그리고 압도적인 물량이다.""

"싫어어어어어어어어어어어어어어어어어어어어어어어어어어

어어어어어어어어어어어어!”

새된 비명을 신호로 돌진한 우리는 압도적인 수적 우위로 루푸스 기숙사생을 매장했다.

“리이의 첫 번째 가르침! 시체 차기와 시체 쏘기는 승자의 특권! 패배자는 도발해야 제맛이지!”

“이야호~! 물 좋은 패배자들이다~!”

카메라의 사각지대를 발견한 우리는 루푸스 기숙사생 앞에서 스쿼트와 복근운동을 하며 산뜻하게 도발했다.

“““휘유우우우우우우우우!”””

퍼스널 스페이스(포교 공간)에서 꺼낸 고깔모자를 쓰고 폭죽을 터뜨린 다음, 얼굴을 새빨갛게 물들이고 매도하는 루푸스 기숙사생에게 ‘오늘의 주역’ 어깨띠를 걸어주고 박수를 보냈다.

“기숙사장, 군사! 디멘션게이트 오픈! 카이룰레움도 옵니다!”

바리케이드를 파괴하려고 마법을 연사하고 있는 녀석들에게 대처하는 사이 오퍼레이터가 크게 소리쳤다.

“고맙군, 증원인가.”

“그럼 기숙사장, 계획대로.”

북쪽에서 온 루푸스에 대응하고 있는 동안 남쪽에서 카이룰레움이 진군해온 것 같다. 나와 기숙사장은 남과 북으로 나뉘어 마술사에게 지시를 내려 오토봇을 대량으로 생성시켰다.

오토봇은 개체 능력을 높이면 높일수록 생성할 때 대량의 마력과 시간을 소비하지만, 겉만 그럴듯한 수준인 약하고 잘 부서지는 오토봇이라면 마력도 시간도 신경 쓰지 않고 생성할 수 있다.

불면 날아갈 것 같은 오토봇 군체는 연결되어 벽이 되면서 우글거리며 본거지에 모였다.

준비가 끝난 뒤 나와 기숙사장은 동시에 말했다.

“‘바리케이드를 열어라.’”

바리케이드를 개방하자마자 가득 차있던 루푸스와 카이룰레움 기숙사생들이 밀려들었고, 오토봇으로 가득 찬 본거지를 보고 깜짝 놀랐다.

“베어버려! 그냥 속 빈 강정이야!”

“왕을 찾아! 그 실패작이 상대라면 금방 결판이 날 거야!”

망설임은 한순간이었다.

그녀들은 오토봇을 베어버리고 후려쳐 오토봇 무리에 섞인 왕을 찾으려고 했지만, 기숙사장을 포함한 플라움 기숙사생은 문 부근에서 몸을 숨기고 있었다.

“좀 더 오른쪽.”

“왼쪽이야…… 그래, 그걸로 됐어.”

나와 뮤르는 마술사를 통해 오토봇에 지시를 내려 미세한 조정을 하고—— 씨익 웃었다.

“‘거기다.’”

눈치 못 채는 사이에 오토봇으로 만들어진 길로 유도된 루푸스와 카이룰레움의 학생이 본거지 중심에서 딱 마주쳤다. 그리고 일제히 울리는 경고음.

플라움의 사수가 높인 주변 마력에 서치봇이 반응한 것이다.

적 공격에 의해 경보가 울렸다고 생각한 루푸스와 카이룰레움의 학생은——.

“““““““우와아아아아아아아아아아아아아아아아아아아아아아아아아아아아아아아아아아아아아아!”””””””

일제히 트리거를 당기고 싸우기 시작했다.

마법과 기술, 칼소리와 창소리, 비명과 부르짖음.

모래 먼지와 섬광을 일으키면서 두 기숙사는 남의 본거지에서 열심히 서로 싸웠다.

“싸워라…… 더 싸워라……!”

“인간은 어쩜 이렇게 추할까(환한 웃음).”

그 모습을 바라보며 나와 뮤르는 싱글벙글했다.

섣불리 건드리면 휘말릴 가능성도 있어서, 우리는 마술사에게 계속해서 눈속임용 오토봇을 만들도록 지시를 내린 뒤 격전을 벌이는 광경을 안주 삼아 술잔을 주고받았다.

““플라움의 승리를 위하여!””

둘이서 리이가 좋아하는 외제 에너지 드링크를 마시고 함께 웃었다.

“뜨아아아아아아아아아아아아아아아아아아아아아아아아아아아!”

한창 승리의 술에 취한 와중에, 왠인지 전란에 휘말려 죽은 척을 하고 있던 아가씨가 얼굴을 들고 외쳤다.

“찾았어요! 전투복을 입고 3대 기숙사 대항전에 섞여 든 괘씸한 자를! 제 깃털이! 깃털이 나있어요!”

그녀는 한 학생을 척 가리켰다.

그 손가락이 가리킨 끝에서.

루푸스와 카이룰레움의 전투복을 제각기 따로 입고 있음에도 불구하고 마치 같은 편처럼 모인 다섯 명은 시선을 이리저리 돌리며 누군가를 찾고 있는 듯했다.

그 중 한 명의 등에는 아가씨가 가지고 있는 깃털 부채의 일부, 새하얀 깃털이 꽂혀있었다.

그 순간── 나와 뮤르는 달려 나갔다.

전투 소리와 눈속임 때문에 달려오는 우리를 못 알아차렸는지.

오토봇을 밀어 헤치던 다섯 명은 질주하는 두 개의 그림자를 알아차리고 경악하여 입을 딱 벌렸다.

다섯 명 중 한 명은 본 적이 있었다.

3대 기숙사 대항전 직전이다. 소피아 에세 아이즈벨트가 데리고 온, 플라움의 실내 훈련장에서 뮤르를 두들겨 팬 마법사 여자였다.

그녀는 다가오는 사람이 남자인 나와 자기에게 손가락 하나 못 대고 운 소녀인 걸 깨닫고 비웃으면서 여유를 되찾았다.

"뮤르."

"히이로."

나와 뮤르는 나란히 달리면서 서로의 손뼉을 쳤다.

"""가자."""

찰나, 접속, 푸르스름한 마력선이 양다리로 뻗어 속도가 치솟았다.

파란색과 하얀색 섬광.

양다리에서 분출된 번개에 휩싸여 나와 뮤르의 온몸은 탄환이 되었고, 아이즈벨트가의 부하들은 마법을 난사했다.

우리는 8자를 그리며 질주했다.

교차할 때마다――파앙――손과 손을 쳤고, 그때마다 마력을 공유했다.

"이, 이봐?! 뭐 하는 거냐? 맞혀야지?! 상대는 꼬맹이라고?!"

"남자랑 실패작 상대로 뭐 하는 거야?!"

"제대로 노려! 저쪽은 둘이고 이쪽은 다섯 명이라고?!"

거리는 순식간에 좁혀져 갔다.

대량의 마법탄을 피하면서 우린 한줄기 빛이 되어 빠져나갔다.

하지만 다섯 명의 마법탄은 너무나 많았다.

그중 한 발이 뮤르의 얼굴을 덮쳤고 파쇄음이 울렸지만, 부서진 것은 수정꽃이었다. 동생은 놀라서 언니를 바라봤다.

"규칙 위반자가 섞여 들었어. 언니가 동생을 지키는 것 정도는 아무 문제 없겠지?"

크리스는 웃는 얼굴로 적을 가리켰다.

"가라, 뮤르."

뮤르는 웃으면서 왼손을 가슴 앞에, 오른 주먹을 허리 옆에 뒀다.

교차. 그녀가 눈을 감고, 나는 뮤르가 내민 손을 잡았다가 놓고 회전하면서――.

"갔다 와라, 뮤르!"

오른손으로 그녀의 등을 내리쳤다.

"한 방 먹여!"

개안, 동시에 가속.

전방을 직선으로 날아간 그녀는 대량의 모래 먼지를 일으키면서 미끄러졌다. 창백한 궤적이 허공에 새겨지고 번개의 산흔이 공기를 치지직 태웠다.

마법탄이 뮤르의 볼을 찢었지만, 그녀는 천천히 자신의 팔꿈치를 등 쪽으로 끌어당겼다.

피가 볼에서 방울져 떨어져도 그녀는 겁먹지 않았고, 등을 돌리지 않았고, 의지는 꺾이지 않았다.

그녀는 그저 앞을 보고── 나아갔다.

"이것이!"

주먹이 눈부시게 빛나고 그녀의 두 눈에서 감정이 용솟음쳤다.

"이것이! 나의! 뮤르 에세 아이즈벨트의! 실패작의 대답이다!"

눈물을 글썽인 그녀는 반쯤 미쳐 날뛰며 난사하는 다섯 명에게 맹렬히 나아가 자신이 낸 대답을 주먹 하나에 담았다.

"받아라! 아이즈벨트가아아아아아아아아아아아아아아아아아아아아아아아아!"

해방한다.

하나의 주먹에서 분출되는 마력의 소용돌이. 그 일격은 마법사 여자에게 박혀 마력선이 접속되었고── 그 마력을 토대로 출력이 더 올라갔다.

지면을 파헤치고 날리면서 해방된 마권은 다섯 사람을 솟구치는 섬광에 감싸 성대하게 날려버렸다.

숨을 헐떡이면서 미소 지은 뮤르가 땅에 떨어진 그녀들을 가리켰다.

"솜씨는 어땠지?"

나는 웃으면서 뮤르의 어깨를 쳤다.

"위트 넘치는 대사도 숙달됐네요."

다섯 명의 전투복은 가짜에 불과했다.

그녀들은 뮤르의 마권을 정통으로 맞아 다 죽어가는 상태로 땅을 기면서 출구를 찾았다.

나는 그 앞에 웃음을 띠고 칼을 박았다.

"어서 오세요~."

나란히 선 뮤르와 크리스는 겁먹은 그녀들에게 웃음을 지었다.

""""다섯 분 종언으로 안내하겠습니다.""""

그들은 다가온 전 아이즈벨트가 메이드들에게 둘러싸이면서, 루푸스의 학생과 카이룰레움의 학생이 와해되는 것을 눈으로 보고…… 머리를 푹 숙였다.

포박당한 다섯 명은 분한 듯이 이를 갈았다.

쿠키 마사무네의 뒷매기를 마이크로 삼은 난 그녀들 앞에서 우려하는 표정을 짓고 스노우가 짊어진 카메라를 향해 말했다.

"전국에 계신 여러분, 안녕하십니까. 산죠가 여러분, 빨리 뒈져라. 플라움의 메인 아나운서, 백합 사이에 낀 남자는 죽어라로 친숙한 산죠 히이로입니다. 오늘은 이곳 플라움의 본거지에서 중계를 보내드리고 있습니다. 아나운서 경력 ㅇ년을 자랑하는 저도 이런 미증유의 사태는 처음이라 혼란스러워 비속어가 섞일 가능성도 있습니다만 양해해 주십시오."

난 한손으로 얼굴을 가리고 고개를 저었다.

"이게 무슨 일일까요. 오랜 영광의 역사를 자아내온 호조 마법 학원의 3대 기숙사 대항전에서 저는 지금 믿기 어려운 우행과 비열한 짓을 목격하려 하고 있습니다."

카메라는 날 지나쳐 소리 내서 울고 있는 아가씨를 비췄다.

"앗! 울고 있는 사람이 있습니다! 울고 있는 사람이 있습니다! 무슨 일이 있었던 걸까요?! 정의의 하인인 제가 현장으로 향하겠습니다!"

나는 빠르게 달려 아가씨 곁으로 향했다.

따라온 스노우의 카메라가 등에 쿡쿡 닿았다.

"괜찮습니까?! 무슨 일이 있었던── 아니, 아프잖아?! 야, 썩을 메이드! 이 자식! 카메라 좀 꺼봐!"

카메라가 덜컹덜컹 흔들리고 내 양손이 비쳤다. 땅에 떨어진 카메라는 충격과 함께 땅에서 튀었다.

윈도우에는 한동안 땅이 나왔다.

치직 하는 소리와 함께 카메라가 원래 위치로 돌아왔고, 한쪽 코에 코피를 흘린 내가 진지한 얼굴로 마이크(쿠키 마사무네)를 입에 가져갔다.

"대단히 실례했습니다. 산죠가의 사이버 공격으로 인해 카메라 영상이 흐트러졌습니다만, 제가 썩을 백발 메이드에게 질 리가 없습니다. 누명, 클레임, 온갖 욕설은 산죠가에서 접수하고 있으니 여러분의 악의에 찬 비방과 중상을 기다리고 있습니다."

마음을 다잡고 코피를 소매로 닦았다.

"왜 그러시죠? 왜 울고 있는 거죠?!"

"저, 저는!"

두둥~! 하는 효과음이 나올 것 같을 정도로 과장스럽게, 아가씨는 전투복에 붙은 카이룰레움 배지를 보여줬다.

"카이룰레움 소속이에요! 하지만 저 오필리아 폰 마지라인! 악을 꺾고 정의를 사랑하는 무념무상한 여자! 아무래도 이 폭거는 그냥 넘기지 못하고 초조한 마음으로 고심한 끝에 플라움에 가세하기로 했어요! 듣는 이도 울고 말하는 이도 울고! 손수건 특가 세일이에요! 거저 주는 수준이에요!"

"네엣?! 대체 무슨 일이 있었던 겁니까?!"

"3대 기숙사 대항전에!"

패배자와 당하는 역할과 전투력 측정기를 시키면 견줄 사람이 없는 아가씨는 입에 문 손수건을 아드득 늘리면서 외쳤다.

"학생 이외의 제삼자가 섞여 있었어요!"

""""""에에에에에에에에에에에에에에에에에에에에에에에에에에에에에에에에?!""""""

플라움의 학생들은 경악해서 소리쳤다.

카메라는 바로 머리를 싸쥐거나 무릎을 꿇거나 하늘을 보는 학생들을 찍었다.

"어떻게 된 일일까요?! 정의와 평화와 백합을 사랑하는 호죠 마법 학원에?! 역사 깊은 3대 기숙사 대항전에?! 학생 이외의 제삼자가 섞여 있다고요?! 게다가 플라움에 방해 공작을 펼치고 있었다고요?! 그렇게 말씀하시는 겁니까, 오필리아 폰 마지라인 씨?!"

"맞아요! 그 말대로예요! 저는! 저는 분해도 너무 분해서! 그 사실을 처음부터 알고 있었다면 이 거악을 묵인하지 않고 3대 기숙사 대항전 중지를 요청했을 거예요! 러브 앤 피스! 콜 앤 리스폰스! 바닐라 앤 스트로베리예요!"

"영웅! 그야말로 영단! 마치 서사시에 등장하는 여신 같지 않습니까?! 고마워요, 오필리아 폰 마지라인! 감동을 줘서 고마워요! 역시 아가씨는 최고야! 저희 아가씨가 우는 얼굴 영구 보존 위원회는 기업 여러분의 후원을 기다리고 있습니다! 모두 다 같이 아가씨가 우는 얼굴을 루브르에 장식하자!"

카메라는 한탄하고 괴로워하는 플라움의 학생들을 빙 돌며 찍었다.

계속 소수로 싸운 영향도 있어서 그런지 굉장히 지친 그녀들의 연기는 생생하여 슬픔과 괴로움에 차 있었다.

"저희는 플라움의 기숙사장인 뮤르 에세 아이즈벨트 씨와 접촉하여 멋지게 독점 인터뷰권을 획득했습니다. 바로 이야기를 들어봅시다. 안녕하십니까, 뮤르 씨."

서서히 줌업하면서 카메라의 초점이 맞춰졌다.

선명해진 영상의 중심에는 의자에 앉은 뮤르의 모습이 있었다.

직립 부동 자세로 있는 릴리 씨는 뮤르 옆에 가만히 서있었다. 상복처럼 검은 메이드복을 입은 그녀는 환한 웃음을 지은 뮤르의 사진을 양손에 들고 있었다.

"지금 어떤 기분입니까?"

"괴로워…… 정말 괴롭습니다…… 저희는 정정당당한 것을 제일로 여기고 싸워왔습니다…… 그럼에도 불구하고 이런 대우를 받다니…… 흑…… 흐윽……!"

뮤르는 카메라 앞에서 당당하게 안약을 넣었고— 난 그 손에서 안약을 쳐서 떨어뜨렸다.

"역시 울 정도로 괴로운 거군요? 이 사진은 뭘까요?"

"제 영정입니다."

"실례지만, 뮤르 씨는 제 앞에 있죠? 유령인가요?"

"아뇨, 실체입니다. 바보 취급하는 거냐. 이 영정은 제 불퇴전의 결의를 나타낸 것입니다. 즉, 전 이 3대 기숙사 대항전에 목숨을 걸고 임하고 있었습니다. 여차할 때 성대한 장례식을 열 수 있도록 영정도 집에서 신나게 지참했습니다."

"이 얼마나 훌륭한 결의인가! 좀처럼 할 수 있는 일이 아니에요! 여러분, 한 소녀가 보인 뜻을 누가 짓밟았는지 알고 있습니까?!"

멀리서 드문드문한 목소리로 '아이즈벨트가~'라는 대답이 돌아왔다.

귀를 기울이고 있던 나는 고개를 끄덕끄덕 끄덕였다.

"그럼 여기서 예전에 아이즈벨트가에서 일했던 메이드 여러분과 스페셜 게스트의 항의 댄스입니다. 봐주십시오."

진지한 표정을 지은 메이드들에게 둘러싸여 몸을 웅크리고 있는 크리스는 얼굴을 붉히면서 '아이즈벨트가를 용서하지 않아'라고 적힌 플래카드를 카메라에 보여줬다.

“아이즈벨트으.”

“““““““““아이즈벨트으.”””””””””

“가르을.”

“““““““““가르을.”””””””””

“용서하지 않아아.”

“““““““““용서하지 않아아.”””””””””

오퍼레이터가 지시를 내렸고 경쾌한 음악이 나오기 시작했다.

수치심으로 새빨개진 얼굴을 손으로 가린 크리스는 치어리딩 댄스와 브레이크 댄스와 요사코이를 추기 시작한 메이드들 틈에 섞여서 귀여운 춤을 선보였다.

각자 제멋대로 추는 춤을 지켜본 나는 무표정으로 카메라를 향해 돌아섰다.

“그녀들의 연습 시간은 3분이었습니다. 꼴사나운 추태를 보여 주셔서 감사합니다.”

“네가 꼭 필요하니까 하라고 했잖아?!”

“대단히 실례했습니다. 다른 차원과 전파가 섞였습니다. 그럼 여기서 다시 여러분께 묻겠습니다. 이번 3대 기숙사 대항전을 방해하고 플라움을 방해한 건 누구인가요?!”

내 물음에 기숙사기를 흔들면서 플라움 기숙사생은 대답했다.

“““““““““아이즈벨트가아~!”””””””””

“그리고 이 3대 기숙사 대항전을 주최한 건 누구인가요?!”

“““““““““플레어 비이 루루플레이임~!”””””””””

“그리고?!”

""""""""프리 플로마 프리기엔스! 프리 플로마 프리기엔스! 프리 플로마 프리기엔스!""""""""

진지한 표정을 지은 난 카메라를 향해 말했다.

"과연 이 3대 기숙사 대항전은 정당하다고 할 수 있을까요? 원래라면 처음부터 다시 할 필요가 있지 않을까요? 하지만 지금까지 열심히 싸운 학생들에게 다시 싸우라고 요구하는 건 너무 가혹하죠…… 그래서."

난 씨익 웃으면서 윈도우 너머로 손가락을 들이댔다.

"기숙사장끼리 대결을 할 것을 제안한다."

고요해진 플라움의 본거지에서 나는 두 기숙사장에게 말로 된 칼날을 들이댔다.

"내가 생각하기에 세 기숙사의 실력은 팽팽하다. 이길지 질지는 신만이 알겠지만, 악마의 손에 물든 이 싸움은 다른 방법으로 결판을 낼 필요가 있다. 길은 비어있다. 왕은 본거지간 이동이 가능하다. 그러니 루푸스, 카이룰레움, 플라움의 세 기숙사장이 플라움의 본거지에 모여 1대1대1로 결판을 낼 수 있다."

난 코웃음치면서 쿠키 마사무네를 칼집에 넣었다.

"와라, 플레어 비이 루루플레임. 와라, 프리 플로마 프리기엔스. 뮤르 에세 아이즈벨트…… 우리의 왕은 각오를 보였다. 마법을 쓰지 못하는 무능한 녀석이라고, 실패작이라고, 사이비라고, 괴롭힘 당하고 야유당하고 멸시당해 온 그녀는, 이날 이 순간을 위해 모든 것을 바쳐왔다. 필사적으로 이를 악물고 가능성을 끌어당겼다……. 아이즈벨트가에 의해 인생이 엉망이 되어도 겨우 일어서서 나아가기를 기원했다. 그렇다면 우리는, 너희는…… 이에 보답해야 한다…….”

난 카메라를 잡아서 움직여 뮤르를 찍었다.

“보이나.”

뮤르는 떨면서 주먹을 쥐었다.

“보이나, 뮤르 에세 아이즈벨트가. 지금까지 눈에 들어오지 않았던 그녀가 보이나. 이 아이가 보인다면…….”

나는 외쳤다.

“여기로 와라! 플레어 비이 루루플레임! 프리 플로마 프리기엔스! 이 아이를! 뮤르 에세 아이즈벨트를! 플라움의 기숙사장이라 인정한다면!”

카메라를 양손으로 잡은 난 외쳤다.

“이 아이의 결의를! 받아들여라! 그리고── 여기로 와라!”

긴 침묵이 이어졌고.

누군가가.

놀라서 뒤돌아봤다.

그 누군가에 이끌려서 뒤돌아본 학생들은 깜짝 놀라 멍하니 서있었고…… 천천히 길을 내줬다.

두 개의 그림자, 주(朱)와 창(蒼).

말없이 걸어온 두 기숙사장은 양어깨에 감도는 위세로 다른 자를 압도하고 있었다.

한 걸음, 또 한 걸음.

그녀들이 발을 내딛을 때마다 학생들이 뒷걸음질 쳐서 어느

샌가 둘을 둘러싸듯이 원이 생겼다.

황(黃).

릴리 씨가 어깨에 걸친 황금색 기숙사기를 몸에 두르고, 그 기숙사장이 다른 두 기숙사장에게 걸어가기 시작했다. 그녀가 한 걸음을 내딛을 때마다 바람에 날린 깃발이 펄럭여 황금 독수리가 하늘을 나는 것처럼 보였다.

도착한 그녀를 받아들여 세 사람은 늘어섰고, 정적이 그 자리를 지배했다.

세 사람은 제각기 시선을 주고받았다.

그 셋에겐 걸물로서의 자격이 있고 왕으로서의 위엄이 갖춰져 있으며 호죠 마법 학원의 기숙사장으로서의 명예가 있었다.

활짝 갠 하늘엔 구름 한 점 없었고, 햇볕은 중앙에 모인 세 사람을 비췄다.

마치 축복을 해주듯이…… 빛을 받은 세 기숙사장은 의지와 의지를 대동하고 멈춰 섰다.

플레어 비이 루루플레임.

프리 플로마 프리기엔스.

뮤르 에세 아이즈벨트.

지금 여기에 호죠 마법 학원의 세 정점이 모여 진짜 왕을 정하는 싸움이 시작되려 하고 있었다.

"이 사기꾼이."

입꼬리를 올린 플레어는 나에게 시선을 보냈다.

"뭐가 루푸스, 카이룰레움, 플라움의 실력은 팽팽하다냐. 병사의 질도 양도 이쪽이 우세하고 플라움이 떨어지는 건 시간문제였다. 땅 위에서 꿈틀거리는 인간 주제에 하늘을 나는 용을 놀리지 마라."

"히이의 입과 머리가 헐거운 건 어떻게 안 되는 거야? 만났을 때부터 흉조 덩어리 같은 아이라서…… 난 걱정돼."

"너, 처음부터 우릴 여기에 끌어들일 생각이었지?"

플레어는 주홍색 머리카락을 쓸어 올리며 속삭였다.

"승산은 그것밖에 없다…… 그렇게 생각하고 있지 않았나?"

"정말이지, 우리의 입장을 저당 잡아서 승리를 이끌어내려고 하다니. 히이도 참, 욕심쟁이인 걸 넘어서 오만하고 낯짝 두꺼운 악마 같아."

프리는 모여들고 있는 카메라를 보고 속삭였다.

난 입은 열지 않고 쓴웃음을 지었다.

플레어 비이 루루플레임, 프리 플로마 프리기엔스.

이 둘에겐 한 가지 공통점이 있다.

루루플레임가와 프리기엔스가라는 명가의 이름을 짊어지고 그 가문의 격에 걸맞은 승리를 요구받고 있다는 점이다.

그 말은 미디어를 의식해야만 한다는 것을 의미한다.

실패작이라 불리기까지 한 소녀에게 이기는 것은 당연하고, 거기에 부가 가치를 더하는 수준까지 요구받고 있다.

루루플레임가와 프리기엔스가의 권위를 과시하고 미디어가 만족할 만한 연출을 얹으며, 나쁜 놈 취급당하지 않도록 조심하면서 플라움을 타도해야만 한다…… 그런 고도의 요구 사항을 일거에 이룰 수 있는 건 내가 제안한 대결이라는 이름의 쇼였다.

다만 그 대결이 의심스러워져서는 안 된다.

초반전도 마무리 짓지 않고 대결을 권유해도 플레어도 프리도 권유에 응하지 않았을 것이다.

청중도 바보가 아니다. 실이 보이는 인형극 따위는 흥이 깨진다.

루푸스, 카이룰레움, 플라움, 세 기숙사가 격전을 벌이고 고전하고 접전을 벌이는 모습을 보여주지 않으면 미디어는 이 대결을 '세 명가가 미리 짰다'며 규탄할 것이다.

그렇기에 가능성을 이끌어내기 위해 뮤르는 싸워야만 했다.

이 압도적으로 불리한 조건 하에서 두 걸물의 등을 따라잡고, 매달리고, 앞지를 수 있다고 생각하게 만들어야만 했다.

아이즈벨트가의 부정이 순풍이 되어 모 아니면 도인 이 계책은 성공했고, 승리의 바람을 불러들이고 있었다.

뮤르 에세 아이즈벨트는 하이 카드 상태로 포커 테이블에 앉아 온갖 어려운 일을 앞에 두고 계속 포커페이스를 관철했다.

플레어와 프리는 마치 내 공인 것처럼 이야기하고 있지만.

누구보다도 그 책임을 짊어지고 있던 건 뮤르 에세 아이즈벨트였다.

손이 떨리고 눈물이 배어 나오고 마음이 '도망쳐라'라고 떠들어댔다.

3년 간의 학원 생활 속에서 그녀는 계속 플레어와 프리라는 걸물과 비교당해 왔다. 필사적인 노력을 짓밟히고 어머니에게는 '아무것도 하지 마'라는 말까지 들어왔다.

그녀는 긍지를 버렸다.

그녀는 기댈 곳을 버렸다.

그녀는 가문의 이름을 버렸다.

이 세계에서 모두가 가지고 있는 마력을 가지지 못한 채 태어난 그녀는 얼마 없는 소유물마저 포기해 보였다.

그런 상황에도.

떨면서, 울면서, 약한 모습을 보이면서도.

뮤르 에세 아이즈벨트는 마지막까지 승부를 겨루는 자리를 뜨지 않았다.

——난, 나를 증명하겠어.

그 아이는 지켰다.

나에게 맹세한 말을 자신의 한심한 모습을 보여주면서도 계속 지켰다.

뮤르 에세 아이즈벨트는 강해졌다.

그래도 플레어도 프리도.

시선을 나에게 주면서 눈앞에 있는 그녀에게서 눈을 피하고 있었다.

자신의 승리를 확신하고 있기에 이곳에 왔다.

두 기숙사장은 뮤르를 인정하면서도 자신이 질 것이라는 생각은 조금도 하지 않았다.

루푸스도 카이룰레움도, 그리고 플라움의 일부 학생도…… 뮤르에겐 승산이 없다고 생각하고 있다.

그건 냉정한 분석이고 당연한 일이라 할 수 있을지도 모른다.

하지만 가능성이 없는 건 아니다.

그 가능성에 매달리고, 지면 비난을 피할 수 없는 상황에 승부에 임하려는 그녀를…… 매도할 권리를 가진 자는 없다.

그러니 인정하게 하는 수밖에 없다.

뮤르 에세 아이즈벨트는── 자신의 힘을 보여주는 수밖에 없다.

"기숙사장, 전 알고 있어요. 저뿐만 아니라 다른 녀석들도. 마지막까지 당신을 믿고 계속 싸운 녀석들은 모두 알고 있어요."

난 미소 짓고 뮤르의 작은 어깨에 손을 올렸다.

"뮤르 에세 아이즈벨트는 반드시 이긴다."

"……히이로."

고개를 숙인 그녀는 속삭였다.

"믿어줘서 고마워."

"네."

"같은 편으로 있어줘서 고마워."

"네."

"곁에 있어줘서."

아랫입술을 깨문 뮤르는 눈을 적시며 웃음을 지었다.

"고마워."

"……네."

난 미소 지었다.

"이제 혼자서 괜찮겠어요?"

내 말에 반응해서 그녀는 환한 웃음을 지었다.

"누구한테 말하는 거냐."

그 웃는 얼굴에 누군가의 모습이 겹쳤다.

"난 뮤르 에세 아이즈벨트라고."

난 뮤르가 내민 손을 잡았다.

악수를 나눈 후, 그녀에게서 떨어져 죽 둘러선 사람들을 밀어 헤치고 깊은 숲속으로 들어갔다.

"……잘도 이런 짓을 하네."

큰 나무에 등을 기대고 팔짱을 끼고 있는 소피아는 얼굴을 찌푸리고 있었다.

릴리 씨를 통해 날 부른 그녀는 불구대천의 원수를 응시했다.

"너 때문에 이제 끝이야. 아이즈벨트가는 세간의 비난을 피할 수 없어. 그 정도로 흔들릴 가문은 아니지만, 그 책임에 대한 추궁을 받아서 내 지위는 단숨에 나빠질 거야."

"너, 아이즈벨트가가 지금까지 해온 악행의 증거를 가지고 있는 것 아냐?"

소피아는 천천히 나무에서 떨어졌다.

"……무슨 말을 하고 싶은 거야?"

"배수진이지."

난 씨익 웃었다.

"네가 무너지느냐, 아이즈벨트가가 무너지느냐…… 양자택일 아냐?"

"꼬맹이가. 너, 신 흉내를 내면서 내 뒤에 강을 만들었다고 생각하고 있는 건 아니겠지?"

"플라움은 네가 만든 장치 덩어리고, 뮤르를 지키기 위한 요새잖아? 그 기숙사를 보면 네 수완은 루루플레임가에도 프리기엔스가에도 필적해. 아이즈벨트가가 저질러 온 소행들을 패로 삼아서 싸우면 부술 수 있을 거다."

"썩을 꼬맹이가! 아이즈벨트가를 부수면 그 뒤에 있는 우리가 어떻게 되는 줄 알아?! 너, 뮤르의 스코어 알고 있어?! 그 스코어는 전부 전부 전부, 아이즈벨트가의 위신이 있기에 유지되고 있는 깡통이야! 아이즈벨트가가 없어지면 그 아이는 길거리에 나앉게 돼! 마력부전인 사람이 어떤 취급을 받게 되는지 알아?!"

"그럼 깡통을 진짜로 바꾸면 돼."

멍하니 있는 소피아에게 난 미소를 지었다.

"난 이 목숨을 뮤르의 승리에 배팅하고 왔어. 아마 뮤르의 승리에 건 사람은 나와 대박을 노리는 도박광 몇 명 정도인데, 호죠의 아가씨들이 기분 전환으로 건 스코어 대부분을 획득할 수 있겠지. 아이즈벨트가의 권위에 이르지는 못하더라도 스코어는 상당할 거고, 3대 기숙사 대항전을 승리로 이끌면 그 아이를 아무도 냉대할 수 없을 거다."

소피아는 깜짝 놀라 안색이 바뀌었다.

"바, 바보 아냐……? 제정신이야……? 남자인 넌…… 뮤르가 지면 그냥 끝나지 않을 건데……?"

난 웃었다.

"뮤르는 이겨."

"……못 이겨."

"이겨."

"못 이겨!"

소피아는 머리카락을 마구 흩뜨리면서 팔을 휘둘렀다.

"나는! 나는 저 아이가 갓난아기일 때부터 알고 있어! 이 팔로 안았어! 젖도 줬어! 그 아이가 처음 '엄마'라고 불렀을 때를 기억하고 있어! 야채 먹기를 싫어해서 잘게 썰어서 좋아하는 것에 섞기도 했어! 저 아이를 유모에게 맡기는 짓은 안 했다고! 몇 번이고 몇 번이고 몇 번이고! 그 아이가 노력하고 힘내서 자신의 핸디캡을 극복하려고 하는 모습도 봐왔어! 그래도! 그래도!"

두 눈으로 대량의 눈물을 흘리면서 그녀는 무릎을 꿇고 양손으로 얼굴을 가렸다.

"안 됐어……. 네가 뭘 알아…… 그 아이의 키가 안 자라서 발육부전이라는 의심을 받고, 아이즈벨트가의 소문을 들은 놈들에게 '악마의 자식'이라는 말을 들었어. 마력이 없다는 이유만으로 보육원에서도 유치원에서도 그 아이는 혼자서 그림을 그렸어. 초등부에 올라갈 무렵에는 마법에 맞아 다쳐서 돌아오는 일이 많았어. 그대로 아무것도 하지 않으면 저 아이는 살해당한다고…… 시리아처럼 된다고 생각했어……. 나, 나는, 평범한 여자 아이로서 행복해지길 원했을 뿐인데…… 나처럼은 되지 않았으면 했는데……."

땅을 기어온 그녀는 눈물을 줄줄 흘리면서 내 옷자락을 잡아당겼다.

"부탁이야, 그만두게 해…… 약하고 불쌍한 아이야……. 같은 편이 아무도 없어…… 나만이 지켜줄 수 있어…… 플레어 비이 루루플레임에게도, 프리 플로마 프리기엔스에게도, 저 아이가 이길 수 있을 리가 없어. 또 다치게 될 거야……. 바보 취급당하고 매도당하고 마법을 맞고, 다들 저 아이를 괴롭히게 될 거야……."

그녀는 머리를 숙이고 힘없이 내 팔을 잡아당겼다.

"너, 강하잖아……. 그 아이를 지켜줘, 네가 대신 싸워줘……. 그 아이 대신 전부 떠맡아서…… 부탁이야. 돈이라면 얼마든지 줄 테니까 도와줘…… 도와달라고……."

난 쪼그리고 앉아 그녀의 양어깨에 손을 올렸다.

"걔는 더 이상 어린 아이가 아니야. 네 품속에서 흐느껴 울던 갓난아기가 아니야."

소피아 에세 아이즈벨트는 빨개진 눈으로 날 바라봤다.

"어머니인 네가 할 수 있는 일은 단 하나."

난 힘없이 양팔을 내린 그녀에게 웃어줬다.

"그 아이한테 '힘내'라고 말해주는 거야."

"…………."

"네 아이는…… 많이 컸어."

난 일어서서 소피아에게 등을 돌렸다.

뒤에서 흐릿하게 흐느껴 우는 소리가 들려왔다.

그 우는 소리를 듣고도 난 뒤돌아보지 않고 계속 나아갔고…… 숨어서 기다리고 있던 크리스가 미소 지으면서 한 손을 들었다.

"……왜 여기에 있는 거야?"

"네 생각은 대충 알 수 있게 됐으니까."

난 과장된 몸짓으로 목적지와는 정반대인 방향을 가리켰다.

"지옥으로 가는 길은 선의로 포장되어 있다더라?"

"내가 똑같은 말을 하면 넌 돌아갈 건가?"

난 한숨을 쉬고 걷기 시작했고 크리스는 당연하다는 듯이 어깨를 나란히 했다.

문득 기묘한 감각을 느낀 난 그녀에게 물었다.

"있잖아."

"응?"

"우리, 전에도 비슷한 일 하지 않았어?"

크리스는 부드럽게 미소 지었다.

"그럴지도."

"하핫, 우리 의외로 마음이 잘 맞는 거 아냐? 전생에 어깨를 나란히 하고 같이 싸웠을지도?"

우리는 함께 웃고 함께 걸었다.

기시감을 느끼면서도 나아가자, 기다리고 있던 여자가 뒤돌아봤다.

"역시 왔나."

잔해에 파묻혀 있었을 터인 리우요우란은 감동 없는 표정으로 우리를 맞이했다.

"이런 곳에까지 올 예정은 없었는데. 아쉽게도 어디 사는 누군가가 잔해 침대에서 기분 좋게 자주지 않아서 말이야. 수고스럽게 재우러 와줬지."

"그건 경의의 표명이다."

그녀는 천천히 검은색 장갑을 고쳐 꼈다.

전투복을 입고 있지 않은 그녀는 똑같이 교복과 자기 옷을 입은 우리를 봤다.

"사신과 군사가 아니라 리우요우란과 산죠 히이로로서 결판을 내고 싶었다."

"제안 하나 하겠는데. 이대로 꼬리를 말고 도망쳐주지 않을래?"

난 헤실헤실 웃으면서 리우에게 부탁했다.

"거절한다. 소피아 님은 나에게 저 대결을 멈추라고 하셨다."

리우는 윗옷을 벗어던지고 주먹을 쥐었다.

"그러니 내 몸과 목숨을 걸고 수행한다."

"그렇다면 나도 동생의 멋진 무대를 더럽히는 외적을 몰아낼 뿐이다."

크리스는 조용히 지팡이의 트리거를 당겼다.

난 쓴웃음을 짓고 천천히 하늘을 올려다봤다.

"있잖아, 리우, 넌 어떻게 생각해? 뮤르는 이길 수 있을 거라 생각하나?"

"……못 이긴다."

그녀는 나지막이 말했다.

"난 로맨티스트가 아니다. 뮤르 님과 그 둘 사이에는 큰 격차가 존재한다. 이 나이에 별에게 소원을 비는 소녀 행세를 할 생각은 없다. 나도 묻지, 산죠 히이로."

리우요우란은 푸른 하늘을 바라보는 나에게 물었다.

"넌 왜 뮤르 님을 위해 목숨을 걸지."

"난 로맨티스트니까."

난 한 손으로 얼굴을 덮고 손가락 틈새로 지금은 보이지 않는 별들을 관측했다.

"한 여자 아이가 별에게 빈 소원 정도는."

난 웃으면서 마안을 개방했다.

"이뤄주고 싶어진다고!"

심홍색 눈동자가 적을 포착한 순간, 은근슬쩍 넘기고 있던 격통이 돌아왔다. 옆에 나란히 선 크리스는 두 눈을 뜨고 소용돌이치는 시야에 외적을 비췄다.

"와라, 어리석은 자."

"간다, 현자."

나는 쿠키 마사무네를 발도한 뒤, 웃으면서 온몸에 마력을 흘려 넣었다.

"그 현명한 머리에 기적을 주입해주지."

자세를 잡은 둘 사이에서 주먹과 칼이 동시에 번뜩였다.

*

새하얀 지면에 그림이 그려졌다.

크레용을 쥔 백금발 소녀는 작은 의자에 걸터앉아 열심히 그림을 그리고 있었다.

그 주위에는 아무도 없다.

아니, 아무도 다가오지 않았다.

"뮤르."

유일하게 다가온 유치원 교사는 웃는 얼굴로 그녀에게 말을 걸었다.

"뭐 그리고 있어?"

"있잖아~!"

환한 웃음을 띤 소녀는 자그마한 손가락으로 그림을 가리켰다.

"이게~ 엄마고~, 이게 크리스 언니! 시리아 언니랑~, 가정교사 리우! 그리고 릴리도 있어!"

"다 같이 소풍을 간 그림이니? 좋겠다~! 선생님도 샌드위치 먹고 싶네~! 이건 어디에 갔다 왔을 때의 그림이야?"

"뮤르, 소풍 간 적 없어!"

"……어?"

거꾸로 쥔 크레용으로 소녀는 그림을 색칠해 나갔다.

"다른 사람이 보면 큰일 나니까 아이즈벨트가의 높은 사람들이 허락해주지 않는대. 지난번에 있지~, 집에 왔더니 높은 사람이 실패작은 집에서 내보내지 말라면서 화내고 있었어."

"…………."

"그래도 있지~ 엄마가 언젠가 소풍에 데려가 준대! 약속했어! 그리고 그리고~ 다 같이 샌드위치를 먹는대~! 뮤르는 말이야~ 다른 아이랑 다르니까 착하게 참아야 한다고 했어!"

"……뮤르는 친구랑 안 놀아?"

"음~ 집에 가면 릴리가 놀아줘~!"

"그게 아니라…… 그…… 유치원 친구들하고는……?"

"뮤르는 안 좋은 애니까 같이 놀면 안 된대~! 엄마랑 아빠가~ 뮤르랑 놀면 안 된대~! 뭔가 기분 나쁘대~!"

유치원 교사는 천천히 그녀의 머리를 쓰다듬었다.

"……그럼 선생님이랑 놀까?"

"어, 그래도 돼?!"

"잠깐만요! 헤르미 선생님!"

불려나간 그녀는 머리에 백발이 섞인 초로의 교사와 이야기하기 시작했다.

몇 분에 달하는 말싸움을 하는 동안 크레용을 쥔 뮤르는 가만히 그 모습을 계속 지켜봤다.

돌아온 선생님은 젖은 눈을 붉히고 떨리는 목소리로 나지막이 말했다.

"미, 미안해 뮤르…… 선생님 볼일이 생겨서 못 놀게 됐어…… 혼자 그림 그릴 수 있지……?"

"……응."

등을 구부리고 떨면서 떠나는 그녀를 보고, 뮤르는 다시 조용히 그림을 그리기 시작했다.

"아읏!"

작은 물 탄환을 맞고 비틀거린 그녀는 땅에 쓰러졌다.

세 아이들은 웃으면서 출력이 제한된 매직 디바이스의 트리거를 당겼다.

"너, 마법 못 쓰지?"

"아하하, 믿기지가 않네! 왜 마법도 못 쓰는데 수업 듣는 거야!"

"너 정말 아이즈벨트가 사람 맞아?"

연달아 날아오는 물 탄환으로부터 얼굴을 지키려고 양팔을 들었다.

그녀들이 왜 이렇게 심한 짓을 하는지 알 수 없었지만…… 뮤르는 필사적으로 뒤로 물러나다가 발이 걸려 넘어지고 엉덩방아를 찧었다.

"그, 그만해!"

찰박 하는 소리를 내고.

얕은 시내에 빠진 그녀는 울면서 냇바닥을 기어 도망쳤다.

"도망쳐라 도망쳐, 낙오자!"

겨우 그녀들이 질렸을 무렵에는 뮤르가 가지고 있던 가방에 든 물건들이 전부 시내 속에 쏟아져 있었다.

학급신문용으로 그린 4컷 만화는 흐물흐물하게 불었다.

그녀의 역작은 주워 든 순간에 힘없이 찢어져 떠내려갔다.

"끅…… 윽…… 으으……."

뮤르는 울면서 물속에 가라앉은 교과서와 지우개를 주워 모았다.

물을 먹어 철벅철벅 소리를 내는 신발을 다시 신고 도로에 물 자국을 남기며, 그녀는 돌아갔다.

"네에?! 왜 제가 플라움의 기숙사장에서 물러나야 하죠?!"

양손으로 책상을 친 3학년은 얼굴을 새빨갛게 하고 윈도우에 소리쳤다.

탕, 탕, 탕!

소리가 날 때마다 뮤르는 떨었고, 곁에 있던 릴리가 어깨를 쓰다듬었다.

"우, 웃기지 마세요! 이 애는 아직 1학년이고── 여보세요?! 여보세요?!"

화면이 사라졌고, 떨면서 고개를 숙인 그녀는 분노가 담긴 두 눈으로 뮤르를 째려봤다.

"……이게 아이즈벨트가의 방식인가."

"저, 저기, 저는."

차례대로 가방에 물건을 처넣은 전 기숙사장은 일어선 뮤르를 무시하고 걷기 시작했다.

"저, 저는, 그러니까! 어, 어머니와 이야기할게요! 여, 역시 좋지 않은 일이라고! 그, 그러니까, 저기! 내, 내일이라도 어머니와──."

뒤따라간 뮤르가 그녀의 팔을 만진 순간── 엄청난 힘으로 뿌리쳐서 벽에 내동댕이쳐졌다.

숨이 멈췄고, 작은 그녀는 아파서 얼굴을 찌푸렸다.

"뮤르!"

달려온 릴리에게 보호받으면서 뮤르는 어둡고 차가운 눈으로 자신을 쏘아보는 그녀를 올려다봤다.

"만지지 마…… 마법도 못 쓰는 실패작이……."

문이 강렬한 소리를 울리며 닫혔다.

멍하니 주저앉은 뮤르는 그 모습을 지켜보고 자기 대신 울기 시작한 릴리의 오열을 들었다.

"저거 좀 봐, 루루플레임가의."

"아아, 플레어 님 말이지! 학업도 마법도 완전무결하고, 호죠 마법 학원이 문을 연 이래로 가장 높은 스코어 보유자래!"

플라움의 학생이 환호성을 질렀다.

교과서와 노트를 가슴에 안은 뮤르는 그 목소리에 이끌려 복도를 지나가는 주홍색 소녀를 바라봤다.

"어머, 완전무결하다고 하면 프리 님도 안 뒤지지."

"그래, 맞네! 그분은 그 나이에 벌써 마법사로서 대성한 데다가 프리기엔스 그룹의 중요 인물이라는 말까지 듣고 있대!"

주홍색 소녀와 어깨를 나란히 하고 아름다운 자세로 걷는 푸른 소녀.

플레어 비이 루루플레임, 프리 플로마 프리기엔스.

호죠 마법 학원이 자랑하는 두 거성은 칭송과 경애의 시선을 받으며 눈부신 색채를 발하며 영광의 길을 나아갔다.

둘은 뮤르가 있는 방향으로 살짝 시선을 돌렸고── 배경을 본 것처럼 시선은 바로 지나쳐 갔다.

그 압도적인 존재감에 호죠의 학생들은 감탄하여 숨을 내쉬었다.

"대단한 사람이야…… 꼭 천상의 존재 같아……."

"정말. 우리 같은 건 발끝에도 못 미쳐…… 눈에도 안 들어오겠지……."

플라움의 학생은 쓴웃음을 지었다.

"그에 비하면 우리 기숙사장은…… 그치?"

"헌금을 많이 내서 손에 넣은 지위에 무슨 의미가 있을까? 마법 하나 못 쓰는 주제에 꼴불견이야."

노트를 꼬옥 끌어안고.

볼을 실룩인 뮤르는 자신의 기숙사에 속한 두 사람에게 다가갔다.

"어, 어이."

움찔 떤 두 사람은 난처한 듯한 표정을 짓고 있었다.

하지만 그것도 한순간이었고, 바로 여유를 되찾고 조소를 머금었다.

"너, 너희들, 저 둘은 루푸스와 카이룰레움의 기숙사장이지 플라움 사람이 아니야…… 이, 이런 길가에서 저 둘만 큰 소리로 칭찬하는 건…… 치, 칭찬받을 만한 일이 아니야……."

두 사람은 큭큭대며 웃고 뮤르를 내려다봤다.

"뭐, 뭐야…… 뭐, 뭘 웃는 거야……?"

"아뇨, 그냥."

"그냥, 그렇죠…… 이런 곳에서 기숙사생에게 시비 걸 시간이 있으면 좀 더 노력하시는 게 어떨까요?"

멀리서 학생들이 구경하고 있는 가운데, 뮤르는 얼굴이 새빨갛게 확 물들었다.

“노, 노력은 하고 있어! 매, 매일! 매일 아카이브(대도서관)에서 자습하고 있어! 학업 성적은 그렇게 나쁘지 않아! 이, 이거 봐, 손가락에 굳은살도 박혔어! 그리고 다크서클도! 자, 자는 시간도 아껴가면서 열심히 하고 있어! 마, 마법 연습도! 게으름 피운 적 없어! 나, 나는, 기숙사장으로서 어울리는 사람이 될 수 있게 제대로——.”

또 킥킥대며 비웃는 소리를 듣고 뮤르는 두 눈에 눈물을 글썽였다.

“왜, 왜 웃는 거야?!”

“그야, 뭐, 꼴사납다 싶어서.”

웃는 그녀들 앞에서 뮤르는 움직임을 멈췄다.

“노력했으니까 뭐요? 칭찬받기 위해서 열심히 하고 있는 게 아니잖아요? 결과는? 기숙사장의 성적은 확실히 그렇게 나쁘진 않을지도 모르지만, 플레어 님이나 프리 님과 비교하면 도저히…… 쓸데없는 시간을 들이는 게 바보 같다는 생각밖에 안 든다구요?”

“그, 그리고, 마법 연습이래! 당신, 마법을 못 쓰잖아요! 바보야? 시간 낭비 아냐?”

비웃는 목소리가 뮤르를 에워쌌고, 그녀는 안절부절못하며 주위를 둘러봤다.

“화, 확실히 나한테는 마력이 없을지도 모르지만! 무, 무형극이라고 해서! 주, 주위의 마력을 써서…… 그, 그러니까, 나도 마법을 쓸 수 있을지도 몰라서…… 리, 리우가…… 그, 그래서…… 그, 그리고, 성적도 열심히 하면…….”

“쓸데없어요.”

뮤르는 멍하니 그녀를 올려다봤다.

“사람에겐 격이라는 게 있으니까. 왜 재능도 없는데 플라움의 기숙사장 같은 걸 하고 있는 거야?”

“돈으로 전 기숙사장한테서 억지로 빼앗은 주제에. 비겁자. 아무것도 못하는 무능력자니까 빨리 기숙사장 자리에서 사임해.”

자신을 업신여기는 시선을 앞에 두고 떤 뮤르는 눈물을 참으려고 했다.

“하, 하지만, 어, 어머님이…… 나, 난 제대로 이야기했어……며, 몇 번이고 사임하려고 했어…… 하, 하지만, 누구에게 말해도 소용없었는데…… 그, 그래서, 나, 나, 여, 열심…… 열심히…….”

그래도 눈물이 뚝뚝 흘러 넘쳤고, 두 사람은 기쁜 듯이 웃음을 지었다.

“아아~, 울어버렸네.”

“있잖아, 기숙사장, 알고 있어요? 기숙사생들은 각 기숙사의 기숙사장에게 별명을 붙이고 그 별명으로 경의를 표한대요. 기숙사장은 자신이 뭐라 불리는지 알아요?”

싱글싱글 비웃으면서 그녀는 말했다.

“사이비.”

깜짝 놀라 고개를 든 뮤르는 사방팔방에서 웃음소리를 들으면서—— 빙글빙글 과거의 장면이 되살아나 크게 소리쳤다.

"나, 나는, 아이즈벨트가 사람이라고!"

뮤르는 눈물을 흘리면서 품속에서 교과서와 노트를 찌부러뜨려 나갔다.

"아이즈벨트가는! 아이즈벨트가는, 루루플레임가나 프리기엔스가와도 필적하는 명가다! 나, 나는, 너희와는 달라! 난 대단해! 너, 너희 같은 건! 너희 같은 건 내 기숙사에서 간단히 쫓아낼 수 있거든!"

두 사람은 뮤르를 차가운 시선으로 봤다.

그녀들은 뮤르에게 등을 돌리고 걷기 시작했다.

어느샌가 멀리서 보고 있던 사람들도 뮤르에게서 멀어져 갔다.

"하, 하핫! 도망치는 거냐?! 꼴 좀 봐라! 아이즈벨트가를! 날 거스르니까 이렇게 되는 거야! 너희와는 격이 다르거든! 너희 같은 작은 집안은 마음만 먹으면 언제든지 부술 수 있어!"

뮤르는 그 등에 눈물과 말을 부딪쳤다.

"이, 이해했으면! 두 번 다시 날 거역하지 마! 알겠어?! 하, 하핫! 멍청이들! 아이즈벨트가를 거스르니까 이렇게 되는 거야! 너희 얼굴은 기억했어! 가, 각오해, 각오하라고, 바보들!"

뮤르는 시선을 느끼고 뒤돌아봤다.

주(朱)와 창(蒼).

두 개의 시선이 불쌍히 여기듯이 그녀를 바라봤다. 그것이 둘이 처음으로 뮤르를 인식한 순간이었고—— 두 기숙사장은 눈을 돌리고 복도 안쪽으로 사라져 갔다.

뮤르는 아무도 없어진 복도에 주저앉았다.

"하…… 하하…… 도망갔나…… 별것 없는 놈들이야…… 뭐, 뭐가 플레어 님이랑 프리 님이냐…… 아이즈벨트가는 대단하다고…… 나, 날 당해낼 녀석은 없어…… 어머님도…… 그렇게 말했어…… 그, 그런 녀석들…… 상대해줄 가치도 없어……."

바닥에 무릎을 꿇은 뮤르는 구깃구깃하게 구겨진 노트를 펴면서 중얼중얼 혼잣말을 했다.

"아, 아무래도 상관없는 일로, 너무 감정적으로 행동했어…… 교과서랑 노트가 구, 구깃구깃해…… 나, 나는, 기숙사장이니까여, 열심히 해야지…… 다, 다른 사람보다 더 노력해야 해…… 안 그러면 다들 인정해주지 않아…… 빠, 빨리, 아카이브에 가서…… 오늘치 복습을……."

몇 번이고 몇 번이고 구겨진 곳을 계속 펴다가── 뮤르의 양손이 멈췄다.

"이런다고……!"

그녀의 양손은 교과서와 노트를 움켜쥐고 힘차게 찢었다.

"뭐가 되는 거야?! 이런다고?! 뭐가 되지?! 쓸데없어쓸데없어 쓸데없어! 이런 건! 아무리 공부해도! 어차피! 어차피, 어차피, 어차피! 시간 낭비다! 쓸데없어쓸데없어쓸데없어어어어어어어어어어어어어어어어어어어어어어어어어어어어어어어어어!"

글자를 대량으로 써놓은 자신의 노력의 증거가 산산조각 나서 쓰레기가 되어 퇴적된 무익한 종이의 산으로 변해갔다.

그 광경을 바라보고 뮤르는 땅에 푹 엎드렸다.

"끅……."

꽉 움켜쥔 주먹으로 바닥을 후려치고 이를 꽉 깨문 뮤르는 아무도 없는 복도에서 흐느껴 울었다.

"끄어어…… 어…… 어엉…… 어어엉……!"

그 이후, 그녀는 노력하는 걸 그만두려고 했다.

하지만 어째서인지 매일 하는 '무형극' 기초 단련은 그만둘 수 없었다. 매일 이른 아침에 일어나서 하는 고되기만 한 단련은 아무래도 그만둘 수 없었다.

슬슬 그만두자고, 포기하자고, 그렇게 생각했을 때――.

'이 신입생 환영회라는 거에 참가하고 싶은데…… 참가 신청, 해도 될까?'

한 남자가 눈앞에 나타났다.

"그건 그렇고."

제정신으로 돌아온 뮤르는 주위를 둘러봤다.

플레어가 즉석으로 준비한 콜로세움.

플라움의 본거지에 만들어진 원형 배틀 필드는 똑같은 간격으로 세워진 소형 블랙 필러로 형성되어 있었다.

이 블랙 필러로 인해 기숙사장들의 마법이 관객석에 도달할 일은 없다.

3대 기숙사 대항전의 분위기를 고조시키기 위해서인가.

일반 손님의 출입도 허가된 이곳에서 기숙사장끼리 벌이는 결전이 시작되려 하고 있었다.

뮤르는 무의식적으로 어머니의 모습을 찾았고…… 올 리가 없다고 생각하며 쓴웃음을 지었다.

"산쵸 히이로는 그야말로 보배구나. 이번 대항전은 놈에게 농락당하기만 했어."

"히이는 심상치 않은 사람들 중에서도 심상치 않은 사람인걸. 제일 먼저 부숴두고 싶었는데 그렇게 쉽게는 안 됐네."

두 걸물은 뮤르 앞에서 이야기꽃을 피웠다.

그녀들은 긴장을 풀고 있었고, 자신이 질 것이라는 생각은 전혀 안 하고 있는 듯했다. 지금부터 시작될 대결에 대해 불안이고 뭐고 없이 자연스러운 상태 그 자체였다.

"용의 날개를 펼치기에 이 전장은 너무 좁았어. 드디어 끝난다고 생각하면 감회가 느껴지기보다는 잡일이 끝났다는 안도감이 더 커. 그리고 이게 끝나면 산쵸 히이로는 내 것이 되니 말이야."

"……어이."

"후후, 그 오만한 콧대를 꺾어줄게. 불쌍하네. 히이도 네 꼴사나운 모습을 보면 루푸스에 들어갈 마음이 없어질걸."

"……어이."

"핫핫하, 웃기지 마라, 인간 주제에――."

"어이."

둘은 겨우 이쪽으로 시선을 돌렸고, 뮤르는 웃는 얼굴로 손을 내밀었다.

"시합 전의 악수다."

"뭐냐, 스포츠맨십이라는 건가."

플레어는 웃으면서 뮤르의 손을 쥐었다.

"이런 건 서투르지만…… 뭐, 세상 사람들이 보기엔 좋지."

프리는 귀찮은 듯이 뮤르와 악수를 나눴다.

"뮤르 에세 아이즈벨트, 기념으로 너와 악수를 나눌 수 있어 좋았다."

"그렇네. 좋은 추억이 될 거야."

뮤르는 웃는 둘에게 환한 웃음을 지었다.

"그래, 너희 둘이 잊을 수 없는 날이 될 거다."

천천히 그녀들은 표정을 지웠고――.

"이 손을 잊지 말라고."

뮤르는 생글생글 웃으면서 말을 내뱉었다.

"너희가 나아가고 있는 영광의 길에 유일무이한 오점을 묻힐 손이다. 두 번 다시 이 느낌을 잊지 못하게 될 거다. 스포츠맨십도 패배를 맛보기 전의 기념도 아니다. 난 여기에."

――뮤르 에세 아이즈벨트는 반드시 이긴다.

"이기러 왔다."

뮤르는 눈빛이 변한 둘에게 미소 지었다.

"악수하는 김에 자기소개를 해두지. 내 이름은, 너희가 두 번 다시 잊지 못하게 될 상대는, 너희와 자웅을 겨루기 위해 여기에 서있는 것은……."

뮤르는 목이 터져라 외쳤다.

"뮤르 에세 아이즈벨트다! 나는 여기에! 빚을 갚으러 왔다! 과거와 결별하기 위해! 플라움의 기숙사장으로서! 한 사람의 인간! 뮤르 에세 아이즈벨트로서!"

외침은 하늘 높이 울렸고, 한 소녀는 자신을 과시했다.

"너희를 쓰러뜨리러 왔다! 실실 웃지 말고! 전력으로 와라! 나는 실패작도! 사이비도! 아이즈벨트가의 비겁자도 뭣도 아니다! 다른 누구도 아니다! 나는…… 나는…… 나는!"

그녀는 자신의 가슴을 주먹으로 쳤다.

"그 녀석이 믿는── 뮤르 에세 아이즈벨트다!"

이 순간, 산쵸 히이로는 리우요우란과의 사투를 시작했다.

우연히도 서로가 서로를 믿은 두 사람은── 같은 순간에 자신을 건 싸움을 시작했다.

*

주먹은 순식간에 내 흉곽에 꽂혀있었다.

안 보여──. 날아간 나는 온몸을 땅에 부딪치면서 쿠키 마사무네로 땅을 긁어 자세를 바로잡았다.

스펠 쇼크.

내 체내에 주입된 마력이 이물질이 되어 날뛰기 시작했다. 나는 가슴을 부여잡고 피를 토했다.

"이 자식…… 지금까지 봐줬군……."

"봐주는 건 강자의 특권이기에."

지금까지와는 속도가 차원이 다르다.

마치 현재 장면에서 다음 장면으로 스킵한 것처럼 보였다.

힘줄, 뼈, 피부, 몸…… 예전에 그녀가 가지고 있던 방대한 마력이 끊어진 것으로 인해 형성된 육체, 외가권의 진수, 잃어버린 마력에 대한 보전.

인간의 수준을 벗어난 그 속도는 마력을 잃고 모든 것을 잃은 리우요우란이 신을 후려치고 받은 기적이었다.

"히이로, 마력 공유다! 그 수밖에 없어!"

"아니, 마력 공유라니…… 마법사라면 알고 있잖아. 마력선과 마력선을 잇는 데는 긴 시간이 걸리고, 동기도 제대로 안 했는데 그런 짓을 하면 스펠 쇼크로 같이 쓰러질 뿐이라고."

"아니, 그건 이미 끝──."

밀려났다.

억센 팔이 뒤로 넘어진 내 볼을 찢고 공간을 꿰뚫었다.

추가타로 날아온 발차기는 그저 공기가 떨리는 것처럼 보이기만 했고, 방어 동작이 타이밍을 못 맞춰 얼굴에 먹히려 했지만── 거품 형태의 완충재가 내 눈앞에서 튀었다.

나선연장에 의한 고속 생성.

그 생성이 리우요우란의 발차기를 능가한 것이다. 날 지킨 크리스는 주먹을 꽉 쥐었다.

무형극.

크리스가 가한 그 일격은 리우의 명치에 파고들었고, 리우의 온몸은 지면에 두 개의 선을 그리면서 뒤로 밀려났다.

하지만, 피해가 없다.

리우는 여유로운 움직임으로 셔츠에 묻은 흙먼지를 털었다.

"아직 제 가르침을 기억하고 있었습니까."

기쁜 듯이 미소 짓는 리우와는 달리 크리스는 옅은 웃음을 지었다.

"뭐라도 되는 줄 아는 거냐. 들에 떨어진 짐승 주제에. 내가 살의로 생애를 다진 짐승에게 길들여질 거라 생각하지 마라. 태어난 이후로 필요한 것을 필요한 만큼 이용하고 있을 뿐이다."

"그야말로 아이즈벨트가에 어울리는 자질이군요."

"아이즈벨트가? 그런 쓰레기의 잣대로 재지 마라, 쓰레기가. 내 자질이 무엇에 어울리는지 무지몽매한 것들의 가치 기준으로 판단하게 둘 것 같나. 내 자질은 내 것이다. 너희의 구질구질한 손으로 멋대로 건들지 마라."

크리스는 코웃음치고 손 안에 만들어낸 수정을 쥐어서 깼다.

"여자는 좋아하는 자를 위해 스스로를 만들죠. 크리스 아가씨는 누구를 위해 바뀌고, 누구를 위해 치장한 걸까요."

크리스의 홍조가 목 위로 천천히 올라갔다.

빨갛게 물든 그녀는 입을 뻐끔뻐끔 열었다 닫았다 했다.

"시, 시끄…… 시…… 시끄러……."

"야! 크리스, 너 갑자기 왜 그래?! 왜 유창하게 돌아가던 혀가 안 돌아가기 시작한 거야?! 혀에 달린 모터가 고장났냐?! 말싸움에서 지지 말라고! 더 말해!"

날 돌아본 크리스는 새빨간 얼굴로 입꼬리를 구부렸다.

"지, 짐승의 말이, 인간의 마음에 울릴 거라 생각하나……?"

"좋아 좋아! 말해라 말해! 효과 있어 효과 있어!"

"그런 것 치고는 볼의 홍조가 안 빠지는 것 같습니다만?"

"…………."

"바, 바보 바보! 너, 바보! 바보바보바보!(최대한의 협력)"

설전에서도 실전에서도 진 우리는 서로를 위로하듯이 모였다.

"히이로, 무형극은 마법사 상대에 특화된 살인권이다. 마력이 없는 리우를 몇 번을 쳐도 의미 없어. 솔직히 그냥 허세다."

"그래, 알고 있어. 그대로 계속 맹공을 당했으면 졌을 거야. 흐름을 바꾸는 효과는 있었어."

계속 아픈 뇌와 팔.

얼굴을 찡그리지 않도록 신경 쓰고 있으니 크리스는 진지한 얼굴로 속삭였다.

"히이로, 그녀의 협력이 필요해."

"그녀?"

"천사다."

난 아연실색해서 입을 열었다.

"……뭐?"

"너에게 붙어있는 수호천사 말이다…… 알잖아?"

난 히죽히죽 웃고 있는 마인의 얼굴을 걷어찼다.

"모르겠는데……?"

크리스는 자조하는 듯한 웃음을 지었다.

"난 이 마음을 가둬둔 채로 있는 편이 더 좋다고 생각하고 있었다. 내 안에만이라도, 그 시간이 남아있으면 된다고…… 수호천사의 계시에 의하면 기억을 되찾은 순간 히이로가 죽을지도 모른다고 했으니까."

이 녀석은 무슨 소릴 하는 거지?

갑자기 영적인 말을 하기 시작한 크리스는 젖은 눈동자 중심에 날 기두고 얼굴을 빨갛게 물들인 채로 속삭였다.

"기억해줘, 히이로. 리우에게 이기려면 그 방법밖에 없어. 그때처럼 완전무결하게 마음과 마력을 동기하지 않으면 놈에게 닿지 않아."

"그런 도를 아십니까 같은 말을 들어도 뭘 기억해내면 좋을지 모르겠——."

"힘이 필요한가……?"

후광.

나뭇가지 틈을 빠져나온 햇빛을 온몸에 받으며 고상한 미소를 띤 마인은 엄숙하게 양팔을 벌리고 속삭였다.

"힘이."

느긋한 동작으로 마인이 내게 손을 뻗었다.

"필요——."

나는 깔끔한 크로스 카운터를 날려 짜증 나는 그 얼굴째로 악마를 힘껏 후려쳤다.

"크리스."

그리고 미소 지었다.

"난, 그 아이의 편으로 있고 싶어. 그 아이의 소원을 이뤄주고 싶어. 그 아이를 방해하는 건 전부 없애주고 싶어. 그러니 목숨을 거는 건 당연해. 어떤 격통도 견뎌낼 수 있어. 악마든 천사든 영혼을 팔아서 어떻게든 된다면 기꺼이 팔아치울 거야."
"……괜찮은 거지?"
난 여유로운 웃음을 지었다.
"솔직히 지금의 나라면 어떤 고통도 견딜 자신이 있어."
"알았어. 네 수호천사의 말에 따르면 기억을 되찾는 트리거는 단 하나라고 해. 처음부터 그럴 생각으로 짰다고 그렇게 말했어."
"그럼 해줘."
"괜찮겠어……?"
내 양손을 쥔 그녀는 날 살짝 올려다봤다.
"정말…… 괜찮겠어……?"
"그래, 괜――."
대화를 중단하고 날아온 주먹에 맞춰 칼을 휘둘렀다.
리우요우란의 모습이 보였나 싶더니 사라졌다.
떨어지는 번개와 같은 주먹, 쏟아지는 공격 하나하나에 전심전력을 다해 받아치고 칼날을 날리면서 나무들 사이를 빠져나갔다.
심홍색 눈동자가 번뜩였다.
가능성과 가능성이 연쇄적으로 겹쳐지고 서서히 닫혀갔다.
겹겹이 섞인 페인트가 불효서사를 뛰어넘어 내 볼을 찢었고, 피한 일격이 어깨와 다리에 들어갔다.
"어느 시대든 난봉꾼은 똑바로 된 일을 안 하지."
리우는 손바닥을 내 배에 살짝 얹었다.
퍽―― 엄청난 충격과 함께 오장육부가 사방팔방으로 흔들렸고, 리우가 세로로 움켜쥔 주먹이 마력을 내부로 침투시켰다.

존경.

스펠 쇼크에 내부를 갈기갈기 찢기고, 나는 흩어지는 피와 함께 날았다.

"……그 눈은 곤란하군."

리우는 손을 펼쳐 내 눈가에 다섯 손가락을 내리쳤다.

아슬아슬하게 눈 공격을 피한 나는 쿠키 마사무네의 도신을 뻗어 큰 나무에 걸며 기세를 죽였다.

숨을 거칠게 쉬면서 피를 뚝뚝 흘린 내가 얼굴을 일그러뜨리며 고개를 들었다.

"크리스!"

난 입 끝에 피를 흘리면서 절규했다.

"해! 목숨 같은 건 옛날부터 걸어왔어! 나는! 지금 여기에!"

눈과 눈이 맞고 두 개의 마안이 겹쳐졌다.

"그 아이를 구하러 왔어!"

"한없이 눈치 없는 짓이지만."

리우는 이쪽으로 달려오기 시작한 크리스 앞에서 자세를 낮췄다.

"그 연애, 방해하도록 하지."

밀려 올라간다.

생성.

발밑의 땅이 맹렬한 기세로 떠올랐다. 붕 뜬 난 그에 맞춰서 도약했고, 마찬가지로 뛴 크리스는 두 눈을 고속으로 회전시켰다.

생성, 생성, 생성!

허공에 생성된 수정벽을 차면서 종횡무진으로 달리는 우리는 계속해서 생성되는 수정의 통로를 달렸다.

눈앞에 구축된 결정의 벽을 부수면서 쫓아오는 리우는 겹겹이 겹쳐진 자수정 감옥에 갇혔다.

나와 크리스는 뛰어 올라갔다.

완성된 공중 계단을 올라가고, 올라가고, 올라가고── 나와 크리스는 서로가 서로에게 손을 뻗었다. 그 틈에 리우가 뛰어 들어왔다.

"크리스!"

"히이로!"

그래도 상관하지 않고 나와 크리스는 손과 손을 잡고 잡혔다.

내 멱살을 잡은 크리스가 그 기세 그대로 내 입술에 자신의 입술을 겹쳤다. 그녀는 경악해서 두 눈을 크게 뜬 내 앞에서 웃으며 눈물을 흘렸다.

"이제."

그녀의 눈초리에서 흘러내린 눈물은 공중에서 자수정으로 변해 반짝반짝 빛나면서 떨어져 갔다.

"기억 좀 해, 이 바보……."

나와 크리스 사이에서 양팔을 벌린 마인이 활짝 웃으며 절규했다.

"지금이다!"

그 순간 내 머리로 노도와 같이 흘러들어오는── 기억, 기

억, 기억!

'너 같은 역겨운 남자랑 연애놀이 같은 걸 할 수 있겠냐!'

'사람의 동의도 없이 갑자기 새콤달콤한 짓 하지 마라 쓰레기!'

'어, 어떠냐, 꼬맹이가, 너, 너하고는 다르다고……!'

'……서툴러.'

'꾸, 꿈이라도 좋으니까…… 곁에 있어줘…….'

'난 크리스 에세 아이즈벨트라고.'

'가라, 히이로오오오오오오오오오오오오오오오오오오오오오오오오오오오오오오오오!'

'히이로…… 만약, 내가 잊는다 해도…… 분명…… 다시, 틀림없이…….'

'나는 널 좋아하게 될 거야.'

떨어진다.

크리스에게 안긴 나는 천천히 떨어져 갔다.

"어…… 어어……?"

머리를 싸맸다.

부들부들 온몸이 떨리고 입이 뻐끔뻐끔 열렸다가 닫히고 눈물이 계속해서 넘쳐흘렀다.

시야가 일그러지고 희미해졌다. 호흡과 함께 오열이 새어나왔다.

마인은 웃으면서 즐거운 듯이 자수정 파편을 손가락으로 콕콕 찔렀다.

"히이로 군, 알고 있나, 자수정의 보석말은——."

마인은 꽃이 피듯이 웃었다.

“진실한 사랑이야.”

“아…… 아아…… 아아아……!”

툭 하고 무언가가 끊어졌다.

머리를 싸맨 난 새우처럼 몸을 뒤로 구부렸고── 내 마음이 단말마의 비명을 질렀다.

“으아아아아아아아아아아아아아아아아아아아아아아아아아아아아아아아아아아아아아아악!”

하늘 높이 마력이 솟구쳤다.

방대한 양의 마력의 등불이 세상을 비추어 나가고, 나와 크리스의 마력선이 완전히 이어졌다. 쏘아 올려진 마력 덩어리는 터져서 흩날려 축복하듯이 꽃폈다.

손차양을 만든 마인이 기쁜 듯이 하늘을 올려다봤다.

“뻥이요~!”

사람의 몸으로는 견딜 수 없는 고통에 몸부림치면서 착지한 나는 눈물로 엉망진창이 된 얼굴로 리우에게 칼을 겨눴다.

“널 쓰러뜨리고! 나는 죽는다!”

“함께 죽는 걸 강제당한 적은 없지만.”

소용돌이치는 방대한 양의 마력을 보고──.

“네가 죽은 후에 축복의 꽃을 바치지.”

리우요우란은 여유와 표정을 지우고 주먹을 다시 쥐었다.

나는 크리스를 살짝 봤다.

그녀는 부끄러운 듯이 고개를 숙이고 있었다. 좌우의 검지를 빙빙 돌려 내 주의를 돌리려 하고 있었다.

그리고 그녀는 자신의 입술에 손가락을 살짝 대고, 볼을 물들인 채로 미소 지었다.

"저, 저기."

말을 걸자 그녀는 새빨개져서 움찔 떨었다.

"아…… 으……."

한 번 뒷걸음질 친 크리스는 각오를 다진 것처럼 다리에 힘을 주고 버텼고…… 살짝살짝 나에게 다가와 머리카락을 매만졌다.

"……흐, 흐트러졌어."

"아, 으, 응."

"…………."

"…………."

주, 죽고 싶다…….

죽느냐 사느냐의 갈림길에 서있는 비상사태였고, 어디까지나 정신세계에서 일어난 일이고, 마력 공유를 하지 않았으면 페어레이디에게 졌을 거라는 전제를 고려해도.

이런 일이나 저런 일을 했다는 걸 떠올려 내 뇌는 산산조각 나서 질척질척한 페이스트 상태가 되었다.

새콤달콤한 추억에 빠진 내 뇌는 돌이킬 수 없는 자신의 소행을 분명히 밝혀 영겁의 형벌을 원했다.

크리스 에세 아이즈벨트가 왜 나에게 호감을 가지고 있었는지 알겠다.

연애 허접인 그녀의 뇌를 당밀로 코팅해 스윗한 설탕절임으로 만든 건 다름 아닌 나였기 때문이다.

원래라면 스위트 슬리피의 기억은 현실로 가져오는 게 불가능하다.

그 원리를 이해하고 있는 마인이라도 없는 한은.

알스하리야…… 너는, 죽인다…… 이 중요한 상황에 내 뇌를 산산이 파괴한 네놈의 목숨은 끝났다…… 저 썩을 마인이 씌어서 내 백합 IQ는 내려가기만 하고 있다…… 편하게 죽을 수 없을 줄 알라는 말과 꽃무릇 꽃다발을 선사해주자…….

기척을 느낀 나는 크리스의 눈치를 살짝 살폈다.

힐끔, 힐끔.

시선만 살짝 올려 날 올려다본 크리스가 뭔가를 기대하는 듯이 내 소매를 잡아당겼다.

무심코 하늘을 우러러봤다.

눈물이 넘쳐흘렀다.

끊임없이 흘러 떨어지는 눈물에 내 얼굴은 순식간에 비극의 무대로 변해갔다.

난 천천히 리우가 있는 쪽으로 얼굴을 돌리고 웃었다.

"죽여줘……."

난 맨손으로 비틀거리며 리우에게 다가갔다.

"주, 죽여줘…… 부탁이야…… 죽여줘…… 가능한 한 무참하게…… 두, 두 번 다시 이 세상에 태어나지 않게 공들여서…… 영원히 지옥의 업화에 불타 잘못돼도 전생 같은 건 안 하도록…… 죽여줘……."

리우는 기세에 눌린 듯이 자세를 잡은 채로 물러났다.

망자처럼 양손을 뻗은 난 구원을 찾아 비틀거리며 계속해서 나아갔다.

"죽여줘…… 죽여줘…… 죽여줘……."

"무슨 생각을 하는 거지, 산죠 히이로."

리우는 진지한 얼굴로 작게 말했다.

"네 기책은 더 이상 내겐 통하지 않는다. 정면으로 덤벼라. 그러지 않으면 죽을 뿐이다."

"……아아, 그러냐."

난 눈물을 닦고 쿠키 마사무네를 쥐었다.

"그거 고맙네. 널 죽이기 위해 난 스스로의 마음마저도 죽였어. 그때 판단을 잘못했다고 생각하진 않지만. 난 지금 이 순간 내 일부가 죽었다는 걸 깨달았다. 여기서 너에게 살해당하는 게 최고지만, 그렇게 되면 뮤르가 우니까."

크리스는 살짝 발을 내딛어 내 옆에 나란히 섰다.

"죽는다 쳐도 널 죽인 뒤에 죽는다."

후련해진 난 미소를 짓고 말없이 한 손을 들었다.

크리스는 기쁜 듯 부끄러워하며, 내 손에 손을 포개고 손가락을 얽었다.

"크리스, 준비는?"

"그날 이후로, 쭉──."

그녀는 미소 지었다.

"되어 있었어."

손과 손이 떨어지고, 손뼉을 치고, 좌우로 갈라졌다.

하나된 동작이 호를 그렸다. 나와 크리스는 왼쪽과 오른쪽에서 동시에 공격을 가했다.

리우는 왼쪽에서 날아온 참격은 원을 그리는 움직임으로 받아넘겼다. 그리고 몸을 비틀어 날 내던진 뒤 대량으로 생성된 빼곡한 창들을 돌려차기로 파괴했고, 그걸 눈속임으로 이용해서 뛰어든 크리스에게 주먹을 때려 박으려 했지만—— 내가 그 오른 주먹에 닐 애로를 쏘았다.

오른팔 전체가 크게 올라 오른쪽 측면이 비었다.

"크리스!"

"히이로!"

파고든다.

발을 내딛을 때마다 떠오르는 지면으로 가속해 푸르스름한 섬광과 함께 거합 자세를 잡았다.

크리스는 오른쪽 대각선 방향으로 수정의 길을 만들어냈다. 분출한 마력으로 그 길을 미끄러지면서 반회전한 나는 칼을 살짝 뽑았다.

거합——왼쪽에서 오른쪽으로——일섬!

번뜩인 칼날은 텅 빈 오른쪽 복부를 노렸지만, 빠르게 떨어진 팔꿈치가 쿠키 마사무네의 도신을 꺾었다.

하지만, 나선연장으로 이미 생성은 완료되었다.

순식간에 재생성된 광검은 류의 옆구리를 갈랐고, 난 바로 두 번째 공격을 가했다.

하얀 천 조각이 날아올랐다.

아슬아슬한 상황.

소량의 피와 함께 그녀의 셔츠 일부가 허공을 날았고, 나는 경악해서 눈을 크게 떴다.

"저에게."

꿰여 있었다.

재생성된 칼날을 손가락 두 개로 잡은 리우는 슬픈 듯이 미소 지었다.

"나선연장이 통할 거라 생각했습니까."

소리가 들렸다.

가까이에 검은 죽음의 발소리가 다가와 있었다.

으스스.

온몸의 피부에 소름이 돋았고, 리우의 주먹에 담긴 마력이 찬연히 빛나면서 하늘과 땅을 잇는 기둥이 되었다.

피해라.

온몸이 비명을 질렀다.

피해라, 피해라, 피해라!

순간적으로 오른 주먹을 앞으로 휘둘렀다.

다급하게 가한 일격은 보기 좋게 빗나갔고, 나는 멍하니 자신에게 오는 일격을 지켜봤다.

'무'.

생성된 거품 형태의 완충재가 어지러이 뒤섞인 번갯불에 관통되어 무로 돌아갔다.

'혀'.

날 지키는 방패는 형상을 잃고 차례대로 사라졌다.

'극'.

주먹이―― 나에게 꽂혔다.

호흡이, 세계가, 시간이 멈췄다.

시야가 온갖 방향으로 튀어서 날아가고 아픔이 멀어져 가고 어렴풋한 미지근함에 감싸여 갔다.

산산이 부서진 시야가 조금씩 조금씩 아무렇게나 이어져 회복되었다.

땅에 드러누운 나는 피 웅덩이 속에서 새빨간 하늘을 올려다보고 있었다.

"으…… 아…… 아하…… 아…… 끅……."

졸졸.

피거품을 뿜고, 깜빡깜빡 뇌가 삐걱이면서 시야가 거무스름해졌다.

"아…… 아흐…… 흑…… 흑…… 흑……!"

잘게 떨리는 양팔을 써서 자세를 바꿔 일어서려고 하자 대량의 피가 후드득 흘러 넘쳤다.

쌔액쌔액.

죽음에 가까워진 숨소리가 울렸고, 나는 피투성이가 된 막대기를 지팡이 삼아 섰다.

머리가.

머리가 아프다.

깨져서 떨어질 것 같다.

나는 좁아진 시야 속에서 무아지경으로 크리스의 모습을 찾았다.

"…………크, 크리…… 스."

비틀비틀 나아갈 때마다 끈적이는 피가 뚝뚝 떨어져 혈흔을 남겼다.

"하, 합체 기술…… 이다…… 그, 그걸…… 그걸 할 거야…… 어, 어떻게든 해서, 빈틈을 만들……."

누군가와 부딪혔다.

올려다보니 무표정한 리우가 의식을 잃은 크리스를 안고 있었다.

"끝이다."

"…………."

끈적한 빨간색에 젖은 앞머리 틈새로 미동도 하지 않는 리우의 모습이 시야에 들어왔다.

"이제 끝이다."

"아…… 아직…… 안 끝났어…… 알스…… 하리야……."

눈이 열리려 했지만, 그 순간 대량으로 각혈했다.

무릎을 꿇고 주저앉은 난 산산이 부서진 내 머리를 부여잡았다.

양손으로 만지고, 형태를 유지하고 있는 것을 확인하고…… 땅에 볼이 닿아 있어서…… 자신이 쓰러져 있다는 걸 깨달았다.

"그만 포기해라."

크리스를 큰 나무에 살며시 기대두고 윗옷을 걸쳐준 리우는 작은 소리로 말했다.

"'10과 6의 시간을 거쳐 인간이 아니게 되었다'. 넌 이미 마안의 한계 개안 횟수를 넘겼어. 강제 개안에 따른 반동이 네 온몸을 좀먹고 목숨마저 빼앗으려 하고 있지. 한 번 더 열면 넌 틀림없이 죽는다."

리우는 지체 없이 내 무장해제를 끝냈다.

쿠키 마사무네를 허리에 차고 떠나려고 한 리우는 이쪽을 휙 돌아봤다.

"…………."

나는 일어나 비틀거리면서 리우에게 갔다.

감각 없는 다리로 한 걸음, 또 한 걸음.

그녀는 나에게 애절한 시선을 보냈다.

숨을 거칠게 쉬면서 막대기를 그녀를 향해 치켜들었고── 우득. 가지가 부러지는 듯한 소리가 울리며 내 오른팔이 반대 방향으로 꺾였다.

"오…… 아악…… 크오오……!"

믿기 어려운 격통, 팔을 부여잡고 몸을 웅크렸다.

"…………."

리우는 걷기 시작했고, 나는 그 어깨에 왼손을 걸쳤다.

내 검지와 중지를 잡아서 정반대방향으로 힘껏 잡아당긴 리우는 아주 쉽게 손가락 두 개를 부러뜨렸다. 그리고 괴로운 소리를 내는 날 무시하고 걸었지만── 그 어깨에 부러진 왼손을 걸쳤다.

주먹.

깔끔하게 들어간 오른 주먹이 내 내부를 파괴해서, 나는 소리 없이 땅 위에서 고통에 몸부림쳤다.

리우는 걷기 시작했다. 그리고, 그럼에도 그 다리를 붙잡은 날 내려다봤다.

"……어째서, 그렇게까지 할 수 있는 거지?"

그녀는 속삭였다.

"당연…… 히……."

난 고개를 들어 그녀를 향해 말을 내뱉었다.

"그 아이가…… 싸우고 있으니까……!"

"뮤르 님은 너에게 그냥 타인일 것이다."

리우의 다리를 다시 붙잡고 피투성이가 된 손가락으로 땅을 파헤치고, 나는 너무나도 무거운 온몸을 천천히 일으켜 일어났다.

"타인이건 뭐건 상관없어……!"

웃으면서 리우의 앞을 막아섰다.

"나는…… 내 앞에서 그 아이를 울리지 않아…… 한번 목숨을 건다고 정했다면 무슨 일이 있어도 나는 완수한다……. 팔이 꺾이든 손가락이 꺾이든 그 아이를 위해 계속 싸울 거다. 단 한 사람의 편에 계속 설 거다. 그 아이가 별에 빈 자그마한 소원을…… 그저 가족과 함께 소풍을 가고 싶다는 사랑스러운 소원을 이뤄주지도 못하고, 백합을 지킬 수 있겠냐……. 그러니…… 네가…… 네가 그 아이를 방해하겠다고 한다면……!"

나는 절규했다.

"난 네놈을 때려눕힌다!"

리우는 미소를 지었다.

"좋은 배짱이다. 하지만."

리우의 주먹이 부드럽게 내 명치에 들어갔다.

"말만으로는 아무도 구하지 못해."

난 털썩 무릎을 꿇고 땅에 팍 쓰러졌다.

서서히 피바다가 넓어지고 온몸이 점점 차가워졌다.

생명이 빠져나가는 감각…… 의식이 사악 멀어져 가는 가운데, 담배를 피우고 있는 알스하리야의 모습이 눈에 들어왔다.

"이봐, 이런 곳에서 끝이냐. 무모한 것도 정도가 있잖아. 저런 괴물에게 싸움을 걸고 정말로 이길 수 있을 줄 알았냐."

"…………."

알스하리야는 쓴웃음을 짓고 연기를 후우 내뿜었다.

"그렇구만, 괜찮은 거지?"

"…………."

"아니, 됐어. 오히려 나로서는 대환영이야. 언젠가 그렇게 될 것이라 생각하긴 했으니까 말리지 않았어. 넌 어느 쪽이냐 하면 이쪽이니까."

"…………."

"정말…… 재밌는 남자야, 넌. 만났을 때부터 그랬어. 이거야 원, 어디까지 갈지……. 애초에 그런 발상에 다다르는 게 미쳤다고 해야 하나. 사실 크리스 에세 아이즈벨트와 사랑의 힘으로 어떻게든 해줬으면 했지만 뭐, 저 녀석은 크리스에 대해 너무 잘 알고 있고 마인도 아니었으니 말이야."

"…………."

"자 그럼, 이게 우리의 마지막 카드다. 자신을 걸 준비는 되어 있나?"

알스하리야는 씨익 웃었다.

"실례, 물을 필요도 없군."

마인은 과장되게 양팔을 벌리고 하얀 연기에 휩싸였다.

"자아, 즐겁고도 즐거운 무대의 막이 오른다! 경쾌하게! 튼튼하게! 뚜렷하게! 손에 손 잡고 괴물을 퇴치하러 가자! 모든 것을 건 중요한 싸움이다! 운명의 심판자 앞에서 화려하게 춤춰보자꾸나!"

그녀는 정중하게 인사하고 나에게 손을 내밀었다.

"자, 갈까."

나는 그 손을── 잡았다.

"파트너."

*

한기.

리우는 힘차게 고개를 돌리고 목격했다.

어둡다.

주변은 어느 샌가 옅은 어둠에 휩싸여 있었고, 어렴풋한 연기 속에 사람 그림자 하나가 서있었다.

"산죠…… 히이로……?"

왜 의문을 표한 것인가.

어둠 속에 선 그는 고개를 숙이고 있어 표정은 짐작할 수 없었다.

하지만 리우는 느끼고 있었다.

눈앞에 선 존재가 변모해, 재앙이 되었다는 것을.

어둠과 연기에 휩싸인 산죠 히이로는 한 손으로 얼굴을 덮어 가리고 천천히 고개를 들었다.

그 얼굴은 보이지 않았다.

하지만 색은 보였다.

심홍색.

어렴풋한 어둠 한가운데서 선명하게 떠오른 심홍색 두 눈이, 옅게 빛나면서 리우를 쏘아 죽이려 했다.

"말도 안 돼……."

리우는 자기도 모르게 경악했다.

"불효서사를 강제 개안해서 살아있을 리가 없어…… 어째서, 눈이 열렸지……?"

부러진 오른팔도 꺾인 왼쪽 손가락도 원래대로 돌아왔고, 산죠 히이로를 중심으로 방대한 마력이 피어올랐다.

그 순간 리우는 한 가지 가능성에 다다랐다.

"그런가…… 산죠 히이로…… 넌……."

손가락 틈새로 엿보이는 심홍색 눈동자가── 리우를 포착했다.

"불효서사로 가능성을 끌어당긴 건가. 산죠가의 전승, '10과 6의 시간을 거쳐 인간이 아니게 되었다'. 그 전승을 역이용해서 불효서사로 그 가능성을 본 건가……! 강제 개안으로 연 눈으로…… 나에게 이길 수 있는 가능성을 끌어들여…… 뇌와 눈을 파괴하면서도 고치고 있는 건가……!"

리우는 환희에 가까운 감정과 함께 외쳤다.

"단 한 명의 소녀를 위해! 그 아이를 구하기 위해! 그녀의 소원을 이루기 위해! 인간의 몸마저 버린 것이냐, 산죠 히이로!"

"여어, 들리나, 수호천사."

어둠 속에 심홍색 눈알이 떠올랐다.

"겨우."

그는 표정 없이 인간을 버리고——.

"보조바퀴가 떨어졌어."

마인으로 변했다.

*

승리는 어디에 있는가.

자신의 작은 손을 바라보는 뮤르는 상처투성이인 손을 쥐었다.

생각해보면 뮤르에겐 자신의 힘으로 '승리'를 쟁취했다는 기억이 존재하지 않았다.

철이 들었을 무렵에 그녀는 패자 측에 있었고, 승자의 느낌을 모르는 채로 살아왔다.

온갖 분야를 배우는 데 손을 댄 때도 있었다.

마법, 서예, 다도, 발레, 피아노, 춤, 체조, 무도, 수영, 영어 회화…… 그 모든 분야에서 뮤르는 기대에 부응하지 못했고, 다니던 교실 대부분에서 음습한 괴롭힘을 당해 그만둘 수밖에 없었다.

――이제 넌 아무것도 안 해도 돼.

친어머니에게 그런 말을 들었을 때, 자신은 왜 태어난 걸까 생각했다.

――도망쳐라 도망쳐, 낙오자!

왜 자신은.

――쓸데없어요.

살아서 쓸데없이 발버둥치기를 반복하고 있을까.

그 답이 지금 제시되려 하고 있다.

플레어 비이 루루플레임, 프리 플로마 프리기엔스.

시야를 메우는 먼 풍경, 손이 닿지 않는 하늘 위, 한줄기 빛을 비추는 별.

멀리서 지켜보기만 하는 존재였던 그녀들과 같은 무대에 오른 뮤르는 공포로 인해 숨이 얕아져가는 걸 느꼈다.

――실패작.

현기증이 났다.

――사이비.

뮤르 에세 아이즈벨트는 반드시 이긴다――. 가슴의 아픔이 플래시백했지만, 각오를 다지고 자신의 심장을 움켜쥐었다.

"…………."

믿어라, 스스로를.

그 녀석이 믿은 뮤르 에세 아이즈벨트를 믿어라. 그녀는 천천히 얼굴을 들었다.

"시작 신호는?"

"마음대로."

플레어의 물음에 프리는 어깨를 으쓱이며 대답했다.

"……독수리가 날갯짓을 하면."

뮤르는 가만히 속삭였다.

"시작하자."

침묵이 퍼졌다.

붕괴된 무가 저택에 꽂힌 플라움의 기숙사기는 돌풍을 받아 나부끼며 펄럭펄럭 소리를 냈다.

그리고 거기에 그려진 독수리째로—— 날았다.

그 순간, 오른쪽과 왼쪽에 있던 플레어와 프리가 사라졌다.

뮤르는 순간적으로 몸을 웅크렸다.

머리 위로 뜨겁고 차가운 불덩어리와 얼음덩어리가 지나갔다.

귀청을 찢는 듯한 파쇄음. 눈을 깜빡이는 사이 사방팔방으로 흩어지는 파편이 미간으로 날아왔다. 반사적으로 땅을 구르자 볼에 날카로운 아픔이 느껴졌고 매직 디바이스를 뽑았다.

그 지팡이 형태의 매직 디바이스 끝에는 빨간색 로프가 묶여 있었다.

휘리릭.

허리에 감겨있던 로프는 자유자재로 모양을 바꾸며 나아가 플레어의 팔에 휘감겼다.

주홍색 드라고뉴트는 물러나면서 눈을 크게 떴다. 접속. 로프가 한 줄기 마력신으로 변해 연결됐다.

작은 몸은 소리도 없이 사뿐히 발을 내딛었다.

뮤르는 눈 깜짝할 사이에 플레어의 품으로 뛰어들어── 쳤다.

"……이 주먹, 작긴 하지만 가치 있군."

오른팔.

그 주먹은 변화해서 비늘로 덮인 오른팔에 막혀, 닿지 못하고 기세가 죽었다.

하지만 뮤르는 동시에 모래와 자갈을 뿌렸다.

시력 빼앗기. 플레어는 순간적으로 얼굴을 돌렸고, 뮤르는 자신이 만든 사각으로 뛰어들었다.

"어이, 우등생."

뮤르는 오른 손바닥을 플레어의 왼쪽 측면에 두고 왼쪽으로 돌면서 주먹을 쥐었다.

"수업시간이 아니라도 한눈파는 건 금지라고."

쳤다. 하지만 막혔다.

탁, 탁 하고 가벼운 걸음걸이로 플레어는 후퇴했다.

그리고 두껍고 딱딱한 용의 꼬리를 생성해, 그 제3의 팔로 방어한 뒤 엄청난 기세로 휘두르기 시작했다.

상대가 보통 마법사라면 그 난격은 유효한 수단이었을 것이다.

하지만 뮤르 에세 아이즈벨트에겐 공격도 방어도 접촉한 순간에 접속으로 변해 무극도인권의 좋은 먹이로 변한다.

종횡무진, 자유자재, 천변만화의 난타는 안쪽에서 바깥쪽으로 흘려 보내졌다. 그 사이에 당겨지는 트리거. 뮤르의 신체 강화는 더 큰 비약을 이루어냈다.

"이봐, 너, 정말로 뮤르 에세 아이즈벨——."

위쪽으로 타격을 집중해 주의를 끈 뮤르가 다리후리기를 날렸다. 플레어는 허공으로 내던져졌다.

생성.

플레어의 등에서 날개가 돋았고, 공중으로 도망치려 했지만——.

"운명의 빨간 실이다!"

그녀의 팔을 묶은 빨간 끈을 잡으며 웃고 있는 뮤르에게 끌려갔다.

"그렇게 쉽게 끊어지면 반품감이거든!"

뮤르는 주먹을 날렸다. 들어갔다—— 하지만 그 확신은 폭풍에 휘말려 사라졌다.

순간적인 판단으로 뒤로 힘껏 도약한 게 효과가 있었다.

0.1초 동안 뮤르의 온몸은 폭풍과 폭발하는 불꽃에 휩싸였지만, 전투복은 HIT로 간주하지 않았다.

비축한 가연성 가스를 사용해 빨간 용이 자신을 중심으로 폭발을 일으킨 것이다.

빨간 두 날개는 폭음과 폭풍에 휩싸이면서 소녀를 넓은 하늘로 옮겼다.

"예상과 달리 어린애 놀이를 즐겼지만."

그녀는 하늘을 떠돌던 기숙사기를 잡아서—— 재로 만들었다.

"이 손은 하늘에 닿고——."

플레어 비이 루루플레인은 공중에 생성한 왕좌에 걸터앉아 턱을 괴고 미소 지었다.

"그 주먹은 나에게 닿지 않아."

"미안해, 뮤~뮤~."

투명한 얼음 기둥에 한 발로 선 프리는 그 기둥을 기초로 삼아 첨탑을 만들어내고 자신의 머리에 얼음의 왕관을 씌웠다.

"접근하면 안 좋은 것 같으니까 난 물러나 있을게."

그녀는 아름답게 미소 지었다.

"이걸로 끝."

*

군중에 섞인 소피아는 눈앞에서 시행되고 있는 공개처형을 바라봤다.

머리 위 아득히 먼 곳에서 비처럼 쏟아지는 불꽃과 얼음의 창. 땅을 굴러다니는 뮤르는 철저하게 회피에 전념하고 있었다.

숨을 거칠게 쉬면서, 비틀거리면서, 머리 위를 올려다보면서.

그저 한결같이 뮤르는 계속해서 공격을 피했다.

"앗?!"

발이 걸려 넘어져 땅에 얼굴을 박았다.

날아오는 불꽃탄. 일어나면서 피했지만 착탄하여 일어난 폭풍에 밀려 날아갔다. 작은 몸이 데굴데굴 굴렀고, 코에서 늘어진 빨간색이 점점이 땅을 더럽혔다.

"아…… 큭…… 흑……!"

플레어도 프리도 뮤르를 주시하고 있는 건 아니다.

귓가에서 날파리가 떨어진 것처럼 빨갛고 파란 빛은 저 높은 곳에서 격렬하게 마법을 주고받기를 반복했고, 서로의 목을 노리고 덤벼들면서 틈틈이 뮤르를 견제하고 있었다.

그 조준은 정확해서 접근할 틈도 없었고, 어리석은 자에게 격과 재능의 차이를 일깨워줬다.

뮤르는 필사적으로 배틀 필드를 뛰어다녔고——.

"풉, 멋없어."

루푸스 중 누군가가 웃음을 터뜨렸고 관객의 멸시가 뮤르를 꿰뚫었다.

카이룰레움의 학생들은 큭큭 웃으면서 뮤르의 추태를 바라보며 '역시 무능했어'라며 소곤거렸다.

플라움의 일부 학생들은 반쯤 체념하고 추이를 지켜봤다.

땅 위를 기어 다니며 촌스럽게 진행되는 도주극.

전투복은 피와 진흙투성이가 되고, 뮤르의 아름다운 백금발은 검붉게 물들어 갔다.

소피아는 손바닥에 손톱을 박으며 입술을 부르르 떨었다.

포기해. 부탁이야, 포기해. 이제 더 이상 열심히 할 필요 없어. 돌아가는 거야, 같이. 그 집에 있으면 내가 널 지켜줄 테니까.

그러니 부탁이야, 뮤르…… 더 이상 발버둥치지 마.

"저것 좀 봐, 시궁쥐 같아."

"아하핫! 마법을 쓰면 될 텐데! 야~! 마법을 써~! 그러면 닿지 않을까~?"

집단에 매몰되어 있으면 개인의 정체가 밝혀지지 않는다고 확신하는 것인가.

객석 어딘가에서 터져 나온 온갖 욕이 피와 흙으로 더러워진 소중한 딸에게 향했다.

소피아는 체념하고 매정한 말을 받아들였다.

항상 똑같다. 몇 번이고 이 광경을 봤다. 아무리 회책해도 열심히 하는 딸에 대한 괴롭힘과 중상을 막을 수 없다. 없애도 없애도 솟아난다. 수가 너무나도 많다.

당장이라도 뛰쳐나갈 것만 같은 자신을 의지로 억누르고 이를 간 소피아는 상처받는 딸을 바라봤다.

작은 손발을 열심히 움직이고 쌕쌕거리는 소리를 내면서 계속 달렸다.

"후우…… 후우~…… 후욱…… 후우~……!"

"이제 그만 포기해, 이 실패작아!"

"이봐! 모처럼 기숙사장끼리 싸우는데 방해하지 마! 빨리 리타이어해!"

"호죠의 망신! 네 추레한 모습 같은 건 아무도 보고 싶어 하지 않는다고!"

루푸스와 카이룰레움의 학생들의 눈에 배틀 필드를 쫄래쫄래

도망치는 뮤르의 모습은 세기의 대결전을 방해하는 이물로밖에 안 보이는 것 같았다.

분노와 욕은 더더욱 거세졌다.

“마법도 못 쓰는 실패작! 방해돼!”

“리타이어해라, 낙오자!”

“무능한 주제에! 아이즈벨트가의 권위로 기숙사장이 돼놓고 무슨 낯짝으로 3대 기숙사 대항전에 출전한 거야!”

닥쳐라!

그렇게 외치고 싶었다. 하지만 그렇게 외치면 뮤르의 다리는 멈추지 않게 된다. 노력의 발자취를 남기면서, 많은 상처를 입으면서 죽음의 행진을 계속할 것이다. 예전의 시리아처럼.

부탁이야…… 부탁이야, 이제 끝내줘…… 부탁이야…….

소피아가 소원을 빈 게 통한 것처럼.

비틀거린 뮤르의 몸에── 불꽃과 얼음의 격류가 직격했다. 엄청난 기세로 공중을 난 뮤르는 충격으로 숨이 막힌 채로 땅에서 튕겼다.

함성이 터져 나오고 박수 소리가 울려 퍼졌다.

전투복에 의해 대부분의 위력은 죽었지만.

맞은 곳이 너무 좋지 않았고, 플레어와 프리의 공격이 운 나쁘게도 겹쳐서 경련하고 있는 뮤르의 몸은 심각한 손상을 입었다.

괜찮다. 전속 의사는 준비돼있다. 전투복 덕분에 장기까지 피해를 입지는 않았다. 이제 쓰러져 있는 저 아이의 숨통을 끊으면 끝이다. 집에 돌아갈 수 있다.

안도의 숨을 내쉰 소피아는 희망으로 가슴을 부풀리고 플레어와 프리를 올려다봤다.

그 기대와는 반대로 뮤르는 무시당한 채로 두 기숙사장의 공방전이 펼쳐졌다.

카메라 앞에서 추가타를 가하는 걸 꺼리는 거구나. 미디어의 눈이 뮤르에게 아이기스(신의 방패)가 되었다. 하지만 초조해할 것 없다. 저 둘 사이에서 결판이 나면 감성팔이 스포츠맨십을 보여준 후, 서로 선전을 칭찬하고 뮤르는 자신의 패배를 인정할 것이다.

뮤르는 쓰러진 채로 움직이려 하지 않았다.

소피아는 상처투성이인 그녀를 내려다보고 마음속으로 말했다.

일어서지 않아도 돼. 내가 쭉 봤어. 넌 충분히 노력하고 열심히 했어. 내가 쭉 지켜줄 테니까. 그러니 거기 누워있어. 뮤르, 이제 됐어. 이제 됐어.

뮤르의 손끝이 움찔 하고 움직였다.

눈을 크게 뜬 소피아 앞에서 움찔움찔 움직이기 시작한 열 손가락이 흙을 파헤쳤고, 손톱으로 땅을 긁은 그녀는 떨면서 상체를 일으켰다.

틀렸어…… 이 아이의 마음은 꺾이지 않았어…… 누군가가 이 아이를 바꿔버렸어…… 내가 오랫동안 해온 교육이 풀려버렸어…….

——환희에 찬 기쁨의 눈물이다. 각오해둬라, 소피아 에세 아이즈벨트.

그 남자인가.

이대로 가면 좋지 않다. 그렇게 생각한 소피아는 계획 밖의 행동을 했다.

"뮤르."

말을 걸자 고개를 든 뮤르는 동글동글한 눈으로 이쪽을 바라봤다.

소피아는 그런 그녀에게 모멸하는 시선을 보냈다.

"보기 흉하구나. 역시 넌 아이즈벨트가에서 유일하게 재능 없는 사람이야."

"…………."

"무능한 게. 이제 슬슬 꼴사나운 추태를 보이는 건 그만둬. 이 목소리가 안 들려? 널 응원하는 사람은 없어. 산죠 히이로도 무능하고 못났고 무엇 하나 똑바로 못하는 너에게 질려서 도망쳤어."

"…………."

"포기해, 뮤르. 너에겐 재능이 없어. 신이 정한 실패작이야."

미워해. 뮤르, 날 미워해. 언젠가 죽여도 좋아. 부탁이야, 포기해. 포기하고 집에 돌아가는 거야. 우리의 집으로. 앞으로 몇 년만 더 있으면 분명 분위기도 바뀔 거야. 그러면 아이즈벨트가의 감시에서 벗어나 '나'라는 최악의 어머니한테서도 벗어날 수 있어.

그러니 이제 포기——. 그때, 뮤르의 양팔에 힘이 들어가고 후들거리는 양다리가 땅을 미끄러졌다.

"……뭐 하는 거야?"

실패해서 쓰러져 땅에 얼굴을 세게 부딪쳤다.

두 콧구멍에서 흘러내린 코피가 턱까지 적시고, 입안을 다쳐 새빨개지고, 바들바들 떨리는 양팔이 지탱하지 못해 쓰러졌다.

"너, 그렇게까지 바보는 아니지? 일어선다고 해도 저 둘을 상대로 어떻게 이길 생각이야? 너에게 승산 따위는 없다는 건 알고 있잖아?"

그만해, 이제.

돌에 베인 이마에서 피가 흐르고, 코피를 뚝뚝 흘리며 일그러진 얼굴로 욕을 들으면서.

어린 딸은 일어서려고 했다.

그만해…… 이제, 더 이상 이 아이를 괴롭히지 마…… 왜 신은 이 아이에게만 가혹한 짓을 하는 거야…… 이제, 됐잖아…… 얘는 열심히 했잖아…… 이 아이는 그저, 평범한 여자 아이로서 행복해졌어야 했는데……!

"지, 진짜 바보 같은 애네, 옛날부터."

내가 태어나게 했으니까.

"예, 옛날부터 둔하고 바보인 데다가 내가 없으면 아무것도 못 했지. 치, 친구도 하나도 못 만들고 불쌍해서 참을 수가 없었어."

내가 키웠으니까.

"매, 매일…… 매일, 괴, 괴롭힘 당하고 돌아오고…… 너, 너는, 약하니까…… 약하다는 걸 다 아니까, 그런 녀석들한테 찍히는 거야……!"

내가…… 내가내가내가……!

"아, 아이즈벨트가라는 뒷배가 없었으면…… 넌…… 프, 플라움의 기숙사장이 못 됐어…… 그, 그야, 그렇잖아…… 넌…… 너는…… 실패작…… 이니까……!"

내가…… 이 아이를 불행하게 만들고 말았다.

"그러니까, 이제 그만."

소피아는 쌔액쌔액 숨을 헐떡이면서 결코 포기하지 않는 뮤르에게 외쳤다.

"포기해! 뭘 하고 싶은 거야?! 무의미해! 일어서도! 아이즈벨트가의 뒷배가 없으면! 너 같은 실패작은, 살아갈 수 없다고!!"

피와 흙투성이가 된 뮤르는 완만한 움직임으로 얼굴을 들어 어머니를 쳐다봤다.

그 두 눈이 아직도 자신을 어머니로 보고 있었기에, 표정을 일그러뜨린 소피아는 머리카락을 흩뜨리며 소리 질렀다.

"포기해, 이 실패작!"

"……싫어."

경악해서 굳은 소피아는 태어나서 처음으로 자신에게 반항한 딸을 바라봤다.

"너…… 지금, 뭐라고 한 거야……?"

"싫어."

"너, 날 거스를 생각――."

"싫어!"

땅을 쥔 뮤르는 눈물을 흘리면서 고개를 저었다.

"나는…… 나는, 실패작이 아니야…… 사이비가 아니야……

그 녀석이 믿어줬어…… 반드시 이긴다고 말해줬어…… 나는, 뮤르 에세 아이즈벨트야…… 아이즈벨트가의…… 당신의 인형이 아니야…… 이제 아이가 아니야…… 나는…… 나는……!"

힘껏 팔에 힘을 주고── 뮤르는 외쳤다.

"여기에! 이기러 왔어!"

눈물을 뚝뚝 흘리면서 얼굴을 일그러뜨린 뮤르가 입을 크게 벌렸다.

"나는 어, 엄마가 실패작이라 하지 않았으면 좋겠어…… 듣고 싶은 말은 그런 게 아니야…… 계속…… 계속, 칭찬해줬으면 했어…… 도와줬으면 했어…… 난…… 그저……."

그녀는 소원을 말했다.

"엄마가…… '힘내'라고 말해줬으면 했어……."

뮤르의 눈동자를 통해── 소피아에겐 요람이 보였다.

세 딸은 모두 자신이 배 아파가며 낳은 아이가 아니었다.

아이즈벨트가의 인간으로서 태어나고, 아이즈벨트가의 인간으로서 낳으라는 명령을 받고, 아이즈벨트가의 인간으로서 모르는 여자와 아이를 만들었다.

서로 사랑하며 몸을 겹치지도 않고 자기 몸 바깥에서 타인과 만든 여자 아이.

사랑할 수 있을 리도 없다고 생각했다.

하지만 신생아실에 있는 그 아이를 발견했을 때, 사랑스럽다고 생각했다.

무슨 수를 써서라도 이 아이를 지켜야만 한다고 느꼈다. 그런

데 난 빼앗기고 말았다. 자신의 인생과 마찬가지로 내 아기를 빼앗겼다.

——이리 와, 뮤르.

뮤르는 기는 걸 잘 못하는 아이였다. 가리는 게 많아 고생했다. 젊은 여자가 혼자 아기를 안고 있으면 세상 사람들은 묘하게 불쌍히 여기는 시선을 보냈다.

——이리 와.

하지만 행복했다.

——잘한다, 잘한다, 자, 혼자 설 수 있겠어?

나는 항상 울 것 같은 얼굴로 일어나려고 하는 뮤르에게 달려갔다.

두 번 다시 이 행복을 잃고 싶지 않았다.

혼신의 힘을 다해 뮤르는 팔과 다리에 힘을 줬다.

꺾이고 쓰러져 얼굴을 땅에 박았다.

——자~ 뮤르, 엄마한테 오렴~!

뮤르는 그래도 포기하지 않았고, 소피아는 떨면서 입을 열었다.

말하지 마라. 넌 어머니다. 말하지 마. 절대로 말하지 마. 저 아이를 지켜라. 아무리 미움 받아도 좋다. 최악의 어머니라 원망받더라도, 미움받더라도, 저 아이가 살아있기만 하면 된다.

그러니, 말하지 마! 절대로! 말하지 마!

이를 꽉 깨물어 물어뜯은 입술에서 피가 흘러나오고 눈물이 자꾸자꾸 흘러넘쳤다.

필사적으로 홀로 일어나려고 하는 딸은 눈앞을 응시했다.

그 시선 끝에는 드넓게 펼쳐진 하늘이 있었다.

예전에 가족과 다 같이 올려다본 넓은 하늘이.

――닿을까?

눈부시게 빛나는 광점에 손을 뻗고 웃은 딸을 떠올렸다.

――뮤르의 손, 저 별에 닿을까.

그 작은 손, 동그란 눈, 간질간질한 목소리.

그 모든 것이 소피아의 뇌리에 추억을 그렸고, 그녀는 별을 봤다.

태양빛을 지우는 광점―― 천공에 깃든 알타이르를.

"…………나."

가냘픈 목소리로 속삭이고.

"…………어나."

몸을 떨면서.

"…………일어나."

볼에서 눈물이 천천히 흘러 떨어지고―― 소피아는 외쳤다.

"일어나, 뮤르!"

소피아 에세 아이즈벨트는 말에 진심을 담았다.

"일어나! 일어나, 뮤르! 자신을 위해! 널 위해서! 일어나! 아이즈벨트가 따위는 아무래도 좋아! 다른 사람이 어떻게 생각하든 상관없어! 누가 바보 취급 하더라도! 폄하당하더라도! 방해를 받더라도! 넌! 너만을 위해서!"

소피아는 흐느껴 울면서 속마음을 다 털어놓았다.

"일어나, 뮤르!"

"아, 아, 아, 아아아아아아아아아아아아아아아아아아아아아아아아아아아아아아아아아아아아아!"

전심전력을 다한 힘이 팔에, 다리에 깃들어 몸이 서서히 들리기 시작했다.

아아, 그래. 내가 뮤르에게 달려갔을 때는 항상.

큰 성원.

조소와 욕설을 싹 지우는 큰 성원이 터져 나왔고, 그 목소리에 밀리듯이 뮤르의 온몸이 들렸다.

그 아이는 이미 혼자 일어나 있었다.

혼자 일어나고, 혼자 걷기 시작하고, 혼자 떠나가는 뒷모습을 바라봤다.

"힘내……."

눈물을 흘리면서 미소 지은 소피아는 상처와 흙투성이가 된 그 등을 지켜봤다.

"힘내, 뮤르…… 아아, 정말…… 얘는……."

뮤르 에세 아이즈벨트는 일어섰고――.

"많이 컸어……."

하늘에 울릴 정도의 환호성이 터져 나왔다.

*

"왜 정의가 강한지 알고 있어?"

초여름의 일이었다.

피서지 별장에는 시원한 훈풍이 불어 커튼을 흔들었다. 길게 뻗은 소녀의 그림자는 그 얇은 천이 펄럭일 때마다 흔들려 뒤섞였다.

규중처녀는 미소를 띠고 리우를 바라봤다.

"편리한 말이니 그렇겠죠."

창가에 놓인 작은 테이블, 그 위에 자리 잡은 꽃병에 물을 채우면서 리우는 대답했다.

재미없는 대답을 들어도 시리아는 부드러운 미소를 지었다.

"편리하다면 악도 마찬가지잖아? 사람은 악을 안 좋게 단정하지."

"하지만 대의명분은 사람을 끌어들이죠. 악마를 신봉한다 해도 모여드는 건 어리석은 어중이떠중이들뿐. 사람을 모으고 끌어들여 힘 있는 집단으로 다루려면 정의가 가장 좋아요."

스러져가는 남십자성을 바라보고 류는 꽃병을 살짝 만졌다.

"정의란, 집단을 컨트롤하기 위한 간편한 도구죠."

"굳이 결점을 드러내는 참 염세적인 대답이야."

"그럼 시리아 아가씨의 농담을 들어볼까요?"

시리아는 꽃병을 타고 흐르는 이슬을 눈으로 쫓았다.

"정의는 이슬 같은 목숨에 깃든 일순과 같은 것이야."

"다시 말해서?"

"한순간 시야를 스쳐 지나간 유성처럼. 그 눈에 새겨지고 영원히 눌어붙어서 강렬하게 빛나며 심장을 불태워버리는 빛."

소녀는 병적으로 창백한 얼굴로 미소 지었다.

"모두의 마음을 빼앗는 신념── 그러니 정의는 반드시 이기는 거야."

"…………."

"어, 잠깐, 그 관심 없다는 눈빛은 뭐야. 그만해. 내 생애를 바쳐 얻은 답을 그런 눈으로 업신여기지 마."

"……예전부터 생각했습니다만."

류는 한숨을 쉬었다.

"시리아, 당신은 바보예요."

"실례잖아!"

훽훽 양손을 기민하게 움직인 시리아는 숨을 헐떡이면서 외쳤다.

"난 그냥 본성을 숨긴 장난꾸러기야!"

"아뇨, 열심히 장녀인 척을 하는 바보죠. 얼마 전, 목이 마르다고 하고 꽃병의 물을 마이센 도자기에 부어 우아하게 마시던 걸 목격한 순간에 확신했습니다."

"목이 말라 물을 마신 게 뭐? 그 정도로 내가 가진 걸 빼앗을 수 있을 거라 생각하지 마."

미간을 누른 리우는 두통을 얼버무리기 위해 고개를 저었다.

"딱히 협박한 게 아니고, 당신에게서 뭘 빼앗을 이유도 없습니다. 왜 제 앞에서만 바보가 되는 겁니까. 사람을 질환 요인으로 만들지 마십시오."

"그야, 리우, 넌 아이즈벨트가의 장녀잖아."

시리아는 자신만만하게 단언했다.

"내가 장녀인 척을 할 필요성이 없어. 마음껏 장난을 칠 수 있는걸."

"전 아이즈벨트가 사람이 아닙니다."

"있잖아, 리우 요우란 아이즈벨트."

"밀어붙이지 마십시오."

"별은 말이야, 마지막 순간에 어떤 별보다도 밝게 빛나."

리우는 시리아가 몸을 떤 것을 알아차리고 창문을 닫고 커튼을 쳤다.

"초신성 폭발이라고 해서, 보름달보다 약 100배나 눈부시대. 자신의 중력에 찌부러져서 폭발해 색채는 빨간색에서 파란색으로 변하고 어떤 별보다도 반짝인 다음…… 천천히 어둠에 섞여 사라져."

구름이 햇빛을 가렸고, 소녀는 그늘 속에서 웃었다.

"아름답다고 생각하지 않아?"

"……하지만 별을 잃으면 별자리는 무너지죠."

천천히 뒤로 돈 리우는 그녀를 바라봤다.

"이지러진 별자리는 그 아름다움을 잃습니다."

"하지만 베텔기우스를 잃어도 분명 사람은 계속해서 오리온자리를 볼 거야. 그리고 언젠가 그 부족한 아름다움을 뽐내게 되겠지."

시리아는 웃으면서 오른손과 왼손의 검지와 엄지로 프레임을 만들어 리우를 담았다.

"넌 나의 헬리오그래피야."

그녀는 다양한 각도에서 리우를 찍었다.
"언젠가 올 나의 '빛'을 그 눈에 비춰줬으면 좋겠어."
"요즘 죽은 사람은 말을 잘하는군요."
예전에 '천재'라 불렸던 마법사는 쓴웃음을 짓고 창틀에 등을 기댔다.
"그러기 위해서 절 무덤에서 주워온 겁니까."
"그치만 때마침 버려져 있었는걸."
"그날, 그때, 그 손을 잡은 순간, 당신이 그런 사람일 줄은 몰랐어요."
"말했잖아."
시리아는 해맑게 웃고 리우에게 윙크했다.
"난 본성을 숨긴 장난꾸러기야."
과장된 움직임으로 어깨를 으쓱인 리우는 박수를 짝짝 쳤다.
"쩐부추어(정말 훌륭해)! 타인의 죽음을 지켜보는 것도 의외로 즐길만한 가치가 있죠. 좋습니다. 거둬주신 이 목숨, 당신의 '죽음'을 묘사하는 스케치에 쓰겠습니다."
"어머, 이 음침한 녀석. 의외로 말이 잘 통하네."
"하지만 이 리우요우란을 쓴다면 그에 맞는 보수를 준비해줬으면 좋겠습니다."
"지금 쫓겨나면 길가에서 죽을 뿐인 변변찮은 사람이 세게 나오네. 그 얼마 없는 용기에 경의를 표해서 경청 페이즈에 들어가 주죠."
한순간 때리려고 자세를 잡은 리우는 마음을 가다듬고 바로 앉았다.

“아스테밀 클루에 라 킬리시아다.”

“그 사람, 얼마 전에 텔레비전에서 ‘받은 러브레터는 몇 장까지 겹쳐서 찢을 수 있는가’에 대해 검증해서 난리 났었어.”

“연모하는 게 아닙니다. 빚을 갚고 싶습니다.”

시리아는 고개를 갸웃했다.

“전성기 때 유일하게 패배한 건 그 여자뿐. 그러니 그 숨통을 물어뜯는다.”

“말씨. 높임말.”

리우는 혀를 차고 넥타이를 풀고 바닥에 던져버렸다.

그 순간 분위기가 확 변했다.

예절을 아는 척을 하던 집고양이는 사람을 먹는 거친 호랑이로 변모해 있었다.

“너무 까불지 마라, 범골 계집. 우리에 넣고 사슬로 묶었다고 해서 네놈 수준으로 날 제어할 수 있을 거라 생각하지 마라.”

“그만해 그만해. 너의 그 딱하게 폼 잡는 말 때문에 요즘 크리스의 말투가 악화되기 시작했으니까. 전 ‘조’의 마법사인지 뭔지 모르겠지만 크리스가 널 힘의 상징으로 보고 흉내 내기 시작하면 곤란해.”

“구이쥐따오아(내가 어떻게 알아). 그 꼬맹이가 어떻게 되든 알 바냐.”

리우는 히죽히죽 웃으면서 시리아의 턱을 붙잡았다.

“언제까지고 내가 얌전히 망령되이 있을 거라 생각하지 마라.”

"샤오란*도 참. 이제 반성하는 척은 끝이야?"

"샤오지에(아가씨), 나도 본성을 숨긴 장난꾸러기야. '진인불노상(真人不露相), 노상비진인(露相非真人)', 일본인에겐 익숙하지 않나?"

"'능력 있는 매는 발톱을 숨긴다'. 일본이든 중국이든 인간에 대한 생각은 대개 같지. 대부분의 고사성어에는 대체할 말이 있는 법이야. 참고로 그 말은 무능한 너한테는 적합하지 않으니까 주의해."

리우는 주먹을 쥐었고――.

"어떡할래? 안면 성형 당하기 전에 내 말을 들――."

그 얼굴에 시리아의 주먹이 박혔다.

"…………?"

뇌가 웅웅 흔들렸다.

떨어지는 코피를 손가락으로 닦은 리우는 그제야 겨우 그 빨간 액체가 자신의 것이라는 걸 깨달았다.

"앉~아아!"

시리아는 어깨를 붕붕 돌리면서 일어섰다.

"전 '조'의 마법사를 때려죽이고 명성을 높여버린다~!"

"아니, 잠깐, 너 못 일어서는 게――."

다시 오른 주먹이 리우의 콧마루에 박혔다.

오른쪽으로, 왼쪽으로.

시야가 힘차게 왕복했고, 깨달았을 때 리우의 의식은 날아가

* 중국어에서는 이름 앞에 샤오를 붙여 애칭으로 쓴다.

있었다.

"…………."

"아, 일어났어? 의식을 잃은 뒤에도 때린 바람에 죽인 건가 싶었어. 설마 살아있다니. 너, 이상할 정도로 튼튼하지 않아?"

"…………뭐냐, 넌."

"본성을 숨긴 장난꾸러기."

"…………장난기를 얼마나 숨기고 있는 거냐."

몇 시간 동안 정신을 잃은 건가.

해 질 녘의 어느 방에서 대자로 누워있던 리우는 천장을 바라봤다.

"……난 형의권을 조금 배웠어. 너, 문외한이 아니지?"

"알고 지내는 정의의 사도에게 배웠어."

"……정의의 사도?"

"그래. 손가락에 문신을 하고 주머니에 과자를 가득 채운 타입이지."

"……제대로 된 사람이 아니잖아."

"스스로도 그렇게 말했어. 집안이 통째로 저주를 받았대. 하지만 좋은 집안의 아가씨고, 친척 아이가 잘 따랐어."

문득 리우의 입꼬리에서 공기가 새어나왔다.

"마력이 있었으면 네놈 같은 어중이떠중이는 쓰레기로 만들었을 거다."

"형의권만이 아니라 지고 억지 부리는 것까지 배웠어?"

"왜 환자 행세 따위를 하고 있지?"

시리아는 재미없다는 얼굴로 창틀을 쭈욱 어루만졌다.

"행세가 아니야. 실제로 어엿한 환자고 앞으로 몇 년만 지나면 극락정토에 갈 거야."

"넌 천국에 갈 수 있는 타입의 장난꾸러기가 아니잖아."

"그럼 별님이라도 되지."

시리아는 쓴웃음을 짓고 눈매를 따라 어루만지고 기침했다.

"위협적이라 인식되면 이래저래 장난치는 데 문제가 생겨서. 품행 방정한 장녀 노릇을 하면서 휠체어로 드라이브 하는 편이 더 나아."

"정체를 말할 상대도 없나?"

"말했잖아. 넌 나의 헬리오그래피라고."

어두운 구덩이에 박힌 눈길이 빛줄기를 머금고 리우의 깊은 내면을 들여다봤다.

"덧그려줘, 내 인생을."

"…………."

리우는 숨을 한 번 내쉬고 천천히 일어섰다.

"난 네놈을 혐오한다."

"두근……!"

"볼을 붉히지 마라, 죽인다. 네놈한테서 짜낼 만큼 짜내고 난 다시 출세해 보일 것이다. 그러니 아스테밀 클루에 라 킬리시아다. 놈을 죽이면 빚을 갚을 수 있는 데다가 단숨에 위로 올라갈 수 있다."

"와~! 열심히 해~!"

"네놈이 준비하라는 뜻이다. 이제 슬슬 이해해라. 썩을 멍청이. 네놈의 장난감으로 있는 사이에 상처는 나았다. 언제 여기서 도망쳐도 상관없다. 아이즈벤트가의 힘으로 아스테밀을 끌어내지 못한다면 더는 볼일 없다."

콜록거리면서 진땀을 흘린 시리아가 얼굴을 찡그렸다.

"정말…… 리우, 이제 그만 가짜의 길을 걷는 건 그만둬…… 언제까지 사이비로 있을 생각이야. 죽음의 문턱에서 한 번은 회한을 느꼈잖아…… 배가 아플 때만 신에게 기도하는 사람 같아서 웃겨, 너……."

"뭐냐, 죽는 거냐."

침대 옆을 꾸욱 붙잡고.

쌕쌕 숨을 헐떡이면서 얼굴이 새하얘진 시리아는 머리를 눌렀다.

"그런 것 치고는 빛나지 않는 것 같은데. 왜 그러냐, 힘내라. 우스꽝스럽게 칙칙한 그대로라고."

"시끄…… 러워…… 이 정도로…… 죽을 리가 없어…… 아, 안 맞을 거라는 걸 안 순간에…… 갑자기 세게 나오는 거 그만하지 않을래……? 우, 웃음이 나올 것 같으니까……."

리우는 의자에 털썩 앉고 히죽거렸다.

"누리바, 누리바(잘 좀 해봐). 적어도 아스테밀을 준비하고 편도로 저승 여행을 갔다 오라고."

십여 분 뒤, 지켜보고 있는 리우 앞에서 시리아는 겨우 몸을 회복했다.

"뭐야, 초신성 폭발인가 뭔가를 할 기회는 잃어버린 건가."

"……좋아."

시리아는 꽃병 안에 든 것을 쏟고 웃는 얼굴로 높이 들었다.

"죽일 거야."

"잠깐. 이번에 날뛰면 다음에야말로 죽는다. 그만──."

꽃병으로 정수리를 맞고 피투성이가 된 리우는 꽃병의 파편을 쥐고 찌를 자세를 보이는 시리아를 제지했다.

"알았어, 기다려, 충분히 크게 다쳤잖아. 이쯤에서 기분 풀어. 함께 쓰러진들 허무할 뿐이잖아."

"그럼 너만 죽어."

"알았다, 네놈의 임종을 지켜봐주지."

시리아는 움직임을 딱 멈췄다.

"네놈의 집안도 건들지 않겠다. 하지만 아스테밀이다. 그것만은 양보할 수 없다. 아스테밀을 데려와주면 높임말로 말해주고 네놈의 대폭발도 견학해주겠다."

리우의 어깨에 꽃병 파편이 푹 박혔다.

"알았어."

"왜, 찔렀지……?"

"분하지만 네 요구를 들어줄게."

"왜, 찔렀지……?"

이렇게 어딘가 이상한 공모생활이 시작되었다.

여름.

새하얀 모래사장이 펼쳐진 해변에서 눈가리개를 한 여자 아이가 막대기를 들고 헤맸다.

"뮤르, 여기야! 여기!"

불안한 발걸음으로 수박을 찾아다니는 뮤르는 웃음소리를 냈다.

리우는 즐거운 듯이 유도하는 시리아를 멀리서 보면서 예전이었다면 절대로 안 입었을 촌스러운 반팔 반바지 차림으로 하늘을 올려다봤다.

"…………."

왜 천재인 내가 꼬맹이 따위를 돌보고 있지.

예전에 '천재'라 불리며 칭송을 받던 시절의 리우였다면, 이렇게 땡볕이 쏟아지는 날에는 전화 한 통 하면 바로 오는 여자를 끼고 와인 셀러에서 빈티지 와인을 가져오게 한 뒤 냉방이 완벽하게 된 대저택에서 한창 취해 있었을 것이다.

"…………."

지금은 비치파라솔을 한 손에 들고 여자에게 평가가 안 좋을 것 같은 반팔 반바지 차림으로 땀을 흘리고 있었다.

권세를 과시하기 위해 수집한 시계를 바닥에 내던진 뒤, 바닥을 기는 여자가 입에 물고 가져오는 걸 비웃으면서 바라봤던 시간은 어디로 갔는가.

수박 깨기 재능조차 없는 뮤르가 오늘 몇 번째인지 모를 큰 헛스윙을 보여줘서 시리아와 릴리가 환호성을 질렀다.

싫증이 난 자신과는 달리 무능한 뮤르는 웃는 얼굴로 신나서 떠들어 댔다.

저 무능한 녀석은 마력이 없는데 잘도 웃을 수 있구나. 이런 빛바랜 지옥을 감상하고 뭐가 즐거운 거냐. 마법을 쓰지 못한다고. 근처 던전에서 새어 나온 마물이 이 프라이빗 비치에 나타나면 네 살은 간식이 되고 뼈는 이쑤시개로 쓰일 거라고.

리우는 싸늘한 눈으로 뮤르를 관찰했다.

나와 넌 다르다. 난 마력이 없어도 대성할 것이다. 예전 생활을 되찾아 보일 것이다. 네놈 같은 실패작과는 다르다. 네놈은 평생 자기에게 없는 것을 가진 인간을 부러워하고 무능함을 한탄하며 죽어가라.

"뮤르, 자신의 체력을 과신해선 안 돼. 자기 자신을 돌아보고 자기 자신과 상담하면서 알맞은 타이밍에 적당히 충분한 휴식을 취해."

"네, 시리아 언니!"

휴식에 들어갔는지 휠체어를 탄 시리아만이 리우 곁에 왔다.

"물어보고 싶은데, 상상력이 부족한 거 아니지? 이 모래사장에서 휠체어를 움직이는 게 얼마나 힘든 일인지 알고 있어? 나는 비치파라솔을 든 랜드마크, 컬러풀한 허수아비를 시키기 위해 너를 고용한 게 아니라고."

"배리어프리 비치잖아. 모래사장에 비치 매트를 200미터나 깔게 해놓고 그렇게 지껄이지 마라. 네놈처럼 무식하게 힘만 센 녀석의 휠체어를 굳이 밀 필요는 없다."

"높임말. 단 둘이 있을 때는 괜찮지만, 가족 앞에서 그 바보 같은 말투로 말하면 네 정수리에서 꽃꽂이 교실이 열릴 거야."

리우는 수평선을 바라보고 이마의 땀을 닦았다.

"저 무능한 꼬맹이와 착한 척하는 메이드 앞에선 항상 바보 같은 모습을 숨기는 데 힘쓰는 건가."

"다음에 또."

릴리와 나란히 앉아 수분을 보충하는 뮤르를 바라보며 시리아는 속삭였다.

"뮤르한테 무능하다고 하면 죽일 거야."

"…………."

"뮤르와 크리스 앞에선 바른 언니로 있고 싶어. 어머님께도 걱정 끼치고 싶지 않고."

"……힘 바보와 태평한 마님은 오늘은 참가 안 하나."

"크리스와 어머님은 못 와. 그렇게 간단히 가족이 다 같이 모여서 사이좋게 지낼 수 있을 정도로 정세는 좋지 않아. 오늘도 명목상으로는 '뮤르의 교육 커리큘럼 설정'이야."

리우는 시리아가 억지로 씌운 야구 모자의 각도를 고쳤다.

"참고로 교육이라는 건 '사람들의 눈에 띄지 않는 방법'에 대한 교육. 세뇌라고도 읽지."

"네놈과는 달리 아이즈벨트가에는 뇌가 남아있는 것 같군."

"……너와 뮤르는 닮았어."

잔물결, 그 부드러운 음색을 들으면서 시리아는 나부끼는 머리카락을 눌렀다.

"마력이 없어서인가? 샤즈(바보), 전혀 다르다. 확실히 난 마력을 잃었지만, 높은 곳으로 갈 다음 수는 이미 써뒀다. 네놈도 언젠가 납작 엎드리겠지."

"아니, 그런 게 아니야."

시리아는 뮤르에게 시선을 보내며 중얼거렸다.

"깔보면서 웃으면서, 욕을 하면서 환호성을 지르면서, 상대를 깔보면서 상대를 부러워하면서── 별을 찾고 있어."

──그 별은 수중에 있다.

리우는 옆에 있는 소녀에게 시선을 돌렸다.

──하지만 그건 네 수중에는 없다.

오싹한 구보의 목소리가 리우의 머릿속에 울리고 사라져갔다.

"하, 머나먼 저편의 별 따위에 무슨 가치가 있지. 화면에 비친 부자의 만찬을 봐도 침이 나오고 질투가 싹틀 뿐이다. 무의미할 뿐이다."

"머나먼 저편에 있으니까."

먼 곳으로 시선을 던지며 소녀는 말했다.

"닿지 않으니까 사람들은 찾는 거야."

"미안하지만 선문답을 하면서 중이 될 생각은 없어. 아스테밀은 언제 준비되지?"

시리아는 쓴웃음을 짓고 휠체어 위에서 몸을 약간 움직였다.

"넌 시기를 지정하지 않았잖아? 제대로 대면시킬 거야. 하지만 그 무렵에 넌 아스테밀과의 재대결을 바라지 않을 테고, 나랑 계약한 것도 완전히 잊고 다른 걸 생각하는 데 열중하고 있을 거야."

"빙빙 돌려 말하면서 남을 어리둥절하게 만드는 게 취미인가?"

"말 그대로의 의미인데. 소원이 섞인. 하지만 내 예상이 맞다면 뮤르 편을 들어주는 누군가는 너한테 아스테밀을 붙일 거야. 그 외에는 대응 방법이 없을 테니까."

"……이해가 안 되는군."

"아마 모든 것이 끝나고 안정됐을 때 이해될 거야. 하지만 말이야, 반드시 뮤르의 빛을…… 정의를 찾아낼 사람이 나타날 거야. 그리고."

시리아는 미소 지었다.

"넌 분명 별을 찾을 거야."

"추상적인 말로 얼버무리지 마라. 그래서 무슨 말이 하고 싶은 거지?"

"넌 내 가족이, 언니가 된다는 뜻이야. 잘됐네, 내 언니는 선착순 한 명 한정이야."

"갑자기 저주하지 마라, 죽인다."

"리우~!"

뮤르는 손을 붕붕 흔들며 리우를 불렀다.

"같이 수박 먹자~! 시리아 언니도~! 이거 엄청 달아서 이가 녹아내릴 것 같아~!"

"있잖아."

시리아는 뒤돌아보고 리우에게 미소 지었다.

"밀어줄래?"

휠체어를 탄 소녀를 밀기 위해 자신이 만든 새파란 길(파란 방수포).

그 길 끝에서 작은 여자 아이가 리우를 부르고 있었다.

"리우~! 빨리 빨리~! 혼자 다 먹어버린다~!"

리우가 깔보고 있다는 건 알고 있을 것이다.

그럼에도 불구하고 해맑게 웃는 뮤르를 보고── 그녀는 어린 시절의 자신을 떠올렸다.

빼앗겨도 웃을 수 있었던 시절의 자신을. 황폐한 집 안에서 어머니와 둘이서 웃으며 지내던 때를. 어머니가 손뼉치기 놀이로 놀아주고, 자신은 더 하자며 졸랐다…… 들에 나가 놀다가 지치면 어머니의 등 위에서 졸고, 가을벌레가 연주하는 음색을 들으면서 그 따뜻함을 느꼈다…….

단 한 번, 모든 것을 잃고 죽을 뻔해 '올바른 길'을 바란 리우는 자기도 모르는 사이에 자신이 변했다는 것을── 여태껏 깨닫지 못했다.

"……난."

──샤오란, 공경 받는 사람이 되렴.

"……나는."

──바른 길을 걷는 사람이, 모두를 이끌고 비춰주는 북극성이 되거라.

"이제 와서 변할 수 없어……. 사는 법은 하나밖에 몰라……. 그러니 난 그 시절로 돌아갈 수밖에 없어…… 가짜의 길을 걷고, 사이비의 인생을 사는 수밖에. 내 이런 다리로는…… 이 길은 나아갈 수 없어…….”

“나아가지 않아도 돼.”

리우는 천천히 얼굴을 들고 소녀를 바라봤다.

“그저 날 위해 밀어주면 돼. 나 혼자서도, 너 혼자서도, 이 앞으로 나아갈 순 없으니까.”

그녀는 빛을 받아 빛나고 있었다.

“네 길은 가짜가 되지 않을 거야.”

리우는 하늘을 올려다보고는, 눈이 부셔 눈을 가늘게 뜨며 완만한 움직임으로 휠체어의 손잡이를 잡았다.

한 걸음, 또 한 걸음, 한 소녀를 밀어주면서── 그녀는 길을 걷기 시작했다.

가을이 되었다.

난 시리아에게 높임말을 쓰지 않았고 뮤르가 부르면 혀를 찼다.

마음속 어딘가에서 자신에겐 이런 생활은 어울리지 않고, 휠체어를 밀었을 때의 느낌은 일시적인 착각일 것이라 생각했다.

사람은 그렇게 쉽게 변할 수 없다.

변화는 진화가 아니라 퇴화인 경우가 많으니까.

칠흑같이 어두운 황야는 너무나도 무서워 앞을 비춰주는 빛 없이는 나아갈 수 없다.

시리아, 크리스, 뮤르 세 자매와 단풍을 보러 갔다.

도중부터 10분 정도만 소피아가 참가해서 활기차게 환담을 나눴다.

대화 대부분은 시시한 내용밖에 없었고, 왜인지 나를 잘 따르는 크리스가 성가셨고, 이래저래 말을 거는 뮤르도 시끄러웠다. 무엇보다도 그 둘을 적당히 대하는 날 보고 웃는 시리아가 짜증났다.

이게 부잣집 가족이 하는 짓인가 싶어 바보 같아지는 고구마 굽기를 했고, 뭐든지 실수 없이 처리하는 릴리의 계획으로 황금색 군고구마가 완성되었다.

달디달고 싸구려 같아서 고급품에 익숙해진 나에겐 거북한 맛이었다.

하지만 맛있다면서 먹는 뮤르를 보는 사이에 왜인지 맛있게 느끼게 되어 있었다.

겨울이 되었다.

'겨울 풍경은 안 보면 손해야'라며 시리아가 떼를 써서 어쩔 수 없이 휠체어를 밀어 눈으로 뒤덮인 거리를 보러 갔다.

시리아가 옷가게에 들르라고 난리를 피워서 혀를 한 번 차고, 경로를 변경하여 일부러 상점가까지 발걸음을 옮겼다.

아무래도 스카프를 살 모양이다.

이런 집순이에 썩을 장난꾸러기도 멋을 부리냐며 놀라고 있으니, 무슨 생각인 건지 그 스카프를 나에게 선물한다고 말했다.

"분명 잘 어울릴 거야."

이렇네 저렇네 하는 말을 들어도 견딜 수가 없으니 참고 착용해줬다.

“훗…… 자, 잘 어울려…… 후훗…….”

이 썩을 여자, 죽일 거다.

도중에 눈 속에 버렸지만 그 뒤 쇠파이프로 맞아서, 스스로를 지키기 위해 스카프를 목에 두르기로 했다.

완만한 언덕 위에 도착하자 시리아는 눈싸움을 하고 싶다는 말을 꺼냈다.

휠체어에 앉아 있으니 눈 위에서는 이동이 제한돼서 과녁에 불과하다. 멀리서 평소의 원한을 담아 눈덩이를 마구 던졌다.

즐길 만큼 즐기고 휠체어에 돌아가자 쇠파이프로 얻어맞았다.

“끝에 눈이 묻어있지? 규칙이 없는 살육전이라구? 싸움을 얕보고 있는 거야?”

‘눈싸움이잖아?’라는 클레임에 이런 대답을 하는 바보는 처음 봤다.

봄이 되었다.

소피아의 제안으로 튤립밭을 보러 가게 되었다.

매우 보기 드문 가족 전체가 화목하게 지내는 모습이다.

뮤르는 평소 이상으로 신나서 떠들었지만 신기하게도 싫은 느낌은 들지 않았다.

형형색색의 튤립이 인사하는 꽃밭에서 크리스는 뮤르에게 다가가 자랑스러운 듯이 잡학을 뽐냈다. 전날에 시리아에게 열심히 부탁해서 배운 지식이며, 일부러 메모까지 해서 공을 들였었다.

그런 두 사람의 모습을 바라보면서 시리아는 기쁜 듯이 미소 짓고 있었다.

소피아가 가족사진을 찍자는 말을 꺼냈다.

이런 경우에 촬영 담당은 내가 맡는 편이 좋을 것이다.

그렇게 생각해서 배려해줬는데 평소에 가족을 상대로는 고집 하나 부리지 않는 바보 장녀는 단호하게 거부했다.

"가족사진이죠? 어머님?"

결국 지나가던 직원이 셔터를 눌렀다.

환한 웃음을 지은 시리아 옆에 고개를 돌리고 무뚝뚝한 표정을 지은 내가 나란히 있었다.

여름이 되었다.

요즘 시리아의 상태가 너무 안 좋다.

무리는 하지 말라고 타이르면 타이른 만큼 무리하는 게 이 바보다.

햇볕이 강한 야외는 독이라 생각하면서도 올해도 '뮤르의 교육 커리큘럼 설정'이 시행되었다.

수족관에 처음 와 크게 흥분한 뮤르는 시리아의 휠체어를 밀면서 '저 물고기는 뭔가요?! 저 물고기는?!' 이라며 질문을 반복했다.

그 질문 하나하나에 시리아는 상냥하게 대답을 해줬다.

질문 하나에 대답 하나, 배려가 넘치는 대화가 오갔다.

하나하나가 소중한 보물인 것처럼 그 여자는 웃으면서 뮤르를 칭찬하고 머리를 쓰다듬었다.

시리아의 몸 상태가 악화되고 있다는 건 모두가 알고 있었다. 무리해서라노 뮤르를 돌봐줬기에 착한 사람 대표인 릴리가 눈에 띄게 애태우기 시작했다.

나중에 머리가 깨져도 곤란하니 아이를 돌보는 건 내가 맡기로 했다.

"리우, 이 생선은 맛있어. 이 생선은 별로 맛있지 않아."

왜 이 꼬맹이는 날 먹보라 생각하는 거지.

"리우, 선물 코너에는 먹을 수 있는 생선은 안 팔아. 미안."

사과하지 마라, 건방진 꼬맹이.

가을이 되었다.

시리아의 상태가 좋지 않다.

명백하게 이상하다. 뭔가 나에게 숨기고 있다. 알고는 있지만 몇 번을 추궁해도 얼버무렸다.

시리아가 둘이서 사진을 찍고 싶다고 했다.

이상하다.

난 네 가족이잖아. 왜 이야기해주지 않지. 뭐가 부족하지.

나와 너, 둘이서만이 이 길을 갈 수 있잖아.

높임말 정도는 써주지. 뮤르와는 이제 친구 같은 사이라서, 왠지 모르게 네가 우리는 닮았다고 말한 이유를 알겠다.

나도 뮤르도 추구하는 것은 같고 필요로 하는 것도 같다.

말해라, 시리아, 부탁이다. 말해줘.

겨울이 되었다.

시리아 님의 상태가 좋지 않다.

왜 항상 웃고 있지. 너무 말라서 팔도 다리도 막대기 같다. 영양실조 기색이 있고, 들키지 않았다 생각하고 항상 두통약을 먹고 있다.

이상하다, 이상하다, 이상하다.

어머니가 죽었을 때와 똑같다. 왜 당신들은 내 손이 닿지 않는 곳에 있지.

분명 시간은 남아있다. 난 무형극을 완성시킨 천재다. 해결해 보이겠다.

봄이 되었다.

시리아 님의 상태가 좋지 않다.

요즘 시리아 님은 날 멀리하게 되었다. 아무래도 뒤에서 아이즈벨트가와 어떤 대화를 하고 있는 것 같다.

하지만 꼬리를 잡을 수 없다. 교묘하게 숨겨져 있다.

시리아 님은 무서울 정도로 머리가 좋다.

생각해라, 리우, 네가 시리아 님을 구해라. 부탁한다. 천재잖아.

여름이 되었다.

시리아 님의 몸 상태가 싱겁게 회복되었다.

시리아 님의 제안으로 가족 다 같이 소풍을 가게 되었다.

뮤르 님은 평소의 발랄함을 보여줬고, 힘을 기른 크리스 님은 예전의 나 같았고, 소피아 님은 농담을 하고 릴리는 큭큭 웃었다.

시리아 님은 행복해 보였다.

가족이 다 같이 밤하늘을 올려다보며 별을 찾았다.

하늘에 손을 뻗어 별을 찾는 뮤르 님을 보고── 어머니를 떠올렸고, 시리아 님과의 추억이 머리에 떠올랐다.

지금 난 올바른 길에 있다고 믿을 수 있다.

그녀의 휠체어를 밀어준 그 끝에서 나는 찾던 별을 잡을 수 있다.

어머니, 지금의 저에게는 유리구슬을 줄 건가요.

가을이 되고 겨울이 되었다.

리우가 늙었다고 깨달은 건 병상에서 다 죽어가는 시리아를 봤을 때였다.

"……리우."

정장 차림인 리우를 보고 시리아는 가냘픈 미소를 지었다.

"여전히…… 그 스카프…… 자, 잘 어울려……."

시리아는 막대기처럼 된 팔을 움직여 리우를 방 안에 불러들였다.

"후훗, 복수할 거면 지금이 최적이야…… 팔이 이러면 아무래도 넌 못 당해내지…… 아무도…… 안 데려왔지……?"

리우는 고개를 끄덕였다.

“다행이다…… 마지막 정도는…… 장난기를 숨기고 싶지 않은 걸…… 내 마지막을 비춰도 되는 건 너뿐…… 나의…… 헬리오그래피…….”

리우는 바닥에 무릎을 꿇고 멍하니 그녀를 바라봤다.

그 시선 끝에서 볼이 여윈 수명이 얼마 남지 않은 소녀는 탁한 두 눈으로 엉뚱한 방향을 바라봤다.

“보, 보이지…….”

리우는 쉰 목소리로 물었다.

“보이지…… 않는 겁니까……?”

“말했잖아.”

그녀는 힘없이 윙크했다.

“본성을 숨긴 장난꾸러기…… 라고…….”

“나선연장…….”

리우의 시야가 분노로 검붉게 물들었다. 리우는 일어섰다.

“아이즈벨트가인가……!”

“가지 마…….”

가냘픈 목소리가 짐승으로 변한 리우의 발길을 잡았다.

“부탁이야, 리우…… 약속, 했잖아…… 봐…… 나를…… 나의 마지막을…… 빛을…….”

한 번도 운 적이 없었던 소녀는── 눈물을 흘리며 흐느꼈다.

“곁에 있어줘…….”

리우는 힘없이 무릎을 꿇고 주저앉았다.

“어째서…….”

모기가 우는 듯한 가는 목소리로 류는 물었다.

"어째서, 아무 말도 해주지 않은 겁니까…… 어째서……."

"이럴 수밖에 없었어…… 모든 증거는 갖춰졌어…… 마지막 조각은 바로 나……. 수명이 다소 줄어든다 하더라도 난 가족을 구하고 싶었어…… 왜냐하면 난 품행 방정한 아가씨인걸…… 뮤르와 크리스를…… 어머님을 릴리를 구하려면…… 널 구하려면……."

엉뚱한 방향을 바라본 시리아는 탁해진 눈에서 눈물을 흘렸다.

"이렇게 하는 수밖에…… 없었어……."

"내, 내가! 내가 구할 수 있었어! 무엇을 위해?! 무엇을 위해 무형극을 완성시켰지?! 뭣 때문에 날 거둔 거지?!"

"리우, 들어줘……."

"이딴 걸 위해 산 게 아니다! 나는! 나, 나는! 오, 올바른 길을! 언젠가 북극성이 되어서! 모, 모두에게 공경 받는 사람이!"

"리우, 부탁이야…… 드, 들어줘……."

오열이 섞인 애원에 리우는 떨리는 입을 닫았다.

"내, 내가 죽으면, 어머님께 서랍 안에 있는 증거를 넘겨줘…… 지금은 엎드려서 때를 기다려야 해. 어머님이라면 그걸 쓸 타이밍을 알 거야…… 어, 어머님을 부탁할게…… 그 사람에겐 같은 편이 아무도 없으니까…… 죽게 하지 마……. 크리스는 쉽게 폭주하니까 지, 지켜봐줘. 그, 그 아이는, 걸핏하면 자신이 강하다고 믿으니……. 뮤, 뮤르…… 뮤르에겐 릴리가 있지만, 그래도 그 아이에겐 옆에 설 누군가가 필요한데…… 별…… 별을 잡을 거야…… 그 아이라면, 분명, 별을…….”

“이, 이제 가족은 됐다…….”

리우는 주먹을 꽉 쥐었다.

“너, 너에 대해서…… 네 이야기를 해도 좋다…….”

“리우, 바른 길을 걸어…… 부탁이야, 너라면 괜찮으니까…… 리우, 있어…… 거기 있어…… 리우……?”

“여기 있다!”

눈물을 줄줄 흘리면서 시리아의 손을 잡은 리우는 자신의 얼굴에 바싹 댔다.

“나는! 나는 여기 있다! 이 정도로 죽지 마라! 본성을 숨긴 장난꾸러기잖아! 이봐?! 평소처럼 두들겨 패라! 일어서라, 일어설 수 있잖아?!”

“리우, 이런 역할을 떠맡겨서 미안해…… 너한테 미움 받는 채로 죽었어야 했어…… 혼자서 죽었어야 했어…… 무서웠어…… 누, 누구도 지켜보지 않는데…… 홀로 죽는 게…….”

양손이 리우의 얼굴을 만지작거렸다.

이마를, 눈을, 코를, 볼을, 입을, 그리고 스카프를 쓰다듬고—— 웃었다.

“리우…… 왜, 정의가 강한지 알고 있어……?”

“시리아…… 안 된다, 만져라…… 만져라 만져라 만져라……! 죽지 마라, 아직 죽지 마라, 부탁이다, 시리아…… 시리아……!”

“이슬 같은 목숨에 깃든 한 순간, 그건 보여…… 리우…… 보이지? 아아, 나, 태어나서 다행이야…… 불타고, 빛나고, 반짝여서……. 있잖아, 리우……."

시리아 에세 아이즈벨트는 웃었다.

"나, 빛나고 있어……?"

"그래…… 보여…… 보여…… 누구보다도 무엇보다도 반짝여서…… 아름다워……."

"다행이야…… 너에게…… 별을 줄 수 있어서 다행이야……."

웃는 표정 그대로 시리아는 리우의 볼을 만졌다.

"있잖아, 리우."

탁해진 눈에서 흐르는 눈물이 스카프에 스며들어 갔다.

"정의는…… 반드시 이긴다고……."

소풍을 갔을 때 별을 올려다본 순간처럼, 시리아는 행복한 듯이 미소 지었다.

"믿고 있어……."

천천히, 잠들 듯이 자연스럽게 양손이 침대 위로 떨어졌다.

"시리아…… 이봐, 시리아……?"

리우는 볼을 실룩실룩 떨면서 시리아를 흔들었다 .

"올해 봄은, 어디로 가지…… 어디로…… 어디로 데려가줄 건가요…… 매년, 매년 절 데리고 다니잖아요…… 항상 함께 앞으로 나아갔죠…… 미, 믿기만 해도 된다고…… 믿기만 해도 좋다고…… 다, 당신이 말했어……."

그녀는 소녀를 흔들흔들 흔들었다.

"이봐, 시리아……."

탁해진 눈을 크게 뜬 채로 미소 짓고 있는 소녀는 흔들렸다.

"대체, 어디로…… 난 대체…… 어디로……."

조용히.

별은 불타고, 정의는 떨어졌다.

*

소년이 두른 강렬한 마력의 빛.

그 빛을 넋을 잃고 바라보며 추억에 잠겨있던 리우는 인간의 형태를 취한 마에게 의식을 돌렸다.

마인의 육체는 마력으로 형성되어 있다.

마력이란 마술 연산자의 집합체. 다시 말해서 마인은 육체가 없는 마술 연산자 덩어리다.

공기 중에 흩어진 마술 연산자는 전부 마인의 살이 되고, 형태를 만들기 위한 양식이 된다.

따라서 마인은 그것으로 손상된 육체를 채우고 재생시켜 근육과 뼈, 장기까지 다시 만들어 변신하는 것마저 가능하다.

그 경이로운 재생 능력으로 눈앞에 있는 산죠 히이로라는 남자는 10과 6의 시간을 거쳤음에도—— 계속해서 불효서사 강제 개안을 하고 있다.

류는 장갑을 고쳐 낀 뒤 인간의 몸을 버리고 변모한 장애물을 바라봤다.

인간이 마인 비슷한 것으로 변했다는 사례는 몇 번인가 들은 적이 있지만, 설마 산죠 히이로에게 그 인자가 갖춰져 있을 줄

이야…… 하지만 이 몸이 떨리는 오한, 이상한 재생 능력, 인간이 아닌 자 특유의 모습…… 틀림없이 마인이다.

수목 주위를 돌고 있는 하얗고 진하고 으스스한 안개가 시야를 채웠다.

그 안쪽에서 새빨갛게 물든 심홍색이 이쪽을 들여다봤다.

"…………으."

방금 전까지 경쾌하게 이야기하던 히이로의 온몸이 부글부글 물결치며 무너져갔다.

마인화의 반동을 버티지 못했나.

타인이나 다름없는 소년이 무엇 하나 이루지 못하고 썩어가는 모습을 보면서 리우는 어째서인지 가슴이 깊은 슬픔으로 채워지는 것을 느꼈다.

왜, 싸웠지. 왜, 도망치지 않았지. 왜, 목숨을 헛되이 한 거지.

——아름답다고 생각하지 않아?

왜.

"…………죠."

추억에 잠겨있던 리우의 귀에 히이로가 속삭이는 목소리가 들렸다.

……뭔가 말하고 있어?

귀를 기울인 리우는 말의 나열을 들었다.

"죠…… 히이이로오~…… 산…… 죠…… 히이~로오~…… 산…… 산죠…… 히이로……."

짙은 안개 뒤편—— 소년은 울 것 같은 얼굴로 웃었다.

"등장."

모습이 사라졌다.

살기. 순간적인 판단으로 리우의 장신이 구부러졌다. 돌아보자마자 날린 상단 차기는 하얀 안개를 갈랐고, 사각에서 사람의 그림자가 뛰어들었다.

"보기 싫은 거나 보여주고."

캐넌(흑계)!

히이로의 손에 쥐여 있는 검은색 쇳덩어리를 응시하고 리우의 온몸에 소름이 확 돋았다.

"이 안 좋은 기분, 고쳐주겠지? 호랑이 같은 놈아!"

아스테밀에게 이어받은 건가. 어디에 숨기고 있었지. 산죠 히이로는 마안을 개안했다. 이 거리라면 맞는다. 제때 대처할 수 있는가. 좌측면을 버리는 수밖에 없다.

반전. 온몸의 근육으로 자기 자신을 튕긴 리우는 맹렬한 기세로 돌아 좌반신을 캐넌으로 돌렸다.

그 순간, 캐넌에서 뻗어 나온 안개 칼날이 리우의 얇은 피부를 찢었다.

히이로는 혀를 차면서 후퇴했고, 류는 반쯤 멍하니 있으면서 자세를 다시 잡았다.

거리를 벌렸다는 것은 못 쓴다는 것……. 산죠 히이로는 캐넌을 못 쓰는 건가……. 그런가, 강제 개안…… 운용 방법을 생각해보면 저건 자연 개안으로만 쓸 수 있다고 생각하는 게 자연스럽다…… 애초에 저걸 쓴다면 거리를 좁힐 필요는 없다. 확실하게 맞히기 위해 거리를 좁혔다고 생각하고 있었지만, 저건 그냥 막대기다…….

히이로는 대량의 피를 흘리면서 한손으로 머리를 누르고 웃고 있었다.

한계인가. 애초에 계속해서 강제 개안을 할 수 있는 상태가 아니다. 무너져 가는 눈과 뇌를 마인의 재생 능력으로 억지로 보전하고 있는 상황. 지옥 같은 고통일 것이다. 마취 없이 수술을 받으면서 전투를 수행하는 것이나 마찬가지다.

리우는 너덜너덜한 그에게서 눈을 돌렸다.

끝이다. 인간을 포기한다 하더라도 맹호가 도살당할 이유는 하나도 없다.

"내가 이길 수 없다고…… 그렇게 생각하고 있지……?"

히이로는 비틀거리면서 물었다.

"이런 상황에 이길 수 있을 거라 생각하나?"

"나는…… 이기지 못하면 지지 않는 싸움을 하는 주의다. 쭉, 꼬맹이일 때부터 그렇게 해왔지…… 그래야만 했어. 길이 있어……. 내가 나를 관철하기 위해 절대로 물러서면 안 되는 여정이. 여기서 물러나면 내 도리가 통하지 않아…… 이제 더는, 두 번 다시 틀리지 않아…… 그러니 나는……."

히이로는 새빨간 얼굴로 웃었다.

"전부 버릴 거야."

산죠 히이로의 내부에서 세 번째 팔이 튀어나왔다.

이어서 네 번째 팔이 튀어나오고, 여러 개의 다리가 허리에서 생겨났다.

"필요 없어…… 필요 없어 필요 없어 필요 없어…… 뼈는 이렇게 필요 없어…… 표면적이 너무 커…… 팔과 다리가 적어…… 신경 전달이 너무 느려…… 예민하고 예리하게, 갈고 닦아서…… 전부…… 전부 전부 전부…… 버리고 이어서……."

짙은 안개 속에서 소년은 기계적으로 인간을 버려나갔다.

"더 이상, 누구도 울리지 않아……."

눈앞에서 괴물이 완성되었다.

여러 팔과 여러 다리를 가진 그는 이제 인간임을 나타내는 부품을 잃어버렸다. 안개 속에서 부유하는 괴물은 네 개의 몸으로 분할되어 방해를 제거하기 위한 '시스템'에 이르렀다.

그 모습은 마치 혼돈, 궁기, 도올, 도철의 네 악신── 사흉.

자연스럽게 선 모습으로 류는 안개 속의 괴물을 올려다봤다.

──언젠가 네 길은 안개에 막힐 것이다.

"너인가."

──인간의 몸을 버린 사흉(四凶)이 네 인명을 물어뜯을 것이다.

"너였던 거냐."

──그때 넌 별을 볼 것이다.

"너였던 거냐, 산죠 히이로!"

달린다.

불명료한 언어를 울리면서, 네 편으로 나뉜 이상한 형태가 사방에서 다가왔다. 그 충돌을 받아넘기고, 많은 팔과 많은 다리를 튕겨내서 얻은 반동으로 공간을 열었다. 왼쪽 발을 내딛고 오른쪽 발을 반보 모았다.

겐푸(근보)—— 노도와 같은 기세로 끌어들이는 왼쪽, 이어서 맹렬하게 오른쪽을 때려 박았다.

붕(崩), 붕, 붕!

왼쪽, 오른쪽, 왼쪽, 오른쪽, 끌어당기고, 밀어내고, 무한히 돌아가는 주먹은 네 위의 악신을 때려부수고 그 모든 공격을 튕겨냈을—— 터였다.

격통이 느껴져, 반사적으로 회피 동작을 취한 리우는 쩍 갈라진 등에 손을 댔다.

상처에서 걸쭉하게 피가 흘러나왔다.

베였다…… 언제? 눈으로 잘못 가늠했을 리가 없다…… 어째서……?

리우는 자세를 낮춘 채로 당황했고, 달콤한 향기를 느꼈다. 곧장 코와 입을 가리고 뒤로 뛰어서 큰 나무를 부러뜨리고 휘둘렀다.

산들바람이 불어 달달한 향기가 사라지고 주위를 감싸고 있던 안개가 걷혔다.

이 느낌, 리세르그산 디에틸아미드…… 환각제인가……!

웃음소리.

새되고 거무튀튀한 조소가 네 방향에서 울렸다.

안개에 섞어서 흘린 건가……. 내 위치는 바람을 받는 곳, 게다가 마력이 없는 난 바람을 조종하는 것도 불가능하다. 약물 생성은 명확한 법령 위반. 일부러 카메라가 없는 위치까지 유도

한 데다, 애초에 안개가 이렇게 짙으면 내부에서 무슨 일이 일어나고 있는지 알 수 없다…….

리우는 자기도 모르게 송곳니를 드러내고 웃었다.

처음부터 인간을 포기할 생각으로 여기에 온 거냐, 산죠 히이로!

"으갸아아아아아아아아아아아아아아아아아아아아아아아아아아아아아아아아아아아아!"

리우의 시선 끝에서 갑자기 인간의 모습을 되찾은 히이로는 비명을 질렀다.

너무 큰 고통에 소리치는 줄 알았는데, 어째 그렇다고는 볼 수 없는 모습으로 그는 허공을 향해 외쳤다.

"시끄러! 알고 있다고! 크리스는 책임 질 거야! 안 죽어! 닥치고 있어, 이 썩을 악마! 꺼져!"

허공에 주먹을 붕붕 휘두르고 있던 히이로는 딱 멈췄다.

그는 갑자기 진지한 얼굴로 고개를 끄덕이기 시작했다.

"알고 있어. 리우의 무형극은 타격을 가한 상대의 마력에 외부의 마력을 섞는 것으로 발생하는 스펠 쇼크를 본질로 삼은 것이지."

히이로는 담담하게 속삭였다.

"마법사 상대로는 더할 나위 없을 정도로 유효하지만, 외부의 마력을 거두어서 육체를 형성하고 있는 우리에게 스펠 쇼크는 통하지 않아. 즉, 리우요우란이 가장 어려워하는 건 우리 같은 마인이다."

……누구랑 얘기하고 있지? 환각제를 빨아들였나?

어느샌가 열어져 있던 연기와 안개 한가운데서 땀과 피투성이가 된 히이로는 씨익 웃었다.

"어어, 호랑이 누나~. 오래 기다렸어~? 아니야~, 하나도 안 기다렸어~ 라고 아양 떠는 달콤한 목소리로 대답해주면 4분의 3 죽음으로 봐줄게~."

"정신을 차렸나 싶었는데 헛소리하는 방식까지 기억났나."

"난 평소의 행실이 좋으니까."

소년은 캐넌을 거꾸로 쥐고 칼끝 위로 리우를 바라봤다.

"누구를 위해 싸우고 있었는지 별빛이 가르쳐줬어."

"이 마른 입으로 승산은 없다고 몇 번 호소하면 되는 거냐?"

"그렇네…… 예를 들면 교감신경을 자극하는 흥분제…… 흔히들 말하는 스멜링 솔트는 향수에 섞어서 쓰이기도 하지. 후각과 기억의 결합, 프루스트 효과…… 향수의 향기, 현실의 사건을 상기시키는 냄새는 각성을 촉진해……. 그래, 그건 달콤한 향기…… 그러고 보니 어딘가에 있는 누군가는 요즘 이성에 관심이 생겨서 향수를 뿌리고 다닌다더라고……."

히이로는 웃으면서 두 손가락을 흔들었다.

"누가 한 종류라고 했지?"

공포와 함께 류는 뒤돌아봤다. 그리고, 전력으로 발을 내딛은 크리스의 손바닥이 리우의 흉곽에 박혔다.

"나는! 다시는!"

페를 부수고 팔을 꺾어 무력화했던 크리스가 피를 토하면서── 외쳤다.

"영웅을 그만두지 않아!"

작렬한다.

사방으로 흩어지는 시야, 튀어서 흩어진 빛의 파편이 두 눈을 꿰뚫었다.

늑골이 꺾인 리우는 괴로워하는 목소리를 내면서 물러났다. 오른쪽으로 기우뚱하는 크리스의 몸, 팍 소리가 나며 그녀의 두 눈이 색을 되찾고, 오른쪽 귀에서 피가 흘러넘쳤다.

쓰러질 뻔한 크리스는 절규하면서 발을 내딛었다.

귓가에서 공기를 파열시켜 억지로 의식을 되찾은 건가!

부러진 왼팔을 질질 끌면서 비틀거리는 크리스가 머리를 들이밀었다.

"이번에야말로! 이번에야말로, 이번에야말로, 이번에야말로! 지켜내 보일 거야! 더는 틀리지 않아! 몇 번이든 일어설 거야! 쭉 그 아이를 지킬 거야! 나는! 나는, 나는, 나는! 쭉!"

눈물을 흘리며, 쌕쌕거리는 숨소리를 내며, 파열된 고막에서 피를 흘리면서── 크리스 에세 아이즈벨트는 보라색 망토를 휘날렸다.

"그 아이의! 영웅이다!"

"간다, 리우우우우우우우우우우우우우우우우우우우우우우우우우우우우우우우우우우!"

피투성이가 된 히이로가 그녀를 베고자 달려들었다. 오른쪽에서 크게 올라오는 칼에 리우는 몸을 뺐고, 피했다고 확신한 참격이 그녀의 장신을 내리쳤다.

왜, 이 거리에서 맞는 거지—— 팔이었다. 당장이라도 찢어질 것 같은 오른팔을 휘두른 히이로는 억지로 도달 거리를 늘려 피두성이인 도신을 뻗었다.

리우는 환한 미소를 띠었다. 이 녀석들—— 망가졌어!

스스로를 부수면서 몸과 마음을 다해 덤비는 소년과 소녀. 둘을 향해 무수한 주먹과 발차기를 퍼부은 리우는 몸을 비스듬히 돌리면서 직격을 피했다.

한계다. 한계일 것이다. 그들이 이길 수 있는 이유 같은 건 하나도 없다. 그런데, 어째서.

머리 절반이 깎여나간 히이로는 후벼 파인 오른쪽 가슴으로 손날을 받아내면서 몸을 날렸다.

왜 거기에 있지——?!

"이봐이봐, 재밌구만?! 안 그러냐, 리우요우란?! 아직도 우리가 이길 수 없다고 생각하고 있나?! 이길 도리가 없다고?! 아니지! 네놈은 처음부터 전부 틀렸어! 지금, 이 자리에서! 이길 도리가! 정의가 없는 건!"

번뜩인 하얀 칼날이 리우의 볼을 갈랐다.

"네놈 혼자다!"

"아니!"

리우는 자기도 모르게 감정에 몸을 맡기고 외쳤다.

"나는! 나는 정당하다! 시리아의 정의를 이어받은 건 나다! 뮤르 님도 너도 아니야! 이제 그만 깨달아라! 하늘은 정당한 길을 걷는 사람을 선택한다! 아무리 발버둥 친다 해도 이루어지지 않는 것이 존재한다! 가짜가! 사이비가! 정의의 이름으로 행복에 이르려면!"

——이러는 수밖에…… 이러는 수밖에 없었다…….

"이러는 수밖에…… 없었다……!"

"이루어지지 않는 걸 추구하는 게 뭐가 잘못이냐!"

한계마저도 뛰어넘은 산쵸 히이로가 명멸하는 두 눈으로 떠들어댔다.

"앞뒤 생각 없이 피를 토하면서 노력했지만 그 손이 닿지 않았다 하더라도! 그 앞에 아무것도 없다고 누가 말할 수 있지?! 누가 알지?! 손은 뻗으라고 있는 거잖아! 갈망하고, 추구하며 뻗은 그 손끝에만!"

그는 피와 영혼을 튀기면서 포효했다.

"빛이 있단 말이다!"

——한순간, 시야를 스쳐 지나간 유성처럼.

"그 순간을 똑바로 쳐다보고!"

——그 눈에 새겨지고 영원히 눌어붙어서 강렬하게 빛나며 심장을 불태워버리는 빛.

"필사적으로 손을 뻗은 녀석을 누군가가 비웃는다면!"

——모두의 마음을 빼앗는 신념.

"내가! 그 녀석과 함께 비웃음당해 주겠다!"

산쵸 히이로는 웃으면서 신념을 토로했다.

"손을 뻗은 녀석만이 알 수 있는 광경이 있어! 그렇다면, 그

녀석과 나란히 서려면! 같이 손을 뻗는 수밖에 없잖아! 지금 네놈 옆에는!"

히이로와 크리스는 양쪽에서 육박해 왔다.

""누가 있시?!""

검과 주먹이 리우에게 박혔고, 그 장신은 땅에 선을 남기면서 뒷걸음질 쳤다.

한 걸음, 두 걸음…… 비틀거린 그녀는 피가 섞인 침을 뱉고 목에 두른 스카프를 느슨하게 풀었다.

"구이쥐따오아…… 누가 맞느냐에 대한 문답, 아무래도 상관없다…… 나는……."

"나는…… 그 아이의……."

——그야, 리우, 넌 아이즈벨트가의 장녀잖아.

"지에지에(언니)다! 와라, 산죠 히이로! 네놈의 그 빛이! 시리아가 바란 정의라고 말한다면! 그 손을 뻗어 증명해봐라!"

""아, 아, 아아아아아아아아아아아아아아아아아아아아아아아아아아아아아아아아아아!""

마구 때리고, 마구 치고, 마구 찼다. 한 줌의 경험도 기술도 포함되지 않은 그저 서로의 정당함을 관철하기만 하는 아이 같은 응수.

피를 피로 씻는 난타전 후, 두 사람이 체력이 다 해 움직임이 둔해졌음을 알아차린 리우는 승리를 확신했다. 그리고 왼팔로 쳤고—— 그것이 우득 소리를 내며 꺾였다.

달빛.

아니, 그것은 한 소녀.

"너한테 리타이어 당했지만, 이건 장외에서 하는 싸움이잖아? 그럼 나한테도 끼어들 권리는 있는 거지?"

경쾌하게 살육전의 폭풍에 뛰어든 츠키오리 사쿠라는 콜록콜록 피를 토하면서 전투복의 구속에서 억지로 벗어났다. 온몸의 근육을 파열시키고 장기를 부수면서, 그 터무니없는 힘과 마력으로 몸을 움직여 리우의 왼팔을 꺾었다.

"리우요우란."

그녀는 예전에 꺾인 자신의 왼팔을 쓰다듬었다.

"빚은 갚았다."

그리고 두 소녀는 동시에 외쳤다.

""가라, 히이로오오오오오오오오오오오오오오오오오오오오오오오오오오오오오오오오오오!""

뮤르와 나란히 선 세 사람과, 서지 않은 한 사람…… 리우는 천천히 눈을 크게 떴다.

"말했잖아, 정의는——."

엉망진창이 된 오른손이 리우의 허리에 꽂힌 쿠키 마사무네를 움켜쥐었다. 소년은 웃으며 트리거를 당겼다.

"반드시 이긴다."

영거리 거합 발도. 리우의 허리에서 도신이 뽑혔고, 극광이 세계를 채웠다.

섬광에 휩싸인 리우는 그때 똑똑히 그 눈으로 봤다.

울퉁불퉁한 어머니의 손과 그 위에 있는 유리구슬을.

쭉 애타게 그리고 바라던 그 별은 부풀어 오르는 이 한순간을 번쩍번쩍 비추고 있었다.

——정의는 이슬 같은 목숨에 깃든 일순과 같은 것이야.

그 색채는 빨간색에서 파란색으로, 어떤 별보다도 빛나고 또 반짝였다……. 그리고 시리아는 미소 지었다.

——있잖아, 리우…… 나, 빛나고 있어……?

무엇보다도 눈부신 별의 임종 속에서 미소 지은 리우는 천천히 입을 열었다. 하늘 높이 격류가 용솟음치고—— 깨끗하고, 부드럽고, 조용하고 어두운 색이 주위에 채워져 갔다.

*

——내가 이기게 해줄게. 그러니까.

말이 울린다.

——너도 나를 이기게 해줘.

흐릿해졌던 시야가 상을 맺었다.

"…………."

호흡을 가다듬고 빨갛게 물든 앞머리 틈새로 적을 똑똑히 봤다.

해는 기울어 노을이 지고 온갖 외부의 소리가 사라져 있었다.

뮤르 에세 아이즈벨트의 머리에 존재하는 것은 단 하나의 심플한 질문. 어떻게 하면 이길 수 있는가.

왕의 목숨은 두 개, 뮤르의 목숨은 하나.

압도적인 실력 차이는 변함없고, 플레어 비이 루루플레임과 프리 플로마 프리기엔스는 자신의 손이 닿지 않는 곳에 있다.

예전에 선망의 눈길을 보내던 아득히 높은 곳에 있다.

뮤르는 머리를 굴렸다.

자신은 마법을 쓰지 못한다. 따라서 이대로 거리가 유지되면 일방적으로 공격을 계속 당해 조금씩 상황이 악화돼서 질 것이다. 승리를 위한 단 하나의 책략은 준비되어 있지만 그걸 발동할 틈도 없이 패배를 맛보게 될 것이다.

그 녀석이라면 어떻게 할까.

——뮤르 에세 아이즈벨트는 반드시 이긴다.

뮤르는 고개를 들었다. 분명 그 녀석이라면—— 이렇게 할 거다.

뮤르는 플라움 관객석을 향해 로프를 날려 마력량이 가장 많은 마술사 소녀의 발목에 감았다. 그리고 카이룰레움 기숙사생들이 모인 관객석으로 다가갔다.

"어이."

뮤르를 욕하던 그녀들은 사람들의 시선이 모이는 걸 느끼고 눈을 돌렸다.

"잘도 사람을 실컷 바보 취급했겠다! 나는 너희를 규탄한다! 왜 너희 같은 인간이 카이룰레움의 학생으로서 멋대로 3대 기숙사 대항전을 구경할 수 있는 거지!"

두 기숙사장을 등진 뮤르를 보고 이제 포기했다고 생각했는지.

쓴웃음을 지은 카이룰레움의 학생은 변명하려고 했고, 뮤르를 노리고 불꽃탄과 얼음탄이 날아왔다.

발목에 감은 끈을 통해 플라움의 학생과 마력선을 연결한 뮤르는 관객을 지키는 블랙 필러에 주먹을 내려쳤다.

블랙 필러는 창백한 섬광을 내뿜으면서 기능을 잃었고, 대마 장벽이 사라졌다.

뮤르가 훌쩍 피하자, 그 결과 정면에 있던 카이룰레움의 학생들에게——.

"어?"

불꽃탄과 얼음탄이 직격했다.

전투복을 입고 있던 그녀들은 치명상을 입지 않았지만 예상 밖의 공격에 보기 좋게 날아가 새된 비명을 질렀다.

이어서 뮤르는 루푸스의 학생에게 갔고—— 똑같이 뮤르에게 욕을 하던 그녀들은 하늘을 날았다.

노골적인 유도 공격을 당한 여학생들은 얼굴을 새빨갛게 하고 '이, 이 자식, 블랙 필러를 부수고 관객에게 공격을 유도했어!'라며 새된 목소리를 냈다.

"무슨 소리야."

뮤르는 어리둥절해하며 고개를 갸웃거렸다.

"난 마법을 못 쓰는 실패작이라고? 어떻게 블랙 필러를 부순다는 거지?"

"규, 규칙 위반이야! 세 기숙사장의 대결인데! 이 녀석은 우릴 공격했어! 블랙 필러도 파괴하고 대결 약속을 깼잖아!"

"널 공격한 건 너희 기숙사장이다. 난 아무것도 안 했어. 그리고 난 대결을 바라고 받아들였지만, 이곳에 멋대로 꼬인 관객의 안전을 보장한다는 말은 한마디도 안 했어."

깜짝 놀라 얼굴이 창백해진 여학생은 외쳤다.

"비, 비겁한 놈!"

뮤르는 그 말을 듣고 미소 지었다.

"그래, 맞아, 넌 비겁자다. 마법도 쓰지 못하고, 약하고, 사이비라 불리며 아이즈벨트가의 위세를 빌려 허세를 부리며 살아왔다. 거기에 내 의지는 없었고, 그저 유유낙낙하게 말하는 대로 실패작의 길을 걸어왔다. 하지만 지금은 다르다. 난 이기기 위해 수단을 가리지 않는다. 이렇게라도 하지 않으면, 저 둘에게 닿지 않는다면."

그녀는 감정을 혀에 싣고 돌아봤다.

"설령 비겁자라 불린다 할지라도…… 이 손을 뻗을 뿐이다."

뮤르 에세 아이즈벨트는 공격을 멈춘 두 기숙사장을 올려다보고, 새빨갛게 물든 앞머리 틈으로 두 눈을 슬쩍 비쳤다.

"드디어 여길 봤군."

정지한 플레어와 프리를 바라보며 뮤르는 손끝으로 까딱까딱 손짓했다.

"왜 그러지, 이제 공격하지 않는 거냐. 다른 사람을 욕하느라 아주 바쁜 비모범적 학생에 대한 교육은 끝났나."

의도를 파악한 플라움의 학생이 길을 막아 관객석에서 도망칠 수 없게 된 인질을 뒤에 두고 팔짱을 낀 뮤르는 웃음을 띠었다.

"내려와라. 하늘 위의 옥좌에서 사람이 기는 지상으로. 그 어울리지 않는 왕관은 두고 둘이서 머리를 나란히 하고 서봐라."

플레어도 프리도 이해하고 있었을 것이다.

원거리에서 공격하면 큰 위력 때문에 자기 기숙사 사람이 말려든다.

그렇다고 해서 위력을 약하게 해서 쏘면 뮤르 에세 아이즈벨트에게 결정타를 가하지 못해 약한 자를 괴롭히는 듯한 구도가 오래 나오게 된다.

플레어와 프리는 명백하게 카메라를 의식하고 있으며, 카이룰레움의 학생과 루푸스의 학생의 온갖 욕설로 인한 안 좋은 이미지를 꺼려서 이대로 일방적으로 공격을 계속하면 세간의 평가가 내려간다는 걸 알고 있었다.

그리고 플레어도 프리도 절대적인 자신감을 가지고 있었다.

이미 목숨이 하나 깎인 뮤르에 비해 자기들의 목숨은 두 개이며, 게다가 플라움의 왕은 다 죽어간다…… 설령 정면으로 정정당당하게 싸운다 하더라도 자기들이 질 리도 없다.

그렇기에.

자만심을 품은 한 쌍의 임금님은 아무것도 없는 벌거벗은 임금님에게 스스로 내려가는 것을 선택했다.

그녀들은 모른다.

뮤르를 헐뜯던 루푸스 기숙사생과 카이룰레움 기숙사생 중에는 아이즈벨트가의 종자가 입고 있던 가짜 전투복을 입고 섞여든 플라움 기숙사생이 있었다는 것을.

뮤르 에세 아이즈벨트는 싸우기 전부터 자신의 입장을 이해하고, 원거리 공격에 대한 대책을 판 밖에서 강구하고 있었다.

플레어 비이 루루플레임과 프리 플로마 프리기엔스를 땅에 떨어뜨리기 위한 비책. 그것은 바로 자신의 '사이비'라는 멸칭을 이용해 노골적인 선동자를 잠입시켜놓는다는 장외 전술이었다.

하지만 모든 것이 뮤르의 생각대로 진행된 건 아니다.

플레이와 프리의 공격을 맞을 생각은 없었고, 선동자가 없어도 많든 적든 뮤르에 대한 비난은 일었을 것이다.

소피아라는 예상 밖의 인물이 등장하지 않았다면 그대로 끝났을지도 모른다.

지금 뮤르의 의식은 흔들리고 있다.

언제 의식이 끊어져도 이상하지 않다고 느끼고 있었다.

그래도 격통을 견디면서 이를 악문 뮤르는 자신의 손으로 자신을 증명하기 위해 서있다.

이 기회를 잃으면 더 이상 승산이 없다는 걸 알고 있다.

그렇기에 뮤르 에세 아이즈벨트는 온 힘을 쥐어짜내 자신의 신념을 축으로 삼아 계속 서있었다.

——그 녀석이 믿은 뮤르 에세 아이즈벨트다!

그저 자신의 말을 믿기 위해.

——힘내, 뮤르.

그저 어머니의 말에 보답하기 위해.

——뮤르 에세 아이즈벨트는 반드시 이긴다.

그저 그가 한 말을 이루기 위해.

뮤르 에세 아이즈벨트는 앞을 봤다.

환호성이 들린다.

플라움의 학생이 성원을 보냈고, 어머니가 눈물을 흘리며 소리를 질렀고, 릴리는 필사적으로 외쳤다.

크게 뜬 눈으로 경치를 보자 각오가 심장을 두드렸다.

뮤르는 덜덜 떨리는 다리를 무작정 움직이기 시작했다.

한계다, 한계다, 한계다! 알고 있어 알고 있어 알고 있어! 스스로도 터무니없는 짓을 하고 있다는 것 정도는 잘 알고 있어! 이길 수 있을 리가 없다고, 포기하는 게 낫다고, 누구보다 스스로를 타일러온 건 바로 나야!

다가가라! 다가가는 수밖에 없다! 이 거리에서는 절대로 못 이겨!

달리고—— 빨간색과 파란색이 시야를 채웠다.

불꽃의 폭풍과 눈보라. 뮤르는 천지를 가득 메운 난폭함을 바라봤다.

아, 이거, 못 피해. 온몸에 불과 얼음을 뒤집어쓴 뮤르는 맹렬한 기세로 피어오른 하얀 연기에 감싸인 채 뒤로 날아가 땅을 데굴데굴 굴렀다.

그 순간, 전투복은 사용자를 구속했다.

온몸을 빈틈없이 붙잡힌 뮤르는 손끝 하나 움직일 수 없게 되었다.

환호성과 조소가 쏟아졌고, 자신에게 향하던 새된 성원은 목소리를 잃고 고요해졌다.

……맞았다. 리타이어다.

노력과 근성, 의지와 긍지로 어떻게든 되는 것도 아니다.

3대 기숙사 대항전의 규칙에 따라 HIT한 이상 뒤집을 수 없는

끝이었다.

방금까지와는 차원이 전혀 다른 공방전을 펼치는 플레어와 프리를 올려다보고, 뮤르는 홀로 땅을 핥았다.

언제든지 날 쓰러뜨릴 수 있었던 건가. 뭐, 그야 그렇겠지. 천재니까. 저 둘이라면 관객이 휘말리지 않는 위력으로 대상에 적중하도록 조절하는 건 간단하다.

천천히 질척이는 진흙이 혈관을 메워가는 듯한 느낌이 들었다.

아아, 피곤하네. 히이로는 괜찮을까. 언니는. 다들 날 위해 열심히 하고 있는데 왜 못 움직이는 걸까. 난 왜 이런 곳에서 뒹굴고 있지.

아아, 그런가…… 난 또 다시 실패작으로서 진 건가.

"……맞았어?"

절망에 빠진 소녀의 귀에 목소리가 들렸다.

"맞았겠지. 규모가 너무 커서 안 보였지만. 안 움직이잖아."

……안 보여? 그런가, 급격하게 따뜻해진 공기가 식어서 안개가 생겼기에 내려다보고 있던 관객의 눈에는 안 보인 건가. 그리고 그 마력광의 강도로 보아, 카메라에는 아무것도 비치지 않았을 것이다.

――HIT한 시점에 전투복은 착용자를 구속한다.

문득 플레어의 규칙 설명을 떠올렸다.

――딱히 아프진 않지만 담당자가 해제할 때까지 한 걸음도 움직이지 못하고 마법도 쓸 수 없다.

말 안 했다.

——이 상태가 되었을 때 그 참가자는 리타이어다.

플레어는 마법이 HIT하면 리타이어라는 말은 한마디도 안 했다! 암기한 규칙문에도 명기되어 있지 않아! '움직이지 못하고, 마법을 못 쓰는 상태'가 되면 리타이어라고만 말했어!

이렇게 분위기가 달아오른 와중에 플레어와 프리의 싸움은 방해할 수 없어! 담당자가 오는 건 저 둘이 결판을 낸 뒤! 그 전까지 움직이면! 움직이기만 하면, 난 아직 리타이어가 아냐! 전투복은 개인의 마력을 인증해서 잠그고 있어. 타인의 마력을 빌리고 있는 나라면 마법도 문제없이 쓸 수 있어!

"크…… 으극……윽……!"

온몸에 힘을 줬지만 손끝 하나 움직이지 않았다.

루루플레임가가 완성시킨 전투복에는 아주 약간의 빈틈도 없으며, 사용자의 마력을 인식해 마법을 금지하고 누구든 움직이지 못하도록 디자인되어 있었다.

안 돼, 움직일 수 없어. 움직일 수 있을 리가 없다. 어쩔 도리가 없다.

물거품처럼 떠올랐던 희망이 사라져갔고…… 뮤르는 이를 갈았다.

——무능.

어디선가 작은 목소리가 들려왔다.

——실패작.

귓가에서 속삭임이 메아리쳤다.

——사이비.

그리고 그 말을 누가 하고 있었는지 알게 되었다.

자신에게만 보이는 초라한 소녀가 이쪽을 바라보고 있었다.

아름다운 백금발을 가진 그녀는 허세를 부리며 아름다운 옷을 입고, 무서워하면서 지팡이 모양 매직 디바이스를 치켜들고 있었다.

아아, 그런가. 날 깎아내리고 있던 건 나 자신인가.

그 모습을 보고 데리러 오지 않는 어머니를 계속 기다렸던 시간을 떠올렸다.

해가 떨어지고 저녁놀이 창문에 비쳐 도화지와 크레용이 어두운 색으로 물들어갔다.

어떤 때든 항상 밤은 온다.

홀로 원내의 둥근 창에서 올려다본 곳에는 별이 있었다.

신기했다.

언제나 언제나 언제나 바로 가까이에 있는데 손은 닿지 않았다.

그 한줄기 빛은 이쪽을 비추기만 했고, 한 번도 받는 일이 없었다.

모래밭에서 놀고 있는 유치원생들을 바라보며, 함께 모래성을 만들고 싶다고 빌었다.

술래잡기를 하고 있는 동급생을 바라보며, 함께 그곳에서 뛰어다니고 싶다고 빌었다.

군것질을 하고 있는 기숙사생들을 바라보며, 함께 똑같은 것을 먹고 싶다고 빌었다.

손끝에는, 항상 별이 있었다.

——뮤르는 싫어.

항상.

——마법을 못 쓰니까 낄 수 있을 리가 없잖아.

항상.

——으악, 기숙사장이다. 도망치자 도망쳐.

항상.

——플레어 님이나 프리 님과 비교하면 정말이지.

별은 손을 뻗은 곳에서 도망쳤다.

쓸쓸함이나 괴로움마저 잊게 하는 아름다운 빛을 동경해서 필사적으로 손을 뻗었지만, 그 끝에서 흘러내려갔다.

언제쯤 돼야 손에 넣을 수 있을까.

대체 어떻게 해야 손에 넣을 수 있을까.

어디로 가면 손에 넣을 수 있을까.

희미해지는 시야 속에서 파란색과 빨간색 빛이 밝혀졌다.

"윽…… 크흑…… 윽……!"

줄줄 넘쳐흐르는 눈물에 잠기면서, 파랗고 빨간 별은 광채를 뿜고 있었다.

——닿을까?

부탁이야.

——뮤르 손이, 저 별까지 잘 닿을까.

포기하고 싶지 않다고. 계속 계속 계속 동경해왔어. 이번에야말로. 이번에야말로 닿을 줄 알았어.

——네, 어머님!

약속을!

――뮤르는, 반드시, 저 별을 잡을 거예요!

지켜야 한다고!

"끄아아아이이이이아아아아아아아아아아아아아아아아아아아아아아아아아아아아아아아악!"

온몸의 근육이 빠득빠득 소리를 내며 수축했다.

하지만 무엇 하나 움직이지 않았다.

꽉 깨문 입 안에서 피를 흘리면서 뮤르는 전심전력을 쏟아 부었다.

움직여라, 움직여라, 움직여라! 여기서 끝나는 거냐, 끝날까 보냐, 나는, 나는!

――그 소원을 이룰 수 있는 건 분명 마지막까지 손을 계속 뻗은 자뿐.

바라는 것만으로 끝나지 않아! 반드시! 반드시 이 손으로!

그 손끝이 아주 약간, 아주 약간만 움직여서―― 손가락이 로프에 닿았다.

유일하게 움직일 수 있는 목 주위를 바르르 떨면서 고개를 들었다. 시선 끝에서는 플라움의 학생들이 그 끝부분을 꼭 쥐고 있었다.

――다 같이 이길 거잖아.

포기하지 않았다.

눈물을 뚝뚝 흘리면서 뮤르는 흐느껴 울었다.

포기하지 않았어…… 나뿐만이 아니야…… 다들, 포기하지 않았어……. 그렇다면, 나는…… 아직……!

회전한다.

고속으로 회전하기 시작한 머리는 빛, 빛, 빛, 한줄기 빛을 찾았다. 그리고 달이 떠올랐다.

"……아."

――지금부터 히이로가 있는 곳으로 간다.

달빛이 비쳤다.

'아, 안 되잖아. 츠키오리, 너, 리타이어 했는데?'

'했고, HIT 순간도 다른 사람이 봤어. 하지만 어차피 히이로는 무대 뒤편에서만 싸우는 사람이니까. 그렇다면 내가 리타이어 했는지 안 했는지는 상관없어.'

츠키오리는 히이로처럼 씨익 웃었다.

'팔과 다리, 내부에서 마력을 폭발시켜 움직인다.'

'그, 그런 게 가능한가……?'

'가능하냐 불가능하냐가 아니야.'

그 달빛은 말했다.

'하는 거지.'

끈을 통해 마력이 연결되었다.

그것은 자신이 아닌 다른 사람에게서 주어지는 것, 뮤르 혼자서는 가질 수 없었던 힘.

"힘내…… 기숙사장……!"

예전의 그녀였다면.

"일어나…… 부탁이야, 기숙사장……!"

절대로.

"절대로 놓지 않을 테니까…… 모두의 기숙사장이 될 거잖아……!"

손에 넣지 못했던 빛.

그래서 소녀는 외쳤다.

"부서져라아아아아아아아아아아아아아아아아아아아아아아아아아아아아아아아아아아아아아아아!"

목에서 절규가 솟구치고, 온몸에 마력이 흘러들었다. 양팔과 양다리가 튀듯이 움직였다.

근육이 찢어져 흩날리고 안쪽 깊은 곳에서 살이 타는 냄새가 콧속에 충만했다.

피, 피, 피…… 전투복 틈에서 점도 높은 피가 부글부글 흘러넘쳤다. 두 콧구멍에서 대량의 피를 뿜은 뮤르는, 움직이기 시작했다.

츠키오리 사쿠라처럼 튼튼한 몸을 타고나지 못한 뮤르의 사지는 이 대미지로 완전히 '동작'을 정지했다.

하지만 일어선 뮤르는 한 걸음 또 한 걸음 움직이기 시작했다.

그건 이미 육체를 움직인다는 범주를 뛰어넘었다. 흘러드는 마력을 내부에서 연달아 폭발시켜 인간의 동작을 재현시키는 것에 지나지 않았다.

하지만, 그래도── 뮤르 에세 아이즈벨트는 일어섰다.

결의와 각오로 자신을 증명한 그녀는 자신이 걸어온 과거를 향해 속삭였다.

"사라져라."

바람이 불어 검붉게 물든 뮤르의 머리카락이 흘렀다.

흘러내려 방울이 된 눈물이 공중에서 반짝이며 사라져갔다.

"이제 바라보기만 하는 건."

그녀는 겨우 얻은 답을 가만히 속삭였다.

"그만됐어."

과거의 환영이 사라지고, 두 천재는 한 둔재를 응시했다.

플레어도 프리도 직격했다는 느낌은 있었지만 HIT 순간을 본 건 아니다.

의문을 제기하는 것보다 빠르게 그녀들은 불꽃과 얼음을 날렸고, 그 행동은 뮤르가 '리타이어 하지 않았다'는 증거로 남았다. 그리고 폭파 기관이 달린 인간은 움직였다.

뮤르 에세 아이즈벨트는 사지가 찢어지는 듯한 격통을 무시했다.

거듭한 세월만큼의 의지를 연료로 삼고, 자신의 손상을 간과하고, 이 순간에 목숨과 영혼을 걸었다.

브레이크(죽음에 대한 공포)는 없었다. 따라서 어릴 때부터 10년 이상을 해온 '무형극' 기초 단련은 소녀에게 강인하기 그지없는 실을 줬고, 내부 폭발의 반동을 동력으로 삼아 움직인다는 터무니없는 일을 실현해 섬세한 동작까지 이루어 냈다.

쓸데없다고 비웃음 당해도, 바보 취급당해도, 멸시당해도, 절대로 게을리하지 않은 뮤르의 분투와 노력은 이 한순간에만 결실을 맺어 승화한다.

로프.

두 번째 공격을 하려고 한 플레어의 오른쪽 손목이 돌아가 그녀의 불덩어리는 프리에게 향했고, 원호를 그리는 얼음길을 미끄러져 올라긴 기이룰레움의 왕의 머리에서 얼음 왕관이 떨어졌다.

주먹이 그 왕관을 부쉈다. 흩어진 얼음 파편이 맹렬한 기세로 주인에게 육박했다.

얼음 공주는 신음 소리를 내면서 그것을 막아냈고, 바로 반격 태세로 전환했다. 하지만 그 뒤에 카이룰레움의 학생과 카메라가 있는 걸 보고 주저했을 때, 착지점에는 끈이 놓여있었다.

플레어와 프리는 연결되었고, 아무것도 알아차리지 못하고 마력을 흘려넣어서—— 스펠 쇼크를 일으켰다. 둘은 동시에 몸을 웅크렸다.

프리가 맹렬한 기세로 고개를 들었을 때, 사뿐히 땅을 박찬 소녀는 눈앞에 다가와 있었다.

새파란 눈동자의 중앙을 독점한 뮤르는 소리도 없이 주먹에 마력을 담았다.

"보이나, 프리 플로마 프리기엔스. 이 자리에 서있는 건——."

주먹이——.

"뮤르 에세 아이즈벨트다."

들어간다.

날아간 프리는 플레어와 부딪쳤다.

혀를 찬 플레어는 프리를 치우려다가, 그녀의 온몸이 경직된 것을 깨달았다.

드라고뉴트 소녀는 경악해서 굳은 표정을 지었다.

굳은 얼굴은 목숨이 남은 프리가 왜 패퇴했냐고 말하고 있었다.

"말했지."

뮤르는 창백한 궤적을 땅에 남기면서 자신의 손바닥을 보여줬다.

"두 번 다시 이 느낌을 잊지 못하게 될 거다."

용의 머리를 채우고 있던 의문이 머금은 열과 함께 풀렸고, 뛰기 시작한 심장의 고동 소리가 표정근을 풀었다.

"그때인가! 그때, 악수를 했을 때! 넌!"

플레어는 웃으면서, 자신에게 돌진하는 라이벌에게 불꽃탄을 연사했다.

"나와 프리의 목숨을 줄였어!"

페이크 라인.

마력선이 없는 실패작이 유일하게 '0'에서 받은 '1'.

자기 자신의 마력선이 없는 뮤르는 자신의 오리지널이 없기에 다른 사람의 마력선을 구축하고 새로 연결하는 게 가능했다.

그래서 악수할 때.

접촉과 동시에 접속해 플레어와 프리의 마력선을 새로 연결하고, 그 출구를 '그녀들 자신'으로 바꿔―― 역류시켰다.

사전에 플라움 기숙사생을 연습 대상으로 삼은 보람이 있는지, 그 충격과 고통은 절묘하게 조절되어 그녀들의 전투복에 흡수되었다.

남은 목숨이 아직 두 개나 있다는 그 자만심은 가문의 이름이라는 짐의 무게를 가볍게 만들었다.

태어날 때부터 재능과 오만함을 짊어진 플레어와 프리는 내심 깔보던 시이비 소녀를 자신에게 끌어들여버렸다.

가문의 이름을 짊어진 소녀와 가문의 이름을 버린 소녀.

무엇 하나 받지 못한 소녀는 맨손으로 불꽃 탄막에 파고들어 교묘하게 피했다.

새빨간 빛을 흩뿌리면서 거짓된 인력으로 땅에 떨어진 별들에게── 달렸다.

"""오, 오, 오오오오오오오오오오오오오오오오오오오오오오오오오오오오오오오오오오!"""

난사, 난사, 난사!

사방으로 터지고 날아가는 창백한 섬광, 팔방으로 난무하는 검붉은 피.

서로 뒤얽히고, 서로 흐트러지고, 서로 뒤엉키며 난반사하는 의지와 의지, 붉은 사자와 금빛 독수리는 정면으로 부딪쳤다. 쌍방의 안광이 충돌하고, 절규했으며 마권과 마탄이 부딪혀 튀었다.

충격, 충격, 충격. 폭발해서 불길이 치솟을 때마다 빛줄기가 흩어지고── 내부 폭발 조정을 실패해 뮤르의 오른팔이 근본부터 꺾였다.

그 찰나, 뮤르는 멍하니 덜렁덜렁 흔들리는 팔을 바라봤다.

틀렸다. 주로 쓰는 팔이 꺾였다. 이제 이 이상은 안 된다. 하지만.

"뮤르ㅇㅇㅇㅇㅇㅇㅇㅇㅇㅇㅇㅇㅇㅇㅇㅇㅇㅇㅇㅇㅇㅇㅇㅇㅇㅇㅇㅇㅇㅇㅇㅇㅇㅇ!"

보랏빛 불길 속에 다리를 질질 끌며 부러진 왼팔을 잡고 있는 언니의 모습이 비쳤다.

울면서 떨고 있는 그녀는 속삭였다.

"전부……."

──뮤르, 싫어.

──이제 넌 아무것도 안 해도 돼.

──실패작인 네가 할 수 있는 건 하나도 없어.

"전부! 전부, 전부, 전부! 네, 네가! 네가 지금까지 소망해온 만큼! 전부, 쌓아서!"

정말 좋아하는 영웅은 눈물을 흘리면서 싱긋 웃고, 브이 사인을 만들었다.

"부숴버려……."

"아, 아, 아아아아아아아아아아아아아아아아아아아아아아아아아아아아아아아아아아!"

비명을 억지로 참으면서 폭발로 물결치는 왼팔을 때려 박았다.

한계를 뛰어넘어 계속 움직인 온몸이 단말마의 비명을 질렀고, 오른쪽 어깨가 세찬 기세로 빠지고, 맹렬한 기세로 머리 왼쪽이 터졌다.

뜨겁다.

선으로 변한 세계를 달리면서 뮤르는 자신의 손바닥으로 불길을 헤쳤다.

뜨겁다, 뜨겁다, 뜨겁다.

시야가 좁아지고 흐릿해지고 죽음을 바랄 정도의 격통에 흘린 눈물이 증발했다.

강제로 계속 동작한 전투복에 금이 가고, 피부가 녹기 시작하고 장갑이 불타서 떨어져 양손을 태워도, 단 하나의 소원을 향해 손을 뻗었다.

——뮤르 님은 날아오를 거죠?

비상한다.

절규가 목을 태우고 불타오르는 세상에 울려 퍼졌다.

——네 손은 반드시…… 저 별에 닿는다.

닿는다.

그 작은 손끝이 사납게 타오르는 불꽃의 장막을 찢고 추구한 동경에 닿는다.

——그날, 그때, 그 순간, 난 네 눈에 비친 별을 봤어.

잡는다.

하늘 위 머나먼 저편, 멀고도 멀어서 도달할 수 없었던 존재에—— 손이 닿는다.

"뮤르."

목소리가, 들렸다.

피투성이가 되어 언제나처럼 웃고 있는 그가 속삭였다.

"가라."

별이, 보였다.

——누가 뭐라고 하든, 누가 방해하려고 들든, 누가 너를 비웃든.

쭉 바로 옆에 있었다.

——손을 뻗는 거야…… 계속, 뻗으렴.

하지만 닿지 않았다.

——저 별은 쭉 저기에 있어.

원하고 원하고 또 원해서 계속해서 뻗은 곳으로.

——별을 잡으렴, 뮤르.

어머니와 한 약속을 지키기 위해.

——뮤르는 반드시 저 별을 잡을 거예요!

무엇보다도 자신의 소원을 이루기 위해.

"아, 아, 아, 아아아아!"

소녀는 필사적으로 손을 뻗어——.

"아아아!"

내리쳤다.

그 움켜쥔 주먹은 플레어 비이 루루플레임에게 꽂혔다.

하늘을 찌르는 붉은 빛이 방출되고 아득한 푸른 빛이 파도가 되어 땅에 쏟아졌다.

뒤얽히면서 뒤섞인 빨강과 파랑, 그리고 그 파동을 탄 금빛은 천지를 가득 채웠다. 반짝반짝 하늘을 달리는 빛의 입자가 땅을 순환하는 모든 것을 휩쓸었고 적막이 찾아와 별이 빛나는 밤의

막이 내렸다.

"…………."

서있는 사람은 뮤르뿐이었다.

그녀는 천천히 자신의 손을 내려다봤다.

거기엔 상처투성이인 손이 있었고, 헛되다는 말을 계속 들어온 노력의 증표가 있었다.

손바닥에 눈물이 뚝뚝 흘러 들러붙은 피와 진흙이 벗겨져 떨어져 갔다.

오랫동안 그녀를 덮고 있던 두꺼운 껍데기가 소리를 내며 터졌다.

"아, 아, 아아……!"

그녀는 그 손으로 자신의 얼굴을 가리고 천천히 무릎을 꿇었다.

"아아…… 아아…… 아아아……!"

목에서 새어나온 오열이 울려 퍼졌다.

"헛되지 않았어…… 헛되지…… 헛되지……."

그녀는 울면서 자신의 손바닥을 바라봤다.

"해온 일에는 전부 의미가 있었어…… 실패작이 아니라고, 사이비가 아니라고, 헛되지 않다고 말하고 싶었어…… 선생님이랑 놀고 싶었어…… 괴롭히지 않았으면 했어…… 모두에게 존경받는 기숙사장이…… 되고 싶었어…… 나는……."

새하얀 검지가 가슴 중심을 만지는 느낌. 뮤르는 하늘을 올려다봤다.

그것은 그날 올려다본 별바다.

사랑하는 가족과 나란히 서서, 작은 소녀가 소원을 빈 하늘 가득한 별.

뮤르는 그 하늘로 손을 뻗었다.

"나는…… 줄곧…… 계속……."

꺾인 중지와 새끼손가락, 떨리는 손끝을 하늘 높이 뻗었다.

빛을 향해.

바라고, 애타게 그리고, 소원을 빈 그 순간에 깃든 빛에 손가락이 닿아—— 잡았다.

"별에 닿고 싶었어……."

폭발적인 환호성이 일었다.

그 손으로 별을 잡은 소녀는 순식간에 노란 인파에 휩쓸렸다.

작가 후기

안녕하세요. 하자쿠라 료입니다.

제 상상을 아득히 뛰어넘어 이 작품은 6권째를 맞이할 수 있었습니다.

서적판의 목표는 '3대 기숙사 대항전까지 쓴다'였는데, 설마 정말로 목표가 달성될 줄은…… 여러분의 응원 덕분입니다. 감사합니다.

얼마 전에 작가 인생 처음으로 팬레터를 받았습니다.

서적화를 하면서 아이즈벨트가에 대해 가필한 내용을 보고 뮤르와 크리스가 더 좋아졌다고 써주셔서, 이러면 6권은 어설프게 쓸 수 없다고 생각해 클라이맥스는 마감일과 치열한 접전을 벌이면서 열심히 했습니다.

독자 여러분의 감상과 응원 메시지 덕분에 어떻게든 6권까지 쓸 수 있었다고 생각합니다.

정말 감사합니다.

그리고 현재 작업이 진행 중인 만화판의 진척 상황을 확인했는데 깜짝 놀랄 정도로 퀄리티가 높습니다.

독자 여러분의 기대에 반드시 부응할 수 있는 훌륭한 만화로 완성되었다고 생각합니다. 쿠소노 카메요 선생님, 엄청나십니다. 기대해 주십시오.

이후, 감사 인사입니다.

일러스트 hai씨. 매권 hai씨의 멋진 일러스트 덕분에 의욕 게이지가 바로 200% 찹니다. 감사합니다.

담당 편집 M씨. M씨 덕분에 6권을 출판할 수 있었습니다. 항상 원고 제출이 늦어져 죄송합니다. 감사합니다 라는 말밖에 할 수 없네요.

띠지 코멘트를 써주신 미시마 요무 선생님. 바쁘신 와중에 코멘트를 써주셔서 감사합니다. '나는 성간 국가의 악덕 영주!'도 틀림없이 애니화 될 것이라 믿으며 마음속으로 응원하고 있습니다.

독자 여러분. 여러분이 없었으면 도중에 원고를 내팽개치고 실종됐을 거예요(웃음). 집필 작업은 힘들지만 여러분의 '재밌다'만으로도 HP가 전부 회복됩니다. 감사합니다.

이 작품 간행에 관여하신 분들 모두에게 진심으로 감사합니다.

그럼 여러분, 또 어딘가에서 다시 만납시다.

하자쿠라 료

권말 특전 스포일러 엄금! 히이로와 스노우의 메타 토크

스노우 "안녕하세요. 본편 종료 후의 시공에서 온 스노우입니다. 본편 종료 후의 시공에서 왔다고 해서 저와 주인님의 생존이 확정된 건 아닙니다."

히이로 "느닷없이 무서운 소리 하지 마."

히이로 "이거, 우린 제4의 벽을 뚫어도 되는 거지? 간단하게 결말 스포일러 해도 돼?"

스노우 "뭐? 존재가 스포일러인 인간이 무슨 말을 하는 거죠.'

히이로 "그만해, 넌 뭔가 묘한 억측을 부르니까 그만해."

스노우 "그런고로 이번엔 주인님 안에 있는 타치바나 이츠키에 대한 이야기라도 할까요."

히이로 "스포일러의 선을 계속 넘나들게 될 것 같아."

스노우 "주인님은 아스테밀 님에게 전투 센스가 뛰어나다고 칭찬을 받았는데…… 그건 타치바나 이츠키 시절의 행동 때문이죠?"

히이로 "그거, 여기서 회수해도 괜찮아? 최종장에서 해야 하는 거 아냐? 최종장에서 안 해도 괜찮아?"

스노우 "시끄럽네, 연재 중단되면 회수 못하니까 딱히 상관없잖아."

히이로 "상관 있거든~. 최악의 경우에는 인터넷 연재판이 있다는 안심 재료를 얕보지 말라고."

히이로 "뭐, 타치바나 이츠키의 취미가 한때 싸움이었으니까."

스노우 "썩어빠진 양아치잖아요."

스노우 "그보다 당신의 싸움은 취미가 아니――."

히이로 "최종장! 최종장에서 회수하자! 그 뒤는 최종장 근처 아냐?!"

스노우 "칫…… 그런데 타치바나 이츠키 관련도 그렇지만, 이 작품은 최종장까지 구상해뒀나요?"

히이로 "뭐, 최종장까지 전부 정해져 있다는데."

스노우 "구상이 바뀌는 일도 있으니 나쁘게 생각하지 마시죠."

스노우 "그러고 보니 이렇게 본편 종료 후의 시공에서 와보니 영원히 안 나올 줄 알았던 제4의 히로인도 이미 등장했었다는 걸 알겠네요."

히이로 "그거, 여기서 말해도 되나……?"

스노우 "아마 그 설정까지 고려한 정답을 낼 수 있는 사람은 없으니까 괜찮아요."

히이로 "뭐, 지금 맞힌다고 해도 한쪽만일 테니까."

스노우 "그리고 구상이 바뀌는 일도 있으니 나쁘게 생각하지 마시죠."

히이로 "그 표현, 너무 비겁하지 않아……?"

히이로 "좋아, 만약 이 메타 토크에 다음 회가 있다면 최종보스 스포일러 해야지."

스노우 "그런 짓을 하면 네 말로를 전부 폭로할 테니까 각오해두라고."

남자 금지 게임 세계에서 내가 해야 할 유일한 일 6

2025년 9월 15일 1판 1쇄 발행

저 자 하자쿠라 료
일러스트 hai
옮 긴 이 박정철
발 행 인 유재옥
이 사 조병권
편집 2팀 정영길 박치우 조찬희
편집 3팀 오준영 권진영 이소의 정지원
디자인랩팀 김보라 전세연
디지털사업팀 김지연 윤희진 장혜원
라이츠사업팀 김정미 이지현 유아현
영업마케팅팀 최원석 윤아림
물 류 팀 백철기 이새롬
경영지원팀 최정연
인쇄제작처 ㈜코리아피엔피
발 행 처 ㈜소미미디어
등 록 제2015-000008호
주 소 서울시 마포구 토정로222, 502호 (신수동, 한국출판콘텐츠센터)
판매 및 마케팅 (070) 8822-2301

ISBN 979-11-384-8776-4
ISBN 979-11-384-8295-0 (세트)

남자 금지 게임 세계에서 내가 해야 할 유일한 일

팝은 휙 뒤돌아봤고…… 자신이 데려온 엘프 정예 10명이 모두 졸도한 모습을 바라봤다.

‘…………………’

분위기가 또 확 달라졌다.

자꾸 왼쪽 발목에 찬 손목시계를 긁어대고 있는 와타세는 손에 들고 있던 ‘타임스’를 말아서 만든 원통형 신문지를 내던졌다.

그 신문지에 피가 덕지덕지 들러붙어 있는 것을 보고…… 팝은 표정을 지웠다.

“전 속인 후의 처리는 문외한인데요.”

말없이.

와타세는 팝에게 다가갔고── 은빛 마법의 바람이 사이에 뛰어들었다.

“헬로~, 아가씨.”

두 눈을 번뜩인 알브, 시이 플루아테 라이아는 허리 뒤에 찬 곡도를 쑥 뽑았다.

“나랑 놀자.”

“팝~.”

얼빠진 부름.

알브, 캐스트 라 라 라 해픈은 오자마자 불평을 늘어놓았다.

“잠깐만 진짜~, 힘들다니깐. 다음에 독단적으로 가면 확실하게 사이가 틀어질 거라구? 정말~, 난 운동은 못 하는데~.”

갸루 패션을 한 그녀는 컴팩트 미러를 열어 앞머리를 정리하기 시작했다.

속속 모여드는 알브를 보고── 카쿠리요 와타세는 소리도 없이 자취를 감췄다.

"뭐야~, 놀자고~."

곡도를 집어넣은 시이는 재미없다는 듯 입술을 삐죽 내밀었다.

"그보다 팝, 아스테밀의 말을 듣다니 드문 일이네. 항상 적측에 붙는 게 디폴트인 썩을 년인데."

"…………."

팝은 시이의 말을 무시하고 테이블을 바라봤다.

테이블 위에 있어야 하는 개구리는 홀연히 사라졌고, 아까 전까지 흔적도 없었던 커피값이 놓여 있는 것을 보고── 그녀는 입을 막고 웃음을 숨겼다.

즐거운 일이 시작될 것 같은 예감이 들었다.

【멜론북스 특전 쇼트스토리】

"우, 우연이네."

요즘 크리스 에세 아이즈벨트가 목숨을 노리고 있다.

스승님과 단련한 후, 거리에 있는 규동집에서 배를 채우고 귀로에 오른다…… 이 일련의 흐름 속에서 우연히 크리스 에세 아이즈벨트와 만난다는 희귀한 경우가 세 번이나 연속될 리가 없다.

아무리 생각해도 크리스는 내 목숨을 거두러 왔다.

"……혹시 절 미행하고 있나요?"

인파 속에서 자연스럽게 암살할 방법을 모색하고 있는 건지 매번 다양한 소녀스러운 코디를 보여주고 있는 크리스는 얼굴을 빨갛게 물들이고 양손을 붕붕 저었다.

"아, 아니, 미행하고 있다기보다는, 그, 얼굴을 좀 보고 싶었다고 해야 할까, 쉬, 쉬는 날에는 바빠서 외식을 많이 하는 것 같으니까…… 야채 같은 건, 그러니까, 말하지 않으면 잘 안 챙겨먹는 타입이었고…… 규동 단품만 먹지 말고 샐러드도 곁들인다던가…… 따, 딱히, 히이로가 있는 곳에만 가는 게 아니라 뮤르의 상태도 몰래 보러 가고 있고…… 그러니까, 그…… 샐러드는 안 먹어……?"

'살해당하기 전에 샐러드는 먹었냐?'라니, 걱정을 하는 히트맨은 처음 보네…….

이해할 수 없는 반응을 보이는 크리스를 보고 당황하고 있으니 검은 리무진이 멈추고 낯익은 동생이 나왔다.

"오라버니, 우연이네요."

이 일대, 우연 타입 출현율이 너무 높잖아.

나와 크리스를 비교하며 본 레이는 자연스러운 움직임으로 내 팔에 자신의 팔을 얽었다.

"오라버니, 소개해주실 수 있나요?"

"어, 어어, 눈앞에 있는 소녀스럽고 치명적인 인물은 아이즈벨트가의——"

"아니죠. 제 소개를, 저 분에게, 큰 소리로, 또박또박."

눈이 안 웃고 있는 레이. 그 앞에 있는 크리스의 얼굴에서 붉은 기운이 스윽 빠져나갔다.

"크리스 씨, 이분은 동생입니다."

"먼 친척이죠."

"피는 거의 안 섞였지만 진짜 동생처럼 생각하고 있는데."

"거의 타인이죠."

"……적절한 거리를 유지하며 남매 사이좋게 지내고 있습니다."

"이전에 동침했어요."

싱글싱글 미소 짓고 있는 레이에 비해 시선 끝에 있는 크리스는 안절부절못하며 머리카락을 다듬었다.

"그, 그런가, 동생인가. 실례했다. 크리스 에세 아이즈벨트. 퀼리아하이츠에 소속된 마법사다. 오빠와는, 그, 사, 사이좋게 지내고 있습니다."

"정중한 인사 고마워요. 어느새 오라버니에게 이렇게 아름다운 여자 친구가 생겼을 줄은 전혀 몰랐어요."

레이는 웃는 채로 나를 주시했다.

"오라버니, 아이즈벨트가라면 얼마 전에 제 이름을 사칭한 수상한 사람이 출몰했다는 건 알고 계신가요? 그분은 마음속으로 정한 약혼자가 있음에도 불구하고 '크리스'라는 이름의 여성과 위장 약혼하고 여장한 모습으로 동생의 이름을 빌려 아이즈벨트가에 쳐들어간 데다 절 마법의 신용카드 취급하는 무례한 놈이라고 들었는데요."

"레이, 용서해줘. 그 녀석, 동생의 신용카드로 먹는 밥이 제일 맛있다는 걸 위장이 알아버렸어. 오늘도 파와 계란을 추구한 규동으로 동생과 산죠가에 다이렉트 대미지를 주고 왔다고."

"스노우한테 이를 거예요."

"레이 아가씨, 바로 산지 직송으로 배달 가능한 오빠의 엎드려 빌기는 어떻습니까? 신선도가 다르다구요, 신선도가."

엎드려 비는 내 머리를 신용카드로 찰싹찰싹 때리는 레이를 보면서 크리스는 이쪽으로 스윽 다가왔다.

"……그 인심 장악술은 어디서 배웠나?"

"레이디스코믹── 독학입니다."

뭐가 뭔지 모르겠지만 갑자기 의기투합한 레이와 크리스는 이렇네 저렇네 하며 이야기하기 시작했다.

여기저기서 흉흉한 대사도 나왔지만 레이와 크리스라는 예상 밖의 조합은 내 마음을 흔들었고 그 흔들림은 고조됐다.

뮤르와 크리스의 자매 백합을 제1지망으로 삼고 있던 나는 마음속의 소원수첩에 '레이×크리스'라 적고 귀가 루트에 신사를

추가했다.

“그럼 난 동생의 신용카드로 디지털 새전을 넣고 집에 갈게! 둘은 친해진 것 같으니까 밋드러진 카~페에서 하트 모양 팬케이크라도 먹고 가! 돈? 아하핫, 걱정 안 해도 동생의 신용카드로 내가 살 테니까 괜찮――.”

“그런데 오라버니, 제게 어느 정도의 채무가 있는지 알고 계셨나요? 얼마 전에 도장을 찍어준 계약서를 위부터 아래까지 자세히 잘 읽어보셨나요?”

“어…… 잘 모르겠는데 나한테 씌어 있는 어드바이저가 괜찮다고…….”

“히이로, 앞으로 맛있는 걸 잔뜩 먹으러 갈까. 돈은 전부 내가 낼 테니까.”

얼굴은 웃고 있는데 눈은 웃고 있지 않은 두 사람에게 양옆을 붙잡혔다.

난 물음표를 띄운 채로 고급 음식점으로 끌려갔다.

【게이머즈 특전 쇼트스토리】

쾌청한 일요일.

반장 '클로에'에게 '조금이라도 마물의 생태를 머리에 넣어두세요'라는 엄명을 받은 나는 아카이브에 갔다.

휴일, 굳이 아카이브에 오는 학생은 적은데 신기한 광경을 발견했다.

"크아아~악! 으으 모르겠어요~!"

실버 스피어 앞에서 평온을 어지럽히는 금발 롤 머리가 하나. 붙어 있는 사람은 새까만 소녀.

오필리아와 코쿠사는 한 권의 책을 펼치고 왠지 말싸움을 하고 있었다.

이루 말할 수 없는 백합의 기운을 느낀 나는 순식간에 호흡을 멈추고 사고를 날려 버리고 책장 틈으로 머리부터 뛰어들어서——.

"어머나, 전속 노예! 오~홋홋, 또~ 절 스토킹하고 있군요! 더러우셔라!"

바로 들켰다.

어쩔 수 없이 일어난 나는 바지의 먼지를 털었다.

"안녕, 걸즈. 뭔가 신나게 사랑의 예감이 두근두근 쿵쾅쿵쾅 난 것 같은데…… 오늘은 한 권의 북을 사이에 끼고 지적인 연애 교습인가? 소생, 여자 둘이서 한 권의 책을 읽는 상황 좋아 좋아 사무라이. 의에 따라 돕도록 하겠소."

"아무도 도움 같은 건 부탁하지 않았어요."

"……기분 나빠."

할복해라, 좋아좋아 사무라이.

"그래서 둘이서 뭐 읽고 있었어? 코쿠사 씨가 같이 있다는 건 데카르트나 톨스토이나 이바노프나 '마리아 님이 보고 계셔'라든가?"

"……갑자기 작가명을 나열하는 흐름을 끊고 구체적인 작품명을 드는 데서 화자의 의도가 느껴져."

"이거예요!"

아가씨는 자신만만하게 A5 크기의 책을 보여줬다.

거기엔 귀여운 토끼와 곰과 고양이 등이 데포르메 되어 그려져 있었고, 오른쪽 페이지와 왼쪽 페이지의 그림이 완전히 똑같았다.

"……틀린 그림 찾기?"

"맞아요! 전 시험 전에는 지능을 높이기 위해 지적 활동에 힘쓰도록 하고 있어요! 그래서 코쿠사 씨에게 도움을 받고 있어요!"

아가씨…… 내가 너한테 '시험 공부를 해라' 라고…… 말을 해도 될까……?

"참고로 이거 틀린 곳은 몇 군데 있어?"

"……여섯."

"이, 이 틀린 그림 찾기, 시작한 지 얼마나 지났어?"

"2시간이에요! 이미 네 군데나 찾아냈다구요!"

순식간이 땀이 대량으로 확 났다.

이, 이럴 수가…… 난 수십 초만에 이미 여섯 군데의 틀린 곳

을 찾아냈다…… 이, 이건 명백하게 미취학 아동을 대상으로 만든 초저난이도 틀린 그림 찾기…… 오른쪽과 왼쪽을 비교해보면 곰이 토끼로 바뀌어 있는 등 변화가 다 드러나 있는 이지 게임……!

그보다 코쿠사는 2시간이나 불평 한마디 하지 않고 끈기 있게 계속 상대해주고 있는 건가? 성인(聖人)이잖아. 이런 구석에 있어도 될 사람이 아니야.

"으음, 알았어요! 이곳, 가로1cm×세로1cm의 도트 수가 달라! 이거예요!"

"……아니야."

"어, 어쩜 이렇게 도전하는 보람이 있는 난문일까요…… 제 시력은 양쪽 눈 모두 2.0인데…… 눈의 초점이 안 맞는 걸까?"

안 맞는 건 뇌의 초점이다.

"……답이 유니크한 건 좋아. 하지만 간단하게 생각해. 힌트는 동물."

너, 넌지시 칭찬해서 아가씨의 도전 정신을 꺾지 않도록 배려하고 있어…… 게다가 자존심이 상하지 않도록 힌트까지 주고…… 미, 미취학 아동을 돌보는 게 너무 완벽해…… 하지만 아무리 봐도 아가씨는 미취학 아동이 아니야…….

"오~홋홋! 전 심플한 디자인은 좋아한다구요! 뭐든 화려하게 꾸미는 건 느언센스니까요!"

이런! 미취학 아동과 아가씨는 산만해지기 쉽다! 배려가 역효과를 냈나!

“……그렇다면 그 센스로 바로 틀린 곳을 찾을 수 있을 거야.”

상냥함 덩어리인 데다가 본론으로 되돌리는 방법이 너무 세심하다. 이가씨, 부탁이야. 이렇게 보살펴주는데 보답해줘.

“으으~음…… 틀린 곳 틀린 곳 틀린 곳…… 아앗, 알았어요!”

왔다아! 아가씨, 부탁한다!

“코쿠사 씨…… 당신 머리를 잘랐군요!”

“……아니야. 머리는 잘랐지만 아니야.”

아가씨, 백합 틀린 그림 찾기는 여유롭게 클리어. 백합 시력, 두 눈 모두 200000000.0.

【전자서적 특전 쇼트스토리】

인간은 10분 이상 지속한 사회적 교류의 약 5분의 1의 시간 동안 '거짓말'을 한다.

거짓말이란 훌륭한 사회적 커뮤니케이션의 일종.

거짓말도 하나의 방편이라는 말은 참 옳다. 가끔 진실이라는 것은 인간 사이의 원활한 교류에 균열을 초래하는 불편함이 될 수도 있기 때문이다.

"그러니 지금은 일단."

양산형 매직 디바이스에 겨누어진 엘프는 양손을 든 채 팔랑팔랑 흔들면서 웃음을 지었다.

"봐주실 순 없을까요. 제가 이래 봬도 아내와 두 딸이 있는 여자라서. 지금도 그녀들은 다 쓰러져 가는 집에서 제가 돌아오길 고대하고 있거든요. 엉엉 흑흑, 짠 눈물이 계속해서 넘쳐흐르네요~."

영국, 런던, 블룸스버리 지구.

딱 붙는 순백의 정장을 입고 둥근 색안경을 낀 여윈 엘프는 조잘조잘 지껄였다.

그녀를 포위하고 있는 경찰대는 무관심한 얼굴로 방아쇠울 앞에 손가락을 세웠다.

사방팔방에서 라이트를 받아도 포위당한 엘프는 초연하게 손을 팔랑거렸다.

"'알브', 팝 캔디 럴러바이."

크흠 하고 헛기침을 하고 백마를 탄 기마경찰은 다시 말했다.

"실례, 미스 팝…… 당신은 아내가 있는 몸이 아니다. 더구나 아이도 없지. 독신이라는 것은 이미 확인이 끝났다. 거짓말은 당신에게 도움이 안 된다고 말해두겠다."

"이거 이거, 정중하시군요 경관 나리."

팝은 은근히 무례하고 호들갑스럽게 인사했다.

"확실히 전 아내도 아이도 없죠. 이거 참, 이게 바로 거짓말을 이용한 사회적 교류가 아닐까요. 위에서 아래에서, 오른쪽에서 왼쪽에서, 삼엄한 분위기로 총구에 겨눠지고 있는 여자가 잡담을 해도 당신들은 상대를 안 하겠죠. 하지만~, 이렇게 거짓말을 하면~ 당신들은 저에 대한 우위를 유지하기 위해 진실을 들이밀죠. 그리고 이렇게 대화가 성립되는 것이죠~."

고개를 살짝 기울이고 미소 지은 팝은 짝짝 박수를 쳤다.

경관은 피식 웃지도 않고 몇 발짝 움직인 백마를 진정시키면서 입을 움직였다.

"미스 팝. 당신은 현재 상황을 올바르게 이해하지 못하고 있는 것 같다. 당신은 국제 지명수배범에 해당된다. 재팬의 귀족, 산죠가에서 약 3000만 엔을 사취, 국외 도망, 돈은 전부 도쿄만에 버렸다는데."

"히히힛, 전 미국 영어보다는 영국 영어를 더 좋아하지만 무슨 뜻인지 잘 이해가 안 되네요~. 스코틀랜드 야드* 사투리일까요."

"……영어는 영어야, 미스. 이렇게 백마를 타고 있는 만큼 왕

---

* 런던에 소재한 런던 경찰국 또는 본부를 뜻하는 말.

자님은 무리지만 혈통은 좋은 편이야. 미국 말은 전혀 몰라."

백마는 푸르르 하고 소리를 냈다.

"타임 업이다. 들은 대로 'T' 발음이 아름다운 순수한 영어지. 못 들었으면 이비인후과까지 에스코트하도록 하지. 그래서 옥중에서 읽을 셰익스피어 작품은 무엇으로 할지 정했나?"

"아쉽게도 영국 문학은 잘 안 맞아서요. 밥이 맛없는 것도 좀 봐주세요~. 그런데 지금 몇 시일까요?"

경관은 입을 열었고, 딩~동~댕~동~——들릴 리가 없는 소리를 듣고 자기도 모르게 범죄자로부터 눈을 떼고 뒤를 돌아봤다.

"이럴 수가……."

심야 0시.

울릴 리 없는 웨스트민스터의 종소리가 울려 퍼졌다.

어두운 밤에 메아리치는 종소리를 들으면서 홀로 새하얗게 물들어 있는 엘프는 입꼬리를 일그러뜨리고 말했다.

"Time up."

인간의 불안을 알아차리고 백마들은 울면서 뒷다리로 섰다.

필사적으로 말을 진정시키는 경찰대를 곁눈질로 보면서 천천히 양손을 내린 팝은 유유히 그 사이를 걷기 시작했다.

마치 산책로를 산책하는 일반 시민과 같은 발걸음으로.

"잠깐! 멈춰라, 쏜다!"

"네? 왜죠? 전 당신들에게 총 맞을 만한 짓은 아~무것도 안 했는데요?"

말 위에서 팝의 팔을 잡으려다가 실패해 혀를 찬 경관은 훌쩍

말에서 내려 그녀의 팔을 잡았다.

"바보 같은 소리 하지 마라. 네놈은 국제 지명수배범이라고?! 발포 허가도——."

"웨스트민스터의 종이 울렸잖아요?"

팝은 말을 잃은 경관 앞에서 히히히 하고 웃었다.

"ICPO가 엮여있죠? NCB에라도 확인해보세요. 산죠가의 3000만 엔을 둘러싼 사건은 이미 해결됐다구요?"

"말도 안 돼…… 웨스트민스터의 종이 무슨 신호라도……."

경관은 바로 윈도우를 열어 관계 부처에 확인을 하기 시작했고——.

'무슨 소릴 하는 거냐? 팝 캔디 럴러바이가 산죠가에서 3000만 엔을 사취한 사건? 그런 개인적인 안건을 ICPO에서 취급할 리가 없잖아.'

얼굴이 파랗게 질려서 윈도우를 닫았다.

"그럼 의심이 풀린 것 같으니 이만~."

맥빠지는 말투로 작별을 고하고 팝은 날뛰는 백마 사이를 지나갔다.

여우에 홀린 것처럼.

경찰대는 망연자실하게 그 모습을 지켜보는 수밖에 없었다.

*

캠던구 블룸스버리 러셀 스퀘어.

런던에는 '스퀘어'라 불리는 녹지가 거리 곳곳에 설치되어 있어 선진적인 도시가 잃어가고 있는 자연을 보충하기 위한 휴식 공간으로 기능하고 있다.

그 한쪽 면을 차지한 'Caffe Calabria'에는 새하얀 정장을 입은 엘프가 하나 있었다.

'알브', 사기꾼, 팝 캔디 럴러바이.

테라스석에 앉아있는 그녀는 종이봉투에 싸인 포카치아 샌드위치를 테이블 위에 내던지고 아쌈과 실론의 하우스 블렌드를 홀짝이고 있었다.

전날 밤에 삼엄한 경찰대에 포위되었던 여자라고는 생각할 수 없는 태도였다.

고급지인 '타임스'를 손에 쥐고 있지만 그 색안경으로 문면을 제대로 읽고 있는지는 의심스러웠다.

어쩐지 꾸벅거리고 있는 것처럼 보이기도 했다.

그런 엘프가 홀로 있는 테이블에 사람의 그림자 하나가 드리웠다.

딱 하고 소리가 났다.

'합석, 괜찮을까요.'

기계 음성.

팝이 힐끗 시선을 올리자 소녀의 모습이 눈에 들어왔다.

묘한 소녀다.

유성 매직 같은 펜으로 목에 '절취선'을 그려놨으며, 6개의 다리로 목에 달라붙은 거미를 연상케 하는 마력식 인공 후두를 달

고 있었다. 양 손목과 양 발목에 손목시계를 차고 있었고, 도합 네 개의 손목시계의 시침과 분침은 각자 다른 시각을 가리키고 있었다.

"…………."

손목시계로 가려져 있지만 팝은 왠지 모르게 양 손목과 양 발목에도 절취선이 그려져 있을 것이라고 추측했다.

'팝 캔디 럴러바이 님이죠?'

"당신이 찾는 사람이 엘프이고 색안경을 꼈고 하얀 정장을 입은 사기꾼에 멋진 미인이라면 그렇겠지."

이상하게 얼굴이 아름답다.

어째서인지 일본의 검은 세일러복을 입고 있는 소녀는 가슴에 손을 대고 미소 지었다.

'카쿠리요 와타세라고 합니다. 잠시 시간을 내줄 수 있나요?'

"조(祖)의 마법사님이 런던 여행 중일 줄은 몰랐는데요."

'대화를 시작했다는 건 시간을 내주시는 거군요.'

와타세는 소리도 없이 맞은편 자리에 앉았다.

'당신이 훔쳤으면 하는 물건이 있습니다.'

"마리우스 자코브는 프랑스, 이시카와 고에몬은 일본, 제시 제임스를 찾는다면 미국으로. 타임머신도 잊지 말도록 하세요."

타임스를 내던지고 그 대신 포카치오 샌드위치를 잡은 팝은 일어섰고――.

'사전에 스코틀랜드 야드에 가짜 정보를 흘려뒀죠?'

무심코 움직임을 멈췄다.

턱을 괸 와타세는 왼팔에 찬 손목시계를 톡톡 쳤고—— 그러자 분위기가 확 바뀌고 목에서 남자의 목소리가 나왔다.

'자, 앉게나. 사업 이야기라도 해보자고.'

와타세는 왠지 모르게 신경질적으로 다리를 꼬았다.

그리고 오른쪽 눈꺼풀을 실룩실룩 경련하더니 머리 위로 들어올린 손가락을 딱딱 튕겨 점원을 불렀다.

'이거 참, 내가 나올 생각은 없었는데. 와타세는 옛날부터 귀찮은 일을 싫어하지. 그러면서 수집벽은 낫지 않지. 뭐, 앉아주게. 아스테밀과 친밀한 '알브'인 자네라면 우리의 사정도 어느 정도 파악하고 있겠지.'

커피를 주문한 그녀는 히죽거리면서 왼손으로 종이 냅킨을 접었다.

'난 타고난 비즈니스맨이라서 말이야. 고객의 주의와 관심을 끄는 건 나름대로 잘하지. 주의를 끌기 위해 가장 적합한 건 분명 어젯밤에 대한 이야기일 거야.'

팝은 포카치오 샌드위치를 내버려 두고 쓴웃음을 지으면서 타임스를 집었다.

"신문을 다 읽기 전에 끝내주세요~."

'그럼 간단하게. 어젯밤 자네는 자신에게 주목을 끌기 위해 사전에 스코틀랜드 야드에 「산죠가에서 3,000만 엔이나 되는 큰 돈을 가로챘다는 가짜 정보」를 흘렸지. 맞는가?'

"여긴 언제부터 베이커 스트리트 221B가 됐을까요~"

냅킨으로 능숙하게 개구리를 접은 와타세는 미소 지었다.

'진짜 목표는 이곳, 블룸스버리에 있는 대영박물관. 박물관의 역사는 도난의 역사이기도 하지. 그 역사에 자신의 이름을 새겼는지 못 새겼는지 확실하게 확인하기 위해 일부러 대중지가 아니라 고급지를 샀지?'

팝은 색안경을 살짝 내리고 씨익 웃었다.

"그래서?"

'웨스트민스터의 종은 블러핑이다. 종소리의 멜로디는 재팬의 스쿨에서 나오는 것과 똑같으니까 그걸 썼지? 시계탑은 보수 공사 중이라 종소리가 날 리가 없으니 말이야. 자네에게 속은 스코틀랜드 야드는 지금쯤 웨스트민스터에 뭔가 단서가 있다고 믿고 한창 기를 쓰고 몽상을 좇고 있겠지.'

"히히히, 스코틀랜드 야드도 바보가 아니에요. 슬슬 설치된 스피커를 찾아낼 시기겠죠."

'그럼 이런 곳에서.'

와타세는 오른팔에 찬 손목시계를 톡톡 쳤고—— 분위기가 확 바뀌며 목에서 소녀의 목소리가 나왔다.

'녹시율을 높이고 있을 때인가요?'

"이래 봬도 전 생물다양성 보전에 관심이 있는 편이라서요~. 이렇게, 봐요, 잎 사이로 부는 바람을 맞고 있으면 긴장이 풀려서."

'대영박물관에 보낸 동료를 기다리고 있는 거군요.'

목에 장착한 거미형 기계를 어루만지면서 소녀는 요염하게 웃어 보였다.

'당신은 「알브」에 소속되어 있으면서도 몇 번이나 국제지명수

배를 당하기 직전까지 가는 짓을 하고 있죠. 「알브헤임」으로부터 약 120만 유로를 사취한 사례도 있지만 신들린 속임수와 위장으로 그런 이반 행위조차 전혀 처벌받지 않았죠. 누구의 지시도 받지 않고 의뢰를 가리지도 않으며 자신에게 득이 안 되는 기만을 해내는 「프라이빗 스윈들러」.'

"대부분의 사기꾼은 돈벌이가 목적이지만…… 전 취미로 사기를 치고 있어서."

팝은 컵을 들어 안에 든 것을 다 마셨다. 냅킨으로 만든 개구리를 손가락으로 튕기자 컵에 들어갔다.

'그럼 당신의 흥미를 끄는 의뢰라면 받아주실 수 있죠?'

소녀는 양팔을 교차시키는 동시에 좌우의 손목시계를 치면서── 뒤섞인 목소리로 말했다.

'마인 「페어 레이디」를 가로채줬으면 해.'

팝은 미소를 짓고 어깨를 으쓱였다.

"안개를 훔치라고?"

'마안은 콘솔이야. 마인이 소멸했다 해도 반드시 그 자리에 남아있지. 일본 정부가 확보해서 마법협회 같은 곳이 엄중히 보관하고 있겠지. 여러 사정으로 인해 지금 난 물리적으로 못 움직이는 상태거든. 그래서 엘프이고 색안경을 꼈고 하얀 정장을 입은 사기꾼에 멋진 미인을 특별히 선택한 것이지.'

남자는 색기 있는 목소리로 말하고 이제야 온 커피를 받았다.

"런던에도 페어 레이디의 겹눈이 나타나 마법협회에 처치됐다고 들었는데…… 흐~음, 확실히 설레는 소재이긴 하네요~."

'준비금으로 120만 유로를 준비했다.'

"어라라, 스스로 한 말을 잊으셨나요?"

'어디까지나 준비금이야. 심부름값의 잔돈은 마음대로 해.'

"히히힛, 당신, 확실히 비즈니스맨이네요~. 싫지 않아. 그래서."

긴 다리를 꼰 팝은 와타세의 얼굴을 들여다보며 그녀의 왼쪽 손목시계를 손가락으로 찔렀다.

"목적은?"

'…………………….'

말없이.

소녀는 미소 지었다.

"뭐, 괜찮겠지. 그런데."

팝은 자신의 손목시계로 시간을 살짝 확인했다.

"마트료시카는 알고 계신지?"

'………….'

팝은 타임스를 책상 위에 풀썩 내팽개쳤다.

"러시아의 민예품이에요. 몸통 부분이 딸깍 열리거든요~, 인형 속에 한층 작은 인형이 들어있죠. 그 인형 속에는 한층 더 작은 인형이…… 인형이 몇 개 들어있느냐 하는 진실은 가장 안쪽에 들어가 있는 인형밖에 모르죠. 사기라는 건 마트료시카 같은 거거든요. 뛰어난 속임수는 중첩 구조로 돼있는 경우가 많죠. 사람을 속이기 위한 허구를 숨기기 위해 또 다른 허구로 코딩하고, 그 허구가 탄로 나지 않도록 또 다른 허구로 덧칠하죠. 그리고."

팝은 검지로 소녀의 가슴을 가리켰다.

"속는 사람은 항상 자신이 '가장 안쪽'에 있다고 믿고 있죠."

그 순간, 판초우의를 입은 엘프 집단이 나무 그늘에서 나타나 활 형태의 매직 디바이스를 쥐고 와타세에게 활을 겨눴다.

'이건, 혹시.'

소녀는 커피를 마시면서 씨익 웃었다.

'속은 걸까요?'

"전 사기꾼이니까요."

정장의 옷깃을 바로잡은 팝은 테이블 위에 있는 타임스를 톡톡 치며 가리켰다.

"게다가 성격도 안 좋죠."

그 신문에는 대영박물관 도난 사건에 관한 기사는 어디에도 적혀있지 않았고…… 눈을 크게 뜬 와타세는 미소 지은 채로 박수쳤다.

'훌륭해, 여유롭군요. 힌트를 주면서 포위가 끝날 때까지 시간을 버는 겁니까. 설마 대영박물관 도난이 실제로는 일어나지 않았을 줄은 생각지도 못했습니다.'

와타세는 볼에 손가락을 대고 고개를 갸웃했다.

'하지만 왜 제가 읽은 신문에는 대영박물관 도난에 관한 기사가 있었던 걸까요.'

"인쇄소를 매입해서 당신을 속이기 위한 가짜 신문을 인쇄하게 했어요. 데일리 텔레그래프, 타임스, 가디언, 데일리 익스프레스, 더 선, 데일리 스타…… 정성스럽게 시간을 들여서 이때를 위해 주요한 신문은 망라하게 했죠. 거기에 더해 당신이 임시 거

처로 삼고 있는 호텔부터 이곳 러셀 스퀘어로 이어지는 모든 스트리트에 존재하는 온갖 매점, 소형 가게, 서점에 설치했죠."

'그렇게까지 돈과 시간을 풍족하게 들인 마트료시카는 좀처럼 없겠죠. 그렇다면 어젯밤의 스코틀랜드 야드의 포위는?'

"당신을 속이기 위한 장치죠~. 뭐~, 리얼리티를 위해서 스코틀랜드 야드는 진짜로 속였지만요. 참고로 산죠가 건은 가짜 정보가 아니에요. 우수한 당신은 확인을 거르지 않을 테고요. 당신을 속일 오늘을 위해 실제로 산죠가로부터 3,000만 엔을 가로채뒀어요."

'훌륭해. 「Lovely」!'

격하게 왼쪽 손목시계를 찌른 와타세는 덜컥 소리를 내면서 일어섰고—— 양팔을 벌리고 남자 목소리로 외쳤다.

'실로 훌륭해, 미스 팝! 충성을 맹세한 주인한테서 큰돈을 가로챘는데도 왜 알브에 소속되어 있는지 의문이었는데…… 지금 이 자리에서 그 수수께끼는 풀렸다!'

"이야~, 정말 아쉽네요~. 아스테밀 씨보다 먼저 당신이 제안했으면 아마 전 힘차게 기뻐하고 콧노래를 부르면서 응했을 거예요. 아쉽네요 아쉬워."

컵을 뒤집어 그 안에 들어있던 개구리를 구출한 팝은 미소 지었다.

"그 개구리는 저승길 기념품으로 가져가세요. 커피값은 시체에서 가져갈 테니까 걱정하지 마세요."

1초, 2초, 3초, 소리가 멎었다.